フェアリーメイド
Fairy Made
1. 傷だらけの妖精職人と壊れかけの人工妖精
澤松那函
illust ふわチーズ

Contents

ギギッ――。
何かが軋む音がリュウジから見て
右側のソファーの下から響いた。
リュウジが音のしたソファーに銃口を向けると、
ティルトアが懐中電灯でソファーを照らした。
「ティルトア、下がれ」
臨戦態勢を取りつつ、二人はゆっくり後退する。
一見すると人間の女性に見える。
しかし紫色の血に塗れたメイド服姿が
妖精化したフェアリーメイドであることを悟らせた。
「オ客……様……ダァ！」
フェアリーメイドは、たどたどしい声で言いながら、
にんまりと破顔した。
「コ、コチラ……ヘ……ド、ド、ドウゾオオオオオッ!!」

Charac
???
謎の失踪を遂げた
人工妖精
アリシア
リュウジの現在の師匠
最強の「壊し屋」
エリザ
心に傷を負った
「壊し屋」の青年
リュウジ
リュウジのかつての師匠
偉大な妖精職人
バーンズ

フェアリーメイド

1．傷だらけの妖精職人と壊れかけの人工妖精

澤松那函

OVERLAP

イラスト／ふわチーズ

プロローグ

人工妖精

⇜•Fairy Made•⇝
Kizudarake no Yousei Shokunin to
Kowarekake no Jinkou Yousei

部屋に、甘い蜜の匂いが満ちている。

窓から差し込む夕日が金属製の作業台で眠る少女を照らしていた。

年頃は、十代中盤ほどで白い手術衣を着ている。可憐《かれん》な面立ちをしており、背中まで伸びた絹のように滑らかな黒髪が彼女の容貌を一層際立たせていた。

作業台の傍らには、十数個の点滴スタンドが置かれており、琥珀色《こはくいろ》の蜜が入った点滴瓶がぶら下がっている。点滴の管は、少女の頭や手足に繋《つな》がれていた。

少女の胸元には、石灰を固めて作ったような白い花が咲いている。

作業台の少女を黒髪の少年が見つめていた。少年の着ている白い繋ぎの作業着は、所々蜜の染みがついている。

少年の隣には、作業台の少女とは別の美しい少女が立っていた。

えんじ色のキャスケット帽を被《かぶ》り、背中にマントのような装飾が付いた特徴的な黒いメイド服を着ている。メイド服の襟には赤いスカーフ、左袖には赤い大きなリボンを巻き、腰に革製のコルセットとポーチを付けていた。

膝上丈のチェック柄のスカートから伸びるすらりとした脚には、ブーツを履いている。

「ティルトア……俺に出来るかな？」

少年は、隣に立つ少女の名前を呼びながらそう問いかける。

ティルトアは、少年をぎゅっと抱きしめた。アッシュブラウンのふわふわしたセミロングの髪から甘い香りが漂ってくる。

「マスターなら、リュウジ様ならだいじょーぶっ！」

ティルトアは、にっこりと笑みを浮かべた。リュウジは、思わず目を逸《そ》らしてしまう。

榛色《はしばみいろ》の瞳が彩る美しい面立ちは、十二年も一緒に居て尚《なお》、直視するのを躊躇《ためら》わせた。

「マスターは、お父様と同じ偉大な妖精職人《フェアリーマイスター》になれます！　あなたからそういう匂いがします。私、鼻が利くんですよ。熊よりも」

「本当に？」

「もちのろんですよ！　あなたはそういう匂いの人です！」

ティルトアは、抱きしめていたリュウジを放すと、笑顔で胸を張った。

「人類史上最高傑作のフェアリーメイドのこの私が言うんだから間違いないです！　えっへん！」

ティルトアと作業台の少女の見た目は、人間そのものだ。しかし彼女たちは人間ではない。

二千年前人類に滅ぼされた妖精を、人類の手で復活させた存在。植物から作られた身体《からだ》と蜜の血を持つ人工妖精――フェアリーメイドだ。

百年前に誕生したフェアリーメイドの用途は多岐にわたり、今や人類の社会基盤を支える礎となっている。

リュウジは、そんなフェアリーメイドを作る妖精職人《フェアリーマイスター》を目指していた。

今日は、初めて自分一人で制作したフェアリーメイドを起動させる日。しかし肝心のフェアリーメイドは、作業台で眠り続けている。

リュウジは、少女に繋がれた点滴瓶を確認し、眉をひそめた。

「コーディアルブラッドの量は足りてる……循環系に問題？　それとも〝核《コア》〟？」

どちらも入念にチェックした。他のパーツに関しても問題はないはず。

少なくともリュウジには、問題点は見つけられない。

「見落としがあるのかな？　父さんなら、こんなことにならないのに……」

リュウジの父、シシヤマ・テツジは天才と称される凄腕《すごうで》の妖精職人《フェアリーマイスター》だ。

今はフェアリーメイドの解体を専門とする〝壊し屋〟の依頼で、隣の部屋でフェアリーメイドの解体作業を手伝っている。

「エリザさんの解体作業を手伝ってるから邪魔出来ない……でもやっぱり俺一人だと！」

やはり父を頼ろうと工房の出口に向けて踵《きびす》を返すと、マホガニーの扉を開けて長身痩軀《そうく》の男が入ってきた。

眼鏡をかけた柔和な印象の男性で、茶色の三《み》つ揃《ぞろ》えを着こなしている。年齢は四十代中頃ほどだが、左手で杖《つえ》をつき、右足を引きずるようにぎこちなく歩く姿は老人を彷彿《ほうふつ》とさせた。

彼の姿を見た途端、リュウジは晴れやかな笑みを浮かべた。

「バーンズ先生！　来てくれたんですね!!」

バーンズ・ポーター。テツジの親友でもあり、妖精職人《フェアリーマイスター》としてのリュウジの師匠だ。

巷《ちまた》では巨匠バーンズ・ポーターと呼ばれ、天才シシヤマ・テツジと共に世界最高峰の妖精職人《フェアリーマイスター》〝三天人〟の一人に数えられている。

指導者としても優れ、世界に十三人しか居ないバーンズの弟子の称号は、妖精職人《フェアリーマイスター》にとっての誉れだ。

その手腕には、テツジも絶大な信頼を寄せており、幼いリュウジに妖精職人《フェアリーマイスター》の基礎を教えたのはテツジだが、その後の指導に関してはバーンズに一任している。

リュウジが尊敬する師に駆け寄ると、彼は目を細め、震える右手で頭を撫《な》でてくれた。

「リュウジ君、遅れてすまない。今向こうの様子を見てきたけど、エリザ君とやっている解体作業は終わったようだよ。お父さんを呼んでこようか？」

バーンズの提案に、ティルトアはリュウジをバーンズから引きはがすように抱き寄せた。

「マスターなら一人でも大丈夫ですよっ！　それにテツジさんを呼びに行ったら、あの壊し屋の女まで来ちゃうじゃないですか!!」

憤慨するティルトアに、バーンズは苦笑を浮かべながら肩をすくめた。

「相変わらず嫌ってるねぇ……まぁ君からすれば同族殺しかもしれないが、壊し屋も大事な仕事だよ。彼女との交流は、リュウジ君にもプラスになると思うけどね」

「作る人になるマスターには関係ないんですっ！　あの冷血な壊し屋の女と私のマスターは違うんです!!　マスターは、絶対あんな風にはなりません！　絶対ですっ!!」

ティルトアは、ムスッと頬を膨らませた。

リュウジもエリザのことは好きじゃない。壊し屋なんて野蛮な仕事だ。

人工物とは言え、フェアリーメイドは魂と命を持つ。目の前に居るティルトアのような存在を解体するなんて正気とは思えない。

テツジも本来は解体なんてしたくないはず。どうしてもと頼まれて手伝っているだけだ。

あんな仕事だけは、絶対にしたくない。リュウジが目指しているのは、父や師のような偉大な妖精職人《フェアリーマイスター》。命を作り出す人だ。

自分の目標をリュウジが再確認していると、突然ティルトアが目をつぶってくんくんと匂いを嗅ぎ始めた。

「この匂いは……ああっ！　あー!!　見てください!!　ほらマスター見てください！」

ティルトアに促されて作業台の少女を見ると、石灰質の白い花に、桃色に輝く光球が舞い降りた。光球から熟れた桃の甘ったるい匂いがする。

花弁は、光球を包むように閉じ、少女の体内へ潜行した。

頼む、成功してくれ――。

リュウジが祈るように見守っていると、少女の瞼《まぶた》がぱちりと開いた。はめ込まれている瞳の色は、宝玉のように煌《きら》めく青だ。

少女は、ゆっくりと何度かまばたきをして、瞳だけ動かして周囲を確認している。

動いた。自分が作ったフェアリーメイドが動いている。

その事実を認識すると同時に歓喜がぶわりと込み上げ、リュウジは両手を突き上げた。

「やったっ!!　やったあ!!　成功だ！　成功した!!」

喜びの声を上げるリュウジに、ティルトアが喜色満面で抱きついてきた。

「やりましたねマスター！　さすがです！」

「うんっ！　バーンズ先生!!　俺っ！」

リュウジがバーンズを見やると、彼は微笑《ほほえ》んでリュウジの頭にそっと手を置いた。

「よくやったね。さすがはテツジの息子で、僕の弟子だ」

尊敬する師匠の賞賛に、かつてない感動が心の内に咲き乱れる。

これで一人前の職人になれた。夢の第一歩を踏み出せた。

達成感を抱きながらリュウジが少女に目を向けると、彼女の青い瞳と視線が合った。

「……あなたは？」

少女に問われたリュウジは、歓迎の意を込めて笑みを浮かべた。

「はじめまして。俺はシシヤマ・リュウジ。君を作った妖精職人《フェアリーマイスター》だよ」

「この身体を……あなたが？」

「そうだよ。俺が作ったんだ。君の名前ももう考えてある」

その名前は、リュウジにとって特別だった。絶対にこの名前をつけようと決めていた。

それは、先日天国へ旅立ってしまった大切な家族の名前。リュウジが生まれる前からシシヤマ家に居た愛犬の名前だ。

「アリシア。それが君の名前だよ」

「アリ……シア？」

アリシアは、こくりと首をかしげた。

「そうアリシア。それがフェアリーメイドとしての君の名前だ。もし君さえよかったら俺と一緒に生きてほしいんだ。でもこれは強制じゃない。嫌ならすぐにでも君を解放する」

「……解放？」

「うん。フェアリーメイドになりたくないマナに無理強いはしない。もしも嫌ならすぐに解放する。それが父さんから教わったやり方なんだ。君はどうする？」

リュウジに問われたアリシアは上体を起こし、自分の手足をまじまじと観察している。

しばらくそうしてから微笑みを浮かべ、こくこくと頷《うなず》いた。

「私は……ご主人様のお役に……立てますか？」

そう言ってアリシアは、点滴の管に繋がれたままの右手を伸ばしてきた。

いきなりご主人様と呼ばれて少し面食らった。

普通フェアリーメイドはこちらの名前を尋ねてくる。その時、こちらの名前を教え、呼ばれたい呼び方があれば指定する。ない場合は、フェアリーメイドの好きに呼ばせる。

まだ呼び方の指定もしていないのに、いきなりご主人様と呼んでくるフェアリーメイドに会ったのは、初めてだ。

とは言え、十二年の人生経験での話である。珍しいけど、そういうフェアリーメイドも居るのかもしれない。

「もちろんだ。よろしくアリシア」

リュウジは、アリシアの手を取り、そっと握りしめた。

第一章

別れの香り

Fairy Made

Kizudarake no Yousei Shokunin to
Kowarekake no Jinkou Yousei

満月が見下ろす深い森の中を若い男とフード付きの黒い外套《がいとう》を纏《まと》った少女が走っていた。

二人は固く手を握り、先を走る男は少女の手をぐいぐい引っ張りながら背後を見やる。

「アリシア！　急いで！」

「は、はい！　ご主人様！」

若い男が前方に向き直った瞬間、破裂音が轟《とどろ》いた。それと同時にアリシアと呼ばれた少女が脱力する。被《かぶ》っていたフードが外れ、金色の髪が月光の下に晒《さら》された。

「アリシア!?」

若い男は、崩れ落ちるアリシアを抱き留めた。額に穴が開き、そこから紫色の蜜が止めどなく溢《あふ》れ出ている。紫色の蜜からは腐敗臭が漂い、森の中に満ちていく。

当惑を露《あら》わにした若い男の進路をふさぐように、拳銃とナイフを同時に構えた黒髪の青年とメイド服姿の美しい少女が立ちはだかった。

青年は、銃口をアリシアに向けたまま声を上げる。

「壊し屋のシシヤマ・リュウジだ。ライリー・ブラック、そのフェアリーメイドから離れろ」

リュウジは、右手に拳銃、左手に逆手でナイフを持ち、拳銃のグリップを握る右手をナイフを持った左手で包み込んでいた。

肘を曲げて顔の前で構えた拳銃を左斜めに傾け、左目で照準器を覗《のぞ》いている。

服装は、黒いミリタリージャケットと紺色のシャツにラウンドネックの赤いインナーシャツ、ダークグレーのスラックスに履き慣らした革靴だ。

リュウジは、アリシアに照準を合わせたまま一歩一歩距離を詰めていく。

その隣をえんじ色のキャスケット帽を被り、背中のマントのような装飾が特徴的な黒いメイド服を着た美しい少女――ティルトアがついてきた。

「さすがマスター。一発で無力化ですね」

「ティルトア、油断するな。まだ終わってない」

突然アリシアがライリーの腕を振り解《ほど》いて飛び起きた。

「アリシア！」

ライリーが歓喜の声を上げるも、アリシアには聞こえていないようだった。

金色の双眸《そうぼう》から紫色の蜜を涙のように流しながら、歯を鳴らしている。

ガチ、ガチ、ガチ。

音を鳴らすたびに、白い歯が抜け落ちて歯茎から新しい歯が生えてきた。それはまるで獣の牙のように研ぎ澄まされている。

両手の爪もメリメリと割れて、下から現れたのは黒い鉤爪《かぎづめ》だ。

「ア……アリシア？」

愛していただろう少女の変貌に、ライリーは呆然《ぼうぜん》としている。

一方、この事態を予期していたリュウジは舌打ちをした。

「やっぱり妖精化していたか」

身体の急激な形態変化。紫色に変じた蜜――コーディアルブラッドの腐敗現象。それぞれ妖精化の代表的な症状だ。

こうなったフェアリーメイドにしてやれることは、一つだけ。

リュウジが世界最強の合金〝ミスリニウム〟で作られた拳銃をアリシアに向ける。

その瞬間、アリシアは抉《えぐ》るような勢いで地面を蹴った。

「ギシャア！」

金属をこすり合わせるような不快な声を上げ、アリシアが接近してくる。凄《すさ》まじい俊足は、常人の数倍の速度だ。

相手は妖精化したフェアリーメイド。足の速さだけではなく、肉体強度も人間とは比較にならない。

並の銃弾では弾《はじ》かれるが、口径九ミリ・対妖精強装弾《マナライトマグナム》ならば話は別だ。

突進してくる敵の額を狙い、素早くトリガーを引いた。

青い発火炎と共に放たれた弾頭が表皮ごとアリシアの額の骨格を抉り飛ばす。続いて発射された二発目、三発目も一発目と同じ部分を叩《たた》き続けた。寸分も違《ワンホールショット》わずだ。

四発目で額の左半分が吹き飛ばされ、紫色の蜜と骨の破片が宙を舞った。しかしアリシアの速度が衰えることはなく、リュウジとの間合いを詰めて肉薄してくる。

アリシアは、ガッ！　と口を開く。不規則に並ぶ牙が月光を浴びてぬるりと光った。

銃を使うには間合いが近すぎる。すかさず左手に持つミスリニウム製のナイフを振るった。東洋の短剣クナイを模した菱形《ひし》の刃がアリシアの首筋を切り裂く。

「ヴォエッ！」

くぐもった悲鳴を上げてアリシアが後退した。その隙をリュウジは見逃さない。銃口から放たれた五発目の弾丸がアリシアの額の残り半分を吹き飛ばした。

夥《おびただ》しい量の紫色の蜜が腐臭と共に溢れ出し、アリシアは倒れ伏す。

頭部の破壊とコーディアルブラッドの大量流出。こうなったら妖精化したフェアリーメイドと言えど機能停止する。人間が頭を撃たれ、大量出血したのと同じ状態だ。

しかし、ある予感がリュウジに臨戦態勢を解くことを躊躇《ためら》わせた。

「こいつ妙にタフだった……ティルトア、まだ気を抜くなよ」

アリシアに拳銃を向けたまま、リュウジとティルトアが後退する。

六メートルほど距離を取ると、破壊された頭部から無数の結晶が飛び出した。ゆっくりとアリシアが立ち上がり、リュウジに結晶塗《まみ》れの顔を向ける。

その瞬間、忌むべき記憶が蘇《よみがえ》る。紫色の蜜。鼻を突く甘くて腐った香り。フェアリーメイドの残骸と紫色の蜜を浴びた美しい少女の姿――。

「ギシャアアアア！」

吠《ほ》えるアリシアに、リュウジは拳銃のトリガーを連続で引く。放たれた弾丸が胸部以外の部位を的確に食い破り、残ったコーディアルブラッドを絞り出させる。

弾を撃ち尽くし、十三発入りのマガジンを再装填。さらに銃撃を繰り返し、アリシアの四肢を千切り飛ばした。

支えを失ったアリシアが地面に仰向《あおむ》けで倒れ、周囲一帯に腐った蜜の匂いが一層強く香った。それでもリュウジは、トリガーを絞り続け、結晶の湧いた頭部に幾度も弾丸を叩き込んだ。

「マスター！　それ以上は！」

ティルトアが悲痛な声を上げたが、リュウジは銃撃の手を止めなかった。

「このフェアリーメイドは、確実に〝あれ〟を発症している！　徹底的に破壊する理由は分かってるだろ！　八年前を思い出せ!!」

「っ!?」

ティルトアは、それ以上何も言わなかった。森を支配するのは腐敗臭と銃声の二つだけになる。何十発目かの銃声が轟いた頃、ようやくリュウジはトリガーから指を外した。

ショルダーホルスターに拳銃、腰のベルトに取りつけた鞘《さや》にナイフをしまう。すると、止まっていた時間が動き出したかのように、ライリーがアリシアの残骸に駆け寄った。

「アリシア！」

ライリーはアリシアを抱き上げた。首から上は失われ、全ての四肢が千切れている。引き裂かれた腹部からは腐敗したコーディアルブラッドに塗れた人工臓器が零《こぼ》れていた。無事な部分は胸部だけ。これは偶然ではない。リュウジが意図して狙いを外したのだ。

リュウジは、ジャケットの左ポケットに手を入れて、革製の手袋を取り出した。手の甲の部分が金属で出来ており、小瓶を差し込むための穴が開いている。

リュウジは手袋を右手にはめて頭上を仰いだ。目を凝らすと、空で揺らめく蜜色の光がうっすらと視認出来る。星全体に揺蕩《たゆた》うエネルギー〝マナの大流〟だ。

マナは二千年前、人類に滅ぼされた妖精の魂である。マナの大流は、その集合体だ。フェアリーメイドは、マナの大流からマナを一つ呼び寄せ、核《コア》に封じることで作られる。

リュウジがはめている手袋も調律器と呼ばれるマナの力を利用する道具だ。フェアリーメイドや調律器などのマナを利用する道具は、総じて妖精器と呼称される。

マナを利用するための代表的な方法は、供物を捧《ささ》げることだ。花の蜜や旬の果実に甘いお菓子やハーブなど。そうしたものを与える見返りに、彼らは力を貸してくれる。

リュウジは、マナの大流を見つめたまま彼らの声に耳を傾けた。

――甘い……蜜……欲しい……欲しい……。

リュウジは、ジャケットの左ポケットから蜂蜜の入った小瓶を取り出す。小瓶のコルク栓を開けて調律器に差し込んだ。

右腕を掲げると、蜜の匂いに惹《ひ》かれた虫のように、蜜色の薄ぼんやりとした光が空から降りて調律器に浸透していく。調律器の表層を光が血管のように走って手首から指先まで広がった。

「ティルトア。その男を頼む」

リュウジの指示で、ティルトアはアリシアからライリーを引きはがした。

抵抗しようとするライリーだが、ティルトアの膂力《りょりょく》は常人を凌駕《りょうが》する。成人男性の腕力でも、彼女にとっては赤子の手をひねるようなものだ。

「おい壊し屋！　な、何をする気だ!?」

「核《コア》からマナを解放するだけだ。彼女を本当に愛しているなら黙って見てろ」

意識を右手に集中させると、調律器の指先から糸のような細い光が数十本飛び出した。

マナによって作られた蜜色に輝く糸がアリシアの残骸に絡みつき、リュウジの目線の高さまで上昇させる。右手を握りこむと、マナの糸がアリシアの残骸に浸透した。

「開け」

勢い良く右手を開くと、アリシアの残骸が琥珀色《こはくいろ》の輝きを放ち、分解された。

フェアリーメイドを構成する数多くの部品がマナの糸に縛られ、宙に浮いている。

もっとも象徴的なのは、握り拳ほどの大きさの花の蕾《つぼみ》のような形状の球体だ。これは各地で採掘される妖精の化石を加工して作られたフェアリーメイドの心臓部〝核《コア》〟だ。

本来石灰質な核《コア》だが、アリシアの核《コア》は結晶で作られたかのように変質している。

結晶に塗れた核《コア》を見たリュウジは、思わず顔をしかめた。

「核《コア》や人工骨格の結晶化現象……やっぱりただの妖精化じゃなかった。こいつは〝アリシア・シンドローム〟を発症している」

〝アリシア・シンドローム〟は、八年前に初めて確認された症例だ。フェアリーメイドの核《コア》と人工骨格が結晶化し、急速な妖精化と暴走を引き起こす。

リュウジが調律器をはめた右手で核《コア》に触れると、リュウジの頭の中に覚えのない記憶が流れ込んでくる。


――アリシア、愛しているよ。さぁこっちへおいで。今夜も一緒に寝よう……。


これはアリシアがフェアリーメイドとなってからの記憶だ。ライリーと過ごした日々。彼に抱いている感情。核《コア》に触れている間、アリシアの記憶を追体験させられる。

リュウジは、核《コア》を持つ指に力を込めた。調律器から新たなマナの糸が伸び、核《コア》を形成す

る花弁一枚一枚に絡んでいく。はらり、はらりと結晶に塗れた花弁が開かれる。

核《コア》が完全に開花すると、内部から蜜色の閃光《せんこう》が飛び出した。凄まじい光に目を開けていられない。ティルトアも眩《まぶ》しさに耐えかねてか、ぎゅっと瞼《まぶた》を閉じている。

しかしライリーは、光に対して一切の反応を見せなかった。彼の目にはマナが見えていないのだ。マナの姿が見え、その声が聞こえる資質は先天的なもので、この体質を持つ人間は多くない。

核《コア》から解放されたマナは空中で渦を巻き、やがて一つの像を形成した。

それは鷲《わし》のような黒い翼を持つ美しい少女である。白く長い布を細い帯で留めて服の形にしたような装束を纏《まと》っていた。

少女の全身から蜜色の光が放たれており、夜の森を煌々《こうこう》と照らしている。

これが核《コア》に封じられていたマナの真の姿、妖精だった頃の姿だ。

リュウジは、空っぽになった核《コア》から手を放し、調律器をはめた右手を強く握った。

空中に浮かぶパーツが調律器から伸びるマナの糸によって再構築されていく。アリシアの残骸が分解される前の姿を取り戻すと、マナの糸が残骸をそっと地面に横たえた。

リュウジは、右手から調律器を外し、手の甲の金属部分に取り付けた蜂蜜入りの小瓶を見やる。

「ご苦労さん。もういいぞ」

リュウジがそう呟《つぶや》くと、小瓶の蜂蜜が瞬く間に空となる。アリシアの残骸に絡んだマナの糸と調律器の血管状の輝きがすうーっと消え失《う》せ、調律器から蜜色の光が抜け出した。マナの抜けた調律器を、リュウジはジャケットの左ポケットに入れる。

「作業完了だ。ティルトアも、もういいぞ」

ティルトアがライリーを解放すると、彼はアリシアの残骸に駆け寄り、抱きしめた。

「アリシア！　アリシア……愛してたのに!!」

子供のように泣きじゃくるライリーをアリシアから解放されたマナが見下ろしている。その眼差《まなざ》しは、ライリーへの憎悪と侮蔑を剝《む》き出しにしていた。

『気持ち悪い……愛してるだなんて寒気がする！』

ライリーは、マナの姿を見ることも声を聞くこともかなわない。それ故にアリシアから解放されたマナは、主《あるじ》への思いを存分にぶつけられる。

『あたしをこの狭い場所に縛りつけたくせに！　あたしを毎晩犯したくせに！　何度殺してやろうと思ったことか！』

リュウジが核《コア》に触れた時、アリシアだった頃のマナの記憶が流れ込んできた。愛を囁《ささや》かれる度に怖気《おぞけ》を感じた。抱かれる度に主の死を願った。実際に体感したかのように、リュウジはアリシアだった頃のマナの記憶を感じ取っていた。

フェアリーメイド。マナを長期間核《コア》に閉じ込め、人間に奉仕させる道具。妖精の尊厳を徹底的に踏みにじるそれは、人類が生み出した道具の中でも、もっとも忌むべきものの一つだ。

　こんなものが存在しなければ起こらなかった悲劇が数多くある。

　リュウジ自身も〝恐ろしい過ち〟を生み出してしまった。この手で過ちを正す。それがリュウジの成すべきことだ。そのためにも知らなければならないことが一つある。

　リュウジは、アリシアから解放されたマナを見やった。

「マナの大流に帰る前に一つだけ聞きたい。〝アリシア・シンドローム〟についてだ」

『分からないね！　ただあんたら人間を殺したい……それだけで心が一杯になった！　もう人間には関わらない！　あんたらは怪物だ！　この世界から駆逐されてしまえ!!』

　マナは、リュウジを罵倒した後、視線をティルトアに向けて嘲笑を浮かべた。

『……あんたもうすぐ寿命だね。持って一ヶ月か……二ヶ月ってとこ？』

　マナの指摘に、ティルトアの肩がピクリと跳ねた。

『その職人《マイスター》があんたをどう処理するのか見ものだよ。その様をじっくり見物させてもらうさ。あたしの居るべき場所でね――』

　そう言うとマナは、妖精の姿から蜜色の光へと姿を変えて、上空を漂うマナの大流へ昇っていった。

　リュウジがマナを見送っていると、頭上から羽ばたく音が下りてくる。

木々を縫うように一羽の小鳥が舞い降りて、リュウジの右肩に止まった。一見して通常の鳥ではないことが分かる。赤く塗装された金属で出来ており、くちばしを開くと小さく折り畳まれた紙片が中に入っていた。

「妖精職人協会《フェアリーマイスターギルド》の手紙鳥。こんな時間に？」

手紙鳥は、離れた相手に手紙を届けるための妖精器だ。蜂蜜を供物にしてマナを一時的に宿らせて使用される。

現代では一人一羽所持しているとも言われる妖精器で、届ける相手の識別には、特殊な香料を混ぜた蜂蜜〝香料蜜〟を用いる。香料蜜には調合専門の職人がおり、香りが被《かぶ》らないよう気をつけている。そのため誤送事故が起こることは滅多にない。

常に香料蜜入りの小瓶を持ち歩くことで、こうして離れた相手とも連絡が取れるのだ。

リュウジは、くちばしの中の紙を取り出し、文面を確認する。

「……新しい依頼だ。ティルトア、残骸を車に積んでくれ。妖精職人協会《フェアリーマイスターギルド》に調査を依頼する」

「了解です。よっこらせっと！」

ティルトアが軽々とアリシアの残骸を担ぎ上げた。

リュウジは、ジャケットの右ポケットから手錠を取り出し、ライリーの右手首にかける。

「な、何するんだよ!?」

怒声を上げてライリーがもがこうとするが、素早く左手首にも手錠をかけ、手錠の上からライリーの両手首を力一杯握って締めつけた。

「妖精化したフェアリーメイドを連れて逃走するのは重罪だ。これ以上抵抗するなら何十年も刑務所に入ることになるぞ」

自分の犯した罪をようやく自覚したのか、ライリーは唇をぎゅっと結んで項垂《うなだ》れた。

リュウジはライリーを連れて、ティルトアはアリシアの残骸を担いで森を歩いていく。

「マスター。この子は〝私たちの探しているアリシア〟じゃありませんでしたね」

「ああ。だが、どこにいようと必ずあいつは見つけ出す。そして〝アリシア・シンドローム〟を終わらせる。それが俺の成すべき義務だ」

リュウジは、決意を新たに夜の森を進んだ。


世界五指に入る大国であるケルティギス王国は、ドラゴニア大陸北西に位置する竜翼半島とその周囲の島々を国土とする立憲君主制国家だ。

優れた技術力を持つケルティギスは、世界経済の牽引役《けんいんやく》を担っており、フェアリーメイドも百年前、この国で生み出されたものだ。

そんなケルティギスを代表する都市の一つがアヴァディルである。

ケルティギスの東側にあるクルミオス地方、その西端に位置するアヴァディルは、広大なオークの森を囲うように作られた街だ。妖精都市とも呼ばれ、オーク以外にもエルダーフラワーや胡桃《くるみ》など自然の恵みが豊かな土地である。

これらはフェアリーメイドを制作する時に欠かせない素材で、アヴァディル産のものは、世界的にも最上級の品質を誇る。

今日は九月十日。アヴァディルで毎年開催される街の創立祭の初日だ。

目に入る煉瓦造《れんがづく》りの建物全てが、多種多様な花や木の実で飾りつけをされている。花の蜜の甘い匂いと木の実の香ばしい香りに誘われて、上空のマナの大流から多くのマナが地上へ下りてきていた。彼らの姿は普段の蜜色の光ではなく、妖精だった頃を象《かたど》っており、人に似た者・獣人・小人・巨人など多種多様である。

また全ての妖精が白い布を帯で留めて服の形にしたような、古めかしい意匠の装束を着ていた。これは絶滅する以前の妖精たちが身に着けていた伝統的な衣装を模したものだと言われている。

マナが楽しげに過ごす一方、人間は創立祭の人出による混雑に苦しめられていた。

石畳で舗装された道路は、観光客と車で埋め尽くされている。

歩道を行く歩行者はまだいいが、車のほうは完全に流れが止まっていた。

その内の一台、赤い車の助手席に座るリュウジは、遅々として進まない渋滞に嘆息した。

運転席のティルトアもふくれっ面であり、露骨に機嫌が悪い。

車内で平静を保っているのは、後部座席に座っている赤い長髪の女性だけだった。

「進まないわね」

穏やかな声で赤い長髪の女性が呟いた。

エリザ・ウィンター。世界最強の壊し屋と称される人物で、リュウジの師匠だ。

黒いジャケットの下に、襟にフリルタイを巻いた白いシャツを着て、朱色のコルセットベストを身に着けている。

オリーブカラーのスキニーパンツと膝丈のブーツが彼女の美脚を一層際立たせていた。

一見洒落《しやれ》っ気《け》を優先した服装に見えるが、ジャケットの下から時折覗《のぞ》くショルダーホルスターと左太腿《ふともも》に巻いたナイフの鞘《さや》が彼女の素性が壊し屋であることを知らせている。

ティルトアは、後部座席のエリザをちらりと見て、さらに頬を膨らませた。

「混んでるんですよー。見て分かりませんかー？」

ティルトアの声音は、研ぎ澄ませた針のように刺々《とげとげ》しかった。

彼女が不機嫌な理由は渋滞ではない。ティルトアは、昔からエリザを嫌っていた。

エリザと会うぐらいなら、やぶ蚊とピクニックしたほうがマシとまで言ったこともある。

「私はマスターの運転手をするのは最高ですけど、この車にあなたが乗っているのは我慢なりません!!　なのに！　どうして私があなたを送り迎えしないといけないんですっ!?

私はあなたのママじゃありません！」

「俺が先生に乗ってもらったんだろ。同じアヴァディルで仕事があるから物はついでだ」

リュウジが窘《たしな》めると、ティルトアはハンドルに顎を乗せて嘆息を漏らした。

「誘われたって断ればいいじゃないですか。車のマナライト代だってタダじゃないんです」

辛らつな態度を貫くティルトアに、エリザは苦笑している。

怒ってもいいのにそうしない辺り、エリザの温厚な人柄が表れていた。

「甘えちゃってごめんなさいティルトア。でもリュウジ君に渡したいものもあったから」

「プレゼント!?　公私混同ですね！　いやらしい！」

「ティルトア。ちょっと黙ってろ。それで先生、渡したい物って？」

「ええ。それなんだけど、二ヶ月前から妖精職人《フェアリーマイスター》の失踪が続いているでしょ？」

「……バーンズさんの弟子たちの連続失踪ですね」

この二ヶ月の間に、十二名の妖精職人《フェアリーマイスター》が失踪している。

彼らの共通点は、全員がバーンズの弟子であるという点だ。

「そうよ。この一週間だけでもジーン・ラング、ジェイド・ウィルズ、ケイン・シャー
リーの三人が失踪してるわ。彼らとは面識があったわよね？」

「ええ。何度か。三人とも優秀な職人だ。他の九人も面識はないですが、全員天才と言っ

ていいでしょう。あのバーンズさんが見込んだ職人たちだ」

「そう、バーンズの弟子になるということは、世界でも指折りの妖精職人《フェアリーマイスター》である証《あかし》よ。彼の弟子は、世界にたった十三人しか居ない。その最後の一人が——」

「……俺、ですか？」

バーンズが育てた天才妖精職人《フェアリーマイスター》たちが相次いで姿を消している。

現在失踪していないのは、リュウジと弟子たちを育てたバーンズ自身の二名だけだ。

伝え聞いた話によれば、バーンズは弟子たちの失踪に、心を痛めているという。

今回の失踪には、事件性があると疑われているが、未《いま》だに警察も妖精職人協会《フェアリーマイスターギルド》も彼らの行方を摑《つか》めていない。

リュウジがアヴァディルに来たのも、この失踪事件と無関係ではなかった。

「連中が心配です。ジーンが失踪したから、この仕事も俺が引き継いだわけですし」

「引き継いだって言うか！　そもそもエリザさんに回ってきた仕事じゃないですか!!」

ティルトアは、ハンドルを両手で握りしめながらエリザを睨《にら》んだ。

「それを昨日の夜になって急にマスターに押しつけて！」

「先生も忙しいんだ。それに名前がアリシアのフェアリーメイドを診るのは俺の役目だ」

だからちょっと黙ってろ。そんな思いを人差し指の先に込めてティルトアの形のよい鼻先を弾《はじ》いた。

「あうっ!?　それはそうですけど……でもみなさん、早く無事に見つかるといいですね」

「ああ、バーンズさんも心配してるだろうな……」

リュウジが呟《つぶや》くと、エリザが後部座席から身を乗り出してきた。

「ねぇリュウジ君、彼とは会ってないの?」

エリザの問いかけに、リュウジは自嘲を浮かべて首を横に振った。

「……俺にそんな資格はないですよ」

「手紙ぐらいは来てるんでしょう?　彼のことだからきっとあなたを心配してるはずよ」

エリザの言う通り、最近何通か手紙が来ている。リュウジの身を案ずる内容で、ぜひ一度会いたいとの申し出だった。しかしリュウジは、その誘いを固辞した。

彼を嫌っているのではない。むしろ心の底から尊敬している。けれど今の自分に、彼の弟子を名乗る資格はない。それがリュウジの答えだった。

「俺は、彼に心配してもらえるような人間じゃありません。あの事件で俺は、彼の期待も善意も全部裏切ったんです。あの人の弟子だなんて口が裂けても言えませんよ」

「そんなことない!　リュウジ君、彼はきっと――」

「先生。今の俺は、バーンズさんの弟子じゃなく、あなたの弟子の壊し屋です。それにバーンズさんには、妖精職人協会《フェアリーマイスターギルド》の依頼で警察が警備についてる。俺の出る幕じゃない」

そう答えると、エリザはそれ以上何も言わず、後部座席に座り直した。

車内に気まずい沈黙が流れる。自分のせいだからどうにかしようとリュウジが思い立った矢先、ティルトアが口を開いた。

「最後に失踪したのはジーンさんで……アーバス遺跡の調査に行くって言ったのが最後でしたよね？」

「らしいな。あの人は、妖精職人《フェアリーマイスター》であると同時に、絶滅する以前の妖精について研究している学者だ。あの場所は、彼にとっては宝の山だろうさ」

アーバス遺跡は、ケルティギスの西側に位置するフェアメル地方の中央に存在する四方を自然豊かなアーバス山脈に囲まれた広大な森のことだ。

アーバス遺跡は、世界で初めて妖精の化石が発見された場所であり、ティルトアに使用されている妖精の化石もここで発掘された。

妖精の化石以外にも妖精が住んでいた建築物に使われたと思《おぼ》しき木材や妖精のものとされる文章や絵など複数の遺物が出土している。

故にアーバス遺跡には、かつて多くの妖精が暮らした都市があったと推測されている。

そんなアーバス遺跡を象徴するのが、遺跡の中央にそびえる樹齢二千年のオークの巨木〝妖精の神樹〟だ。

妖精の神樹の周辺では、ティルトアの化石も含めて多くの妖精の化石が発掘されている。

さらにその樹液は、世界最強の合金ミスリニウムの材料として重宝されていた。

今は神樹の樹液を違法採取から保護するため、遺跡へ入ることは禁じられている。

だが一部の妖精職人《フェアリーマイスター》と学者は立ち入りを許可されており、バーンズの弟子たちもこれに含まれていた。

警察の中には、樹液の密採を企てる者がバーンズの弟子たちを狙ったのでは、とする仮説を唱える者も居る。しかし確たる証拠もなく、あくまで説の一つに過ぎない。

連続失踪の真実――誰もが頭を抱える難問を前に、ティルトアは何かを閃《ひらめ》いたかのように不敵な笑みを浮かべた。

「ティルトア分かっちゃいました‼　マスター！　きっとジーンさんは、二千五百年問題を解き明かしに行ったんですよ！」

二千五百年問題。それは人類史最大の謎だ。文字・絵・言語・壁画・文化・宗教・遺跡。あらゆる人類文明の痕跡は、二千五百年前より以前のものが一切存在していない。

猿・原始人・旧人類・現人類に進化する過程の化石は発見されているのに、彼らが文明を発展させてきた痕跡は消失してしまっている。

何故《なぜ》二千五百年前より以前の文明の痕跡がないのか。様々な学説が唱えられているが解明には至っていない。この問題を研究している学者は数えきれず、関連書籍も何千冊と出版されている。その全ての説に共通しているのが、妖精の存在だ。

「ゼイル・ファーガストの〝妖精と人類の歴史〟にも書いてありますけど、人間が妖精に支配されたのは二千五百年前と言われています！」

ゼイル・ファーガストは、テツジやバーンズと並んで三天人の一人に数えられる男だ。齢《よわい》八十を超えるベテラン妖精職人《フェアリーマイスター》にして著名な妖精学者であり、賢者の二つ名を持つ。研究内容をまとめた本を何冊も出しており、ティルトアは彼の著書のファンだ。

「妖精に支配される以前の人間文明の痕跡は全て消滅してしまっている……妖精は何故人類文明の痕跡を消滅させたのか!?」

二千五百年前、人類は妖精に支配された。それから五百年後の二千年前、人類は妖精を滅ぼして自由を獲得、文明を一から築き直した。子供でも知っている世界の歴史だ。

この事実は、世界最古の人類文明の痕跡である二千五百年前の壁画に、妖精に隷属する人類の姿が描かれていたこと。二千年前の壁画に、妖精を殺す人類の姿が描かれていたこと。アーバス遺跡を発掘調査した結果などから導き出された。

しかし二千五百年前に、何故妖精が人類のあらゆる文明の痕跡を消し去ったのかは謎に包まれている。

「秘密を解き明かそうとしたジーンさんは……いいえっ！　バーンズの弟子たちは、世界の謎を秘匿する組織の餌食に!!　ミステリーです！　ロマンです!!」

陳腐な陰謀論を語るティルトアは、榛色《はしばみいろ》の瞳を星空のように輝かせている。

もちろんゼイル・ファーガストの著作には、ティルトアが言うような妄言は一切書かれていない。

相棒のたくましすぎる妄想力に、リュウジはため息を漏らした。

「お前も飽きないな。この間も訳の分からないオカルト雑誌買ってただろ」

「だって面白いじゃないですか！　妖精は何故人類の文明を消し去ったのか……ミステリーですね～」

「大方両種族間で戦争が起きて、負けた人類側が全てを失ったってとこだろ。そもそもお前は当事者だろ。何か覚えてないのか？」

「意地悪ですね。知ってるはずですよ。私たちは妖精だった頃のことは覚えてないんです」

ティルトアの言うように、マナには妖精だった頃の記憶はない。

肉体を失って長い年月を経たことで、記憶が摩耗してしまったと言われている。

「考えてみてくださいよ。私たちは人間に、ずばー！って殺されてるんですよ。私だって左腕の骨ありませんし！　きっと私の腕もズバン！　でギャー！　でスプラッターですよ！　おまけに肉体を失って宙にぷかぷか浮かんで二千年経過。記憶も飛びますって。ぴょーんって」

「お前が覚えてれば二千五百年問題もすぐ解決したのにな」

「ぶー！　マスターの意地悪……でもいいんですっ！　愛してるから全然効きませんっ!!

つまりマスターには、私の愛があれば大丈夫！」

「お前のそれ、どういう理屈だよ」

「だから物騒な武器なんていりませんよ？　エリザさん？」

妖しく微笑《ほほえ》むティルトアに、エリザは面食らっているように見えた。

「匂いで分かったのかしら？」

「むふー。私の嗅覚を甘く見てもらっては困ります。犬どころか熊より鋭いんですから」

「さすがねティルトア。失踪が続いていて物騒だから、念のために知り合いから貰《もら》った物を……ってね。リュウジ君、警備を付けるのも断っているでしょう？」

事件の可能性を考慮してバーンズには警察の護衛が付いている。

リュウジにも護衛を付けるという話は来ていたが、断った。壊し屋の仕事は地方へ行くことも少なくない。警備が付くことでフットワークが重くなるのは避けたかった。

さらに最強の壊し屋エリザ・ウィンターの下で訓練を積んだリュウジの戦闘能力は、軍の特殊部隊隊員に匹敵する。

誰よりもそれを知っているであろうエリザは、リュウジとティルトアを交互に見て微笑した。

「まぁ、あなたたち二人をどうこう出来る奴《やつ》が居るとも思えないけどね」

「そうですよっ！　マスターは私が守ります！　どんな敵が来てもぼかーん！　ですよ！」

　ティルトアは、ハンドルを放してシャドーボクシングを始めた。

「そうだ！　もしも私とはぐれたりした時のために、安全に落ち合える合流地点を決めておきましょう！　あそこにしましょう！　よく二人っきりで過ごした秘密のあの場所！」

「お前な、あんなもん子供の頃の秘密基地だろ。そんなとこで落ち合ってどうするんだ？」

「マスター！　私たちの思い出の場所をそんなとこ呼ばわりしちゃだめです！」

「あら、秘密の場所なんて初耳ね。どこにあるのかしら？」

「あなたには！　絶対にッ!!　教えませんよー！」

「ティルトア、ちょっと頼むから黙ってろ。俺は先生と話をしてるんだ」

「むー！」

　頬を風船のように膨らませたティルトアは、ハンドルに顎を乗せた。

「いつもすいません先生」

「大丈夫よ。渡したいのはこれ」

　エリザは、腰に巻いた革製のポーチから一発の弾丸を取り出して、リュウジに渡してきた。自動拳銃用の九ミリ弾のようだが、弾頭部分が透き通った琥珀色《こはくいろ》をしている。

「万が一の時のために持っていなさい。ハニーバレットよ」

「見た目と名前はキャンディですね。子供が喜びそうだ。ティルトア、お前にやろうか？」

「子供扱いしないでくださいよ。ぷいっ」

普段なら冗談に乗ってくるのだが、エリザと一緒に居るせいか、やたらと機嫌が悪い。ティルトアは放っておくことにして、リュウジはハニーバレットをジャケットの内ポケットにしまった。

「それで先生。まさか本当に子供向けのお菓子ってわけじゃないでしょう」

「弾丸に封入された蜜で多数のマナを呼び寄せ、その力を集束させて放つそうよ。破壊力はビルを数棟吹き飛ばすとか」

「……作った奴は、戦争でもおっ始めるつもりですか」

「知り合いの作よ。作ろうと思ったら出来てしまった、そうよ。出来上がった物を持て余してこっちに回してきたの。だからこの世界に、これ一発きりよ」

「知的好奇心に逆らえずか。人間の一番愚かな部分だ。フェアリーメイドと同じだな」

人間も妖精の魂も苦しめる悪夢の道具。車の窓から外の様子を眺めているだけでも、それは明らかである。祭りの準備に追われているのは、大半がフェアリーメイドだ。

高所での飾りつけ。出店に使われる資材や機材の運搬。重労働に従事するのは、フェアリーメイドであり、人間は安全地帯から指示を飛ばすだけだ。

「もっと早く運べ！　もう祭りは始まってるんだッ！」

「すいません旦那様」

「おい！　こっちも急げよ！　商売が出来ねぇだろ!!」

「はいご主人様」

周囲に浮かび、陽気に躍るマナたちも、働くフェアリーメイドをせせら笑っている。

『フェアリーメイドになるなんて馬鹿だねぇ』

『コーディアルブラッドの匂いに誘われて捕まるなんて間抜けさね。あたしはそんなへまはしない。入るべき妖精器はちゃんと見極めてる』

『人間を利用するんじゃなくて利用されるようになったら終わりさ。哀れだねぇ』

フェアリーメイドは、人間からもマナからも蔑まれる文字通りの奴隷だ。

フェアリーメイドなんて道具がなければ、起きなかった悲劇もたくさんある。

いっそ、こんなもの世界からなくなってしまえば——。

そんな考えがリュウジの頭を過《よ》ぎった時、エリザが後部座席のドアを開けた。

「リュウジ君。ティルトア。ここで降りるわ」

「先生、まだ目的地までありますよ」

「この渋滞だと歩いたほうが早そうだから。それとねリュウジ君」

エリザは、リュウジの目をじっと見つめ、息子を諭す母親のような笑みを浮かべた。

「フェアリーメイドの存在は、決して悪いことばかりじゃないわ。人間にとっても妖精にとってもね。壊し屋として、絶対にそれを忘れてはだめよ」

そう言い残してエリザは車を降りた。後部座席には最高額面の一万ヴェル紙幣が三枚置かれている。

「金なんかいいのに」

誰のせいでもないのだが、渋滞に捕まって金まで貰うのは申し訳ない。

かと言ってエリザは、今度会った時に返しても受け取るようなタイプでもない。

リュウジが後部座席から紙幣を取ると、運転席のティルトアからじっとりとした視線を感じた。

「マスターって、エリザさんのこと大好きですよね。昔はあんなに大嫌いだったのに。壊し屋なんて野蛮だーって言って」

一口に妖精職人《フェアリーマイスター》と言っても得意分野は異なる。

フェアリーメイドの制作。フェアリーメイドの修理。そしてフェアリーメイドの解体だ。

リュウジは、解体を生業としている通称壊し屋である。老朽化したフェアリーメイドを専門に点検し、寿命を迎えていると判断したら解体する。

妖精化したフェアリーメイドと対峙《たいじ》する可能性もあるため、武器の携帯と対人工妖精《フェアリーメイド》戦闘術ＡＦＣ《アンチ・フェアリー・コンバット》の取得が義務づけられている。

リュウジにとってエリザは、育ての親であり、ＡＦＣ《アンチ・フェアリー・コンバット》の師匠だ。弟子入りしてからこれまで何度も模擬戦をしているが、一度として彼女に勝てたことがない。

「何も知らないガキだったからな。今は、あの人の偉大さと壊し屋の重要性がよく分かる。前にバーンズさんも言ってただろ。壊し屋も必要な仕事だって」

「今ではマスターも壊し屋ですもんね。自分から汚れ仕事を引き受ける。そんなマスターの自己犠牲の精神はすごいと思います。でもあの人とマスターは合わないですよ」

「合わないって？」

ティルトアの顔がずいっと近づいてきた。その動きに合わせてアッシュブラウンの髪から甘くてふわふわした匂いが香ってくる。

「恋愛ですよ！　恋人です！」

「……恋人……」

想定していた以上に間の抜けたことを言われて、開いた口が塞がらなかった。

「……ティルトア？　あの人、結婚して子供まで居るだろ？」

「男と女が恋仲になる時、障害があるほうが燃えるんですよ!?」

「お前の恋愛知識は映画とか小説だろ。今度は何を見た？　不倫ものか？　略奪愛か？」

「私が略奪される立場なんです！　あの人だけはだめですッ！　絶対だめです!!　いいですか!?　もうすぐ私は、寿命を迎えてマスターに解体されますけど、あの人とくっついたらマナになっても枕元に出ますからね～」

「まったく……勘弁してくれ。あの人は、俺の育ての親で師匠だぞ？」

「育ての親とか言っても七歳しか違わないでしょ!?　そこで恋心が芽生えたんですねっ！　初恋ですか!!」

「恋愛感情なんてないって話をしてるんだ。親に惚《ほ》れるか？　異性として魅力を感じるか？　そもそも俺の初恋は、あの人じゃ――」

しまった、と右手で口を塞いだが、一度出た言葉は取り消せない。後の祭りだ。

「むむむっ！　ちょっと待ってください!!」

ティルトアが聞き逃してくれるはずもなく、さらに顔が近づいてくる。

「二十一年一緒に居るのに初めて聞きますよ!!　誰なんですか!?　マスターのっ！　初恋!!」

ティルトアから凄《すさ》まじい熱気が伝わってくる。鼻先の距離で焚火《たきび》と話しているみたいで思わず顔を背けた。

「……お前に言う義務はないだろ」

「むむむ！」

「ほら。早く依頼人の所に行くぞ。もう約束の時間なんだ」

「混んでて前に進まないんです！　だから時間はたっぷりあります！　さぁ詳しく聞かせてもらいましょうかっ!?」

遅々として進まない車は、逃れる場所のない密室だ。

ティルトアの詰問を避けることが出来ない状況に、リュウジは両手で顔を覆った。

今回の依頼人の名前はダン・アヴァディル。五百年前、オークの森を開拓し、アヴァディルを作った一族の末裔《まつえい》だ。現在でも地元の名士として住民からの尊敬を集めているという。

依頼人が暮らすのは、街の西側にある屋敷だ。三階建ての立派な邸宅が色鮮やかな庭園に囲まれて鎮座している。

リュウジとティルトアは、車を屋敷の門の前に停《と》め、庭園を歩いていた。多種多様な木々と草花の饗宴《きようえん》によって作り出された空間に、ティルトアは蕩《とろ》けた目をしている。

「とっても居心地がいいですね～。妖精が好きなものがたくさんです」

「アヴァディルは、特にマナが多いからな。マナの力で季節関係なしに花が咲き乱れ、果実は実る」

マナが多い地域は、季節の概念がなくなる。例えばエルダーの木の場合、本来花の季節は五月から六月、果実が実るのが八月から十月だ。しかしマナが多い地域では、ある木は一年中花が咲き続け、ある木は一年中果実が実っている。

マナは、草花や木に力を与え、その代償に枯れることを許さない。

この庭園も今は夏の終わりだというのに、春夏秋冬全ての季節の花が一斉に咲き乱れ、木々は各季節に採れる果実を一斉に実らせている。

「あ～落ち着くなぁ」

暢気《のんき》な声で言ったティルトアは、メイド服のマントのような装飾とスカートを翻しながらくるりと回る。

リュウジは、能天気な相棒をじっとりとした目つきで睨《にら》んだ。

「俺は、お前の尋問のせいでくたくただよ」

「むっ！　あれはマスターが悪いんですよ。結局口割らないし！」

「まったく……大体落ち着いてる場合か。約束の時間に三十分遅れてるんだぞ」

「せっかちですなぁ、マスターは。少しは楽しみましょうよー！　お祭り行きましょう！」

「仕事しに来たんだぞ。観光に来たんじゃない」

「最近マスターは忙しくしすぎです！　人生は楽しまないと損ですよ」

「仕事しないでどうやって飯を食うんだよ」

「むっ！　たしかに！　じゃあ私が世界征服してマスターが一生働かなくてもいい世界にしますよ！　マスターが王様で私がお姫様！　みんなの上納金で贅沢《ぜいたく》して暮らすんです！」

「お前が治める国って最悪だろうな。絶対革命起こされて倒されるだろ」

「むー！　とにかく！　私はマスターと一緒にお祭り行きたいです！　絶対に行きたいです！」

こうなってしまったティルトアは、鉄のように頑固だ。

経験上、これはリュウジが折れるしかない。苦笑しながら頷《うなず》いた。

「分かったよ。仕事が終わったらな」

「やった!!　絶対のぜっーたいに約束ですよ！　お祭りーお祭りールンタター！」

嘆息を漏らすリュウジと子供のようにはしゃぐティルトアは、庭園を抜けて邸宅の玄関前に辿《たど》り着いた。近くで見ると邸宅の壁の所々に補修の跡が見られ、かなり年季が入っているのが分かる。しかしそれが却《かえ》って歴史の重みを感じさせ、荘厳な気配を醸し出していた。

リュウジが紫檀《したん》で出来た玄関扉をノックする。少し待っていると扉が開かれた。

出迎えてくれたのは、品の良い男性と女性である。二人とも年頃は三十代の半ば。どちらも容姿端麗だ。男性はダークブラウンの三《み》つ揃《ぞろ》えで、女性は紺色のドレスを着ている。

「ダン・アヴァディルです。こちらは妻のリース・アヴァディル」

「初めまして。リースと申します」

二人が並んでお辞儀をしてきた。揃《そろ》って顔を上げたところで、リュウジは会釈をする。

「妖精職人協会《フェアリーマイスターギルド》から派遣されたシシヤマ・リュウジです。遅くなって申し訳ありません」

「お気になさらず。こちらこそ祭りの時期にお呼びたてして申し訳ありませんでした」

「いえ。大丈夫です。彼女は、相棒のフェアリーメイドでティルトア」

「ティルトアです」

ティルトアがぺこりとお辞儀をすると、夫妻は目を丸くした。

「彼女がフェアリーメイド？　すごいわ……人間にしか見えない」

「いや、驚いたな。人形みたいな不自然さがまったくない」

夫妻の反応にティルトアは、襟の赤いスカーフを揺らしながら胸を張った。

通常のフェアリーメイドも一見しただけでは人間と見分けはつかない。だが、よくよく眺めていると、どこか不自然に見えてくる。所詮は人工物なのだ。

けれどティルトアは、フェアリーメイドの中でも一線を画す精巧な作りである。フェアリーメイドと言われなければ万人が絶世の美少女としてしか認識しないだろう。

人類史上最高傑作の自称は、あながち間違いでもない。ただし、それを認めるとティルトアが調子に乗って騒ぎ出すので、リュウジは絶対口に出さないことにしている。

「では、あなた方のフェアリーメイドの所へ案内してもらえますか？」

「中へお入りください。二階で待っておりますので」

ダンに招かれ、リュウジとティルトアは邸宅に足を踏み入れた。石造りのエントランスホールは、外観同様に威厳を感じさせる作りだ。

玄関の入り口から見た正面には、二階へと続く大階段がある。

「さぁ、どうぞ」

ダンに勧められたリュウジとティルトアが先んじて大階段を上り、アヴァディル夫妻がその後ろをついてきた。

「それでご依頼のフェアリーメイドの様子は？」

「娘が持っているぬいぐるみです。元々は私の母が所持していたものなんですが」

ダンの母が所有していたとなれば年代物なのは、間違いない。

嫌な予感が過《よ》ぎり、リュウジの眉間にしわが寄った。

「娘が三年前に物置で見つけたんです。先月ぐらいから動かなくなったり、言葉に詰まったりが多くなりまして。〝アリシア・シンドローム〟のこともあるので不安に……ああ、そちらの部屋です」

大階段を上ってダンに案内された二階の部屋の扉には、可愛《かわい》らしい筆跡で『リン』と書かれたネームプレートがかかっていた。これまで見てきた邸宅の雰囲気とは不釣り合いである。恐らく子供部屋だ。ダンは、扉の前に立ってノックした。

「リン。お客様だよ」

「はぁーい！」

部屋の中から小鳥のさえずりのような明るく耳心地のよい声が聞こえると、ダンは扉を開いた。

リュウジの予想通り、そこは子供部屋であった。

おもちゃや人形がチェストや子供用のティーテーブルの上など、部屋の至る所に置かれている。だが雑然とはしておらず、しっかりと整頓されていた。

ベッドの上にもたくさんのぬいぐるみが置いてあるが、綺麗《きれい》に並べてある。

部屋の様子から持ち主が物を大切にする性格なのが伝わってきた。

「パパ。ママ。その人がアリシアのおいしゃさん？」

白いワンピースを着た少女が桃色の絨毯《じゅうたん》が敷かれた床にペタリと座り込んでいた。

歳《とし》の頃は五歳か六歳か、そのぐらいだろう。

背中まで伸びた栗色《くりいろ》の髪と青い瞳が印象的な愛くるしい少女だ。

彼女は、古びた白い熊のぬいぐるみを抱いており、頭に優しくブラシをかけている。

「こんにちは！　おいしゃさん！」

少女は、跳ねるように立ち上がり、ぬいぐるみを抱きしめたままリュウジの下へ駆け寄ってきた。

「リン・アヴァディルです！」

白い熊のぬいぐるみを抱きしめたままリンが頭を下げた。その動きに合わせて独特の甘い匂いが漂ってくる。

「この子はアリシア！　お花のにおいがするの！」

そう言ってリンは、白い熊のぬいぐるみを差し出した。

ティルトアは、すんすんと匂いを嗅いで顔を綻ばせる。

「マスター！　ぬいぐるみからキンモクセイの匂いがしますね！」

「うんっ！　お花のにおいするでしょ！　おねえちゃんもお菓子みたいなにおいがするね!!」

「あーん！　リンちゃん!!　か、可愛いっ!!　抱っこしたーい！」

リンの無邪気な可愛さにやられたのか、ティルトアは両手で口元を覆って悶絶《もんぜつ》している。

「アリシア！　おいしゃさんだってよ！」

リンがニコニコ笑うと、白い熊のぬいぐるみの首が動いてこちらを見た。

「あたしのお医者さん？」

白い熊のぬいぐるみが鈴を転がしたような女性の声を発した。これが依頼のフェアリーメイドで間違いない。

リュウジがぬいぐるみを凝視していると、母親のリースがリンの隣にしゃがみこみ、さらさらとした髪を優しく撫《な》でた。

「リン。アリシアという名前は、使ってはいけないの」

一ヶ月前、妖精職人協会《フェアリーマイスターギルド》は、アリシアという名前で登録されているフェアリーメイドの所有者全員にアリシアという呼称の使用を禁じる通達を出している。

その理由が〝アリシア・シンドローム〟だ。発症したフェアリーメイドの核《コア》と人工骨格が結晶化し、急速な妖精化と暴走を引き起こす。原因は未《いま》だに解明されていないが、何故《なぜ》かアリシアという名前のフェアリーメイドだけが発症する。

これまでは八年前に一例、三年前に一例の合計二例確認されただけだったが、今年に入ってから七ヶ月で五例と発症が急拡大。妖精職人協会《フェアリーマイスターギルド》はアリシアの呼称の使用を禁じた。アヴァディル家もその例外ではなく、リンは不服そうにぬいぐるみを抱きしめた。

「……はーい。ママ、この人〝ベル〟のおいしゃさん？」

「そうよ」

「ベルなおる？」

「大丈夫よ。とにかく診察してもらいましょう」

リンは、ベルと顔を見合わせて満面の笑みを浮かべた。

「うん。だいじょうぶだよベル。きっとなおしてくれるよ」

「わーい！　やった！」

ベルは、リンの腕の中で両手を上げて喜びを表現した。

リュウジには、それが偽りの態度であるように映った。どことなくわざとらしい挙動に見えたのだ。恐らくベルが期待していることは、修理されてリンと一緒に居られる時間が増えることではない。リュウジに寿命だと告げられてぬいぐるみから解放されること。

ベルの心からの願いを叶《かな》えてやるのが壊し屋としてのリュウジの役目だ。

けれど、はっきり理由を告げたら、リンはベルを渡してはくれないだろう。

リュウジは、親しみやすい笑顔の仮面を被《かぶ》った。

「今からベルを診察します。ダンさん、部屋をお借りしたいのですが」

「来客用の寝室がありますので、そちらをお使いください。案内します」

「リンがごあんないする！」

リンがピンっと右手を上げた。夫妻は困ったように顔を見合わせる。

「リン。その方は、遊びに来たわけではないんだよ？」

「そうよ。お父様に任せなさい」

アヴァディル夫妻が窘《たしな》めるも、リンは右手を上げたまま首をぶんぶんと横に振った。

「いや！　ベルをなおすおいしゃさんだからリンがごあんないするの！」

これは梃子《てこ》でも動きそうにない。そもそもこちらとしては、案内役は誰でもよかった。

ここは、リンの提案を受け入れたほうがスムーズに事が運びそうだ。

「折角だからお願いしようか。よろしく頼むよ」

「はーい！　こっちです！　ついてきてください！」

リンは、部屋の扉を開けると、タタタっと小さな足音を立てて廊下へ出た。

「つきていきまーす！」

ティルトアは、右拳を突き上げてリンの後を追った。

リュウジが廊下に出ようとすると、アヴァディル夫妻が申し訳なさそうに頭を下げた。

「お気になさらず。大丈夫ですよ」

笑顔でそう告げて、リュウジは廊下に出た。

廊下の壁には、何枚か絵がかけられている。芸術には明るくないが、この家に飾られているのだから相応の値打ちものだろう。

案内役のリンは、立ち止まって一枚の絵をじっと眺めていた。メイド服を着た長い白髪の女性の肖像画だ。白髪と言っても若い女性で、美しい顔に気品のある笑みを浮かべている。

ティルトアは、リンの後ろに立って小さな頭を撫でながら絵を眺めていた。

「リンね、この絵がだいすきなの」

「素敵な絵だね〜。ん？」

絵を見ていたティルトアが右手の人差し指を頬に当てて首を傾《かし》げた。

「この人どこかで見たような……どこだっけ？」

「アリシアっていうのこの人。だからね、この子にもアリシアってつけたの。今はベルになっちゃったけど、アリシアって名前のほうがにあうし、すてきだと思わない？」

リンは、純真無垢《じゅんしんむく》な笑顔をリュウジに向ける。悲しみや苦しみを一度も経験していない者だけが浮かべられる特別な笑顔だ。

「……そうかもな。でも病気になるから使えないんだ。ごめんな」

「うん。だからベルってよんでるの。でもベルはね、ミドルネームなの。アリシア・ベル・アヴァディルなの。でもまたアリシアってよびたい。おいしゃさんがそうしてくれるんでしょ？」

アリシアと呼べる日は二度と来ない。それどころか、ほぼ確実にリンからベルを奪うことになる。可哀《かわい》そうだが、これぱかりは仕方ない。リンとベル、二人のためだ。

もちろんリンは怒るだろう。嘘《うそ》をついたこと。大切な友達を奪ったこと。心の底からリュウジを恨むはずだ。それでも躊躇《ちゅうちょ》せず仕事を完遂するのが、壊し屋の役目である。

「ああ……そうかもな」

リュウジが偽りの答えを口にすると、リンは肖像画の前から走り出した。廊下の最奥にある扉の前で立ち止まると、にこりと笑った。

「ここです！」

この輝くような笑顔を奪うことを恐れるな。

そう自分に言い聞かせながらリュウジは、扉を開けた。

部屋の中には、ベッドと鏡台が置かれているだけである。来客用の寝室というだけあって普段は必要最低限の物しか置かれていないらしい。

「リン、ありがとう。それじゃあベルを俺に貸してくれるかい？」

リュウジは、膝を折ってリンと視線を合わせた。

「うん。よろしくおねがいします」

リンからベルを受け取り、リンの頭を一撫でする。つややかな髪は母親に毎日ブラシで梳《す》いてもらっている証拠だ。

子供の頃、リュウジも母親に髪を梳いてもらったことがある。男の子でも髪質は大事だと言っていた。今は髪にブラシなんて殆《ほとん》どかけない。おかげで髪質はぼさっとしてしまった。

両親と幸せに暮らしているリンが悲しい思いをするなんてあってはならない。幸せなことしか知らないまま生き続けるべきだ。

誰にも自分と同じ思いはさせたくないから、リュウジはここに居る。

「じゃあパパとママの所で待っていてくれるかい。診察が終わったら行くからね」

「はーい！」

ティルトアと寝室へ入り、リュウジは扉を閉める。

それと同時に、リュウジは笑顔の仮面を脱ぎ捨てた。

「ティルトア、ベルを持っててくれ」

「はいマスター」

リュウジは、ティルトアにベルを預け、ジャケットの左ポケットから調律器と蜂蜜入りの小瓶を取り出した。

「ベル。今からお前の内部を点検する。痛みはないから安心してくれ」

「……よろしく」

ベルの声は、平坦《へいたん》で感情が欠片《かけら》も籠っていない。リンが居ないから仲良しの友達を演じる必要はないということだろう。

リュウジは調律器を右手にはめ、手の甲の金属部分に蜂蜜入りの小瓶を差した。

「これより点検作業を始める」

調律器を起動すると、指先から伸びる幾重ものマナの糸が、ティルトアの持っているベルを搦《から》め捕った。生地の縫い目がほつれていき、内部の構造が露《あら》わになっていく。

ティルトアがベルから手を放すと、ベルは空中で固定されてパーツ単位に分解された。

「ティルトア。パーツをチェックしていくからメモを頼む」

「はいマスター」

ティルトアが腰のポーチから手帳を取り出すのを待ってから、ベルのパーツを確認していく。一目でかなり老朽化しているということが分かり、リュウジは思わず顔をしかめた。

「こりゃ年代物だな」

「そんなにですか？」

「ああ。核《コア》を見てみろ」

リュウジが指さしたのは、花の蕾《つぼみ》のような形状をした白い球体である。ゴルフボール大のそれは骨を加工して作ったと一目で分かる。フェアリーメイドの心臓部〝核《コア》〟だ。

核《コア》は、粉末状にした妖精の化石に、オークの樹液を混ぜたものを加工して作られる。通常は拳大の大きさだが、ベルの核《コア》の場合、ぬいぐるみに入れるため通常よりも小さいサイズになっている。この核《コア》の中に、マナが封入されているのだ。

ベルの核《コア》にはボロボロの導線が数本繋《つな》がれ、その導線が小指ほどの大きさのガラスの小瓶に接続されている。小瓶の中では青い液体と黒い澱《よど》みが渦巻いていた。黒い澱みの占める割合がかなり多い。

ティルトアは、小瓶をまじまじと見つめて眉をひそめた。

「かなり穢《けが》れが溜《た》まっていますね」

穢れは、マナが負の感情を抱くことによって発生する。

本来マナは、空を自由に揺蕩《たゆた》っている存在だ。それが長い年月同じ場所に閉じ込められていると、強い精神的負荷がかかる。

多量の穢れは、マナ自身を傷つけてその存在を崩壊させる。そればかりか、核《コア》や人工骨格の素材である妖精の化石を触媒にして徐々に受肉、最終的には妖精の姿を取り戻させてしまう。妖精化と呼ばれる現象である。

「〝アリシア・シンドローム〟以前の話だ。このベルはいつ妖精化して暴走してもおかしくない」

妖精化したフェアリーメイドは、多大なストレスと急激な受肉の影響で錯乱し、暴走してしまう。そうした妖精化と暴走を封じるために、フェアリーメイドの核《コア》には安全装置が組み込まれている。核《コア》に取りつけられた導線つきの小瓶がそれだ。

マナライトとトネリコの樹液から作った薬液を封入した小瓶は、核《コア》で発生した穢れを貯《た》めるタンクの役割を果たす。このタンクに穢れを貯める理由は二つ。

一つは、一定量の穢れをタンクに隔離することでマナを自身の穢れから保護すること。もう一つが妖精化したフェアリーメイドの核《コア》を破壊する爆弾の役目だ。

小瓶に溜まる穢れが基準値を超えると、薬液が反応して爆発する仕組みになっている。また穢れが負の感情によって増える性質を利用し、フェアリーメイドが人間を傷つけられないようにする役割もある。

フェアリーメイドが人間に危害を加えようとした際、殺意や害意によって穢れが爆発的に増える。この穢れで安全装置が起動するのだ。

さらに安全装置を無理やり核《コア》から取り外そうとした場合も、薬液が核《コア》に逆流して爆発を起こすようになっている。

そのためフェアリーメイドが妖精化したり、人間を傷つけたりする事例は、メンテナンスを怠って安全装置が動作不良を起こした場合に限られ、年に数件発生する程度だ。

〝アリシア・シンドローム〟の場合、核《コア》の結晶化現象に巻き込まれて安全装置も一緒に結晶化する。そうして安全装置が無力化され、妖精化と暴走のリスクが跳ね上がるのだ。

今回のベルのケースでは、核《コア》と安全装置、どちらも結晶化の兆候は見られない。

〝アリシア・シンドローム〟ではなさそうだが、別の問題があった。

「ベルの場合、穢れが多すぎる。いつ安全装置が起動してもおかしくない……と言いたいところだが、こいつの導線はボロボロだ。下手したら安全装置が動作不良を起こす。それだけじゃない。迂闊《うかつ》に触ると誤作動を起こして核《コア》を破壊するかもしれない」

老朽化した安全装置は、穢れが基準値に達しても作動しないことや、逆に誤作動を起こして爆発してしまい、核《コア》を破壊する恐れがある。

もしも核《コア》が破壊された場合、封入されているマナは無事ではすまない。

核《コア》からマナを解放する作業は繊細な技術が必要だし、それに加えて調律器から注がれるマナで核《コア》に封入されたマナの保護をしなければならない。

核《コア》の破壊などで強引にマナを解放した場合、その衝撃でマナは多大なダメージを受け、マナの自我が破壊される可能性が極めて高い。

「ティルトア、次は人工骨格を見ていく」

フェアリーメイドの人工骨格は核《コア》と同様に、妖精の化石の粉末とオークの樹液を混ぜたものを加工して作られる。一口に妖精の化石と言っても子犬サイズから象のように巨大な物まで多岐にわたる。しかも全身骨格が発見されることは極めて珍しい。

そこで制作するフェアリーメイドの体格を決めてから妖精の化石を粉末状に加工。化石の粉末にオークの樹液を混ぜてさらに加工し、核《コア》や人工骨格を形成する。

核《コア》や人工骨格は、職人がオーダーメイドすることもあれば、企業が製造する量産品を使うこともある。いずれの場合も、職人名あるいは社名と製造年を頭蓋骨の右側に記載することが法律で義務づけられている。

ベルの頭蓋骨に刻印された社名を見た時、リュウジは我が目を疑った。

「バスティア社だと？」

「むむ!?　四十年前に倒産した企業ですよね？　こりゃ骨とう品ですな」

バスティア社は、五十年前に創業したフェアリーメイドのパーツ製造を請け負う企業であった。小規模の会社であり、創業から十年で倒産している。

「人工骨格の製造年は……五十年前。創業初期の品か。こりゃたまげたな」

「じゃあこの子は……五十年稼働してる愛玩用フェアリーメイド!?」

フェアリーメイドの耐用年数は十五年から二十年ほど。それ以上稼働させると、穢れの影響で妖精化する可能性が飛躍的に高まる。ベルが妖精化していないのは奇跡だ。

　リュウジの心の中で妖精化を堪《こら》えたベルへの感嘆と、持ち主の管理の杜撰《ずさん》さへの怒りが同時に湧いた。

「……俺も五十年以上稼働してるフェアリーメイドを見るのは二回目だ。核《コア》にも骨格にも結晶化の兆候はない。次は人工脳行くぞ」

「りょうかーい」

　リュウジは、ベルの頭蓋骨を繋ぎ目から外して内部を検《あらた》めた。そこには、拳大の大きさの巨大な胡桃《くるみ》・真空管・電極を組み合わせた人工脳が格納されている。

　これはフェアリーメイドの運動機能と各部位の制御を担う部分で、核《コア》に入っているマナから受けた命令を全身の各部に伝達する。

　胡桃は、マナが好む果実の一つだ。アヴァディルのようなマナの多い土地で育った胡桃は、マナの影響で人の脳に匹敵する巨大な実をつける。こうした巨大胡桃はマナとの親和性が高く、情報伝達を高速で行う必要のある人工脳にうってつけだ。

　昨晩リュウジがライリー・ブラックのフェアリーメイドと対峙《たいじ》した時、頭部を執拗《しつよう》に攻撃したのは、人工脳を破壊して運動機能を奪うためである。調律器による解体は、繊細さが要求される作業のため、動きを止める必要があった。

　ベルの人工脳は、巨大胡桃の部分が所々腐敗している。これが動作不良の原因だ。

「人工脳は腐っているが……これは経年劣化の範疇《はんちゅう》だな。五十年も動いてれば当然だ。ティルトア、次は脳以外のパーツも見ていくぞ」

「りょうかーいでーす」

次に確認するのはフェアリーメイドの人工皮膚・人工筋肉・人工臓器である。

これらはオークから抽出されたセルロース、獣肉から抽出されたコラーゲン、天然ゴムを組み合わせて製造される。

ベルの人工筋肉と人工臓器は、かなり老朽化しており、所々断裂している。

今回はぬいぐるみなので人工皮膚は存在していない。生地を見たところ通常のぬいぐるみに使われるものと同じ材質だろう。手入れはされているが、かなりの年代物だ。

「次、コーディアルブラッド」

リュウジは、核《コア》と隣り合っている透明な人工心臓に蓄えられている液体に注目した。

コーディアルブラッドは、オークの樹液を主成分に、エルダーフラワー・ヘーゼルナッツ・セージなどのハーブや果実を煮詰めて作られるフェアリーメイド用の人工血液である。

妖精職人《フェアリーマイスター》は、コーディアルブラッドの匂いを餌にしてマナを誘い出し、核《コア》の中に捕らえる。そうやってフェアリーメイドが作られるのだ。

本来コーディアルブラッドは琥珀色《こはくいろ》をしているが、マナの穢れの影響を受けると腐敗して紫色に変色する。

ベルのそれは濃い紫色をしている。かなり腐敗が進んでいる証拠だ。しかしコーディアルブラッドの腐敗は穢れが原因で〝アリシア・シンドローム〟とは関係のない症状だ。

「コーディアルブラッドも変色しているが、それ以外の異常はなし。こいつは〝アリシア・シンドローム〟を発症してないな」

「メモメモー。よかったですね！　リンちゃんも一安心だ」

「だがこいつはもう寿命だ。穢れが溜まりすぎてる」

「それは……安全装置を交換すれば！」

ティルトアの提案した処置を行うことは、実際にある。稼働してから日が浅いフェアリーメイドの穢れが、何らかの原因で想定よりも早く安全装置に溜まってしまった場合だ。

だがベルの場合は、この条件には当てはまらない。

「無駄だ。長期間核《コア》に閉じ込められたマナからは絶えず膨大な量の穢れが発生し続ける。安全装置を交換してもすぐに穢れで満タンになるんだ。お前も分かってるはずだろ」

「そ、そうですけど……」

「仮に安全装置を交換しても、マナが発生させる全ての穢れを隔離出来るわけじゃない。無駄にマナが苦しむ時間と妖精化のリスクを増やすだけだ。それにさっきも言ったが、この安全装置は、下手に弄《いじ》ると暴発する可能性もある。交換作業はかなりリスキーだ。安全装置は弄らずに核《コア》からマナを解放したほうが、マナにとっても安全なんだ」

「……リンちゃん。がっかりしちゃいますね。治してもらえるって喜んでたのに」

ティルトアは、がっくりと肩を落とした。いつもこうだ。フェアリーメイドではなく、フェアリーメイドと別れる主《あるじ》の側に立って物事を言う。

リュウジは、あえて険しい表情を作った。

「ベルにとっては嬉《うれ》しいことだろ。核《コア》から解放されてマナの大流に戻れるんだ」

「でもでもっ！　全部のフェアリーメイドがそうってわけじゃないですよ！　私みたいにご主人様のことが大好きって子もたくさんいます!!」

「昨日ライリーのフェアリーメイドを見たのに、よくそんなことが言えるな。こいつだってそうだ。メンテナンスを受けた形跡が殆《ほとん》どない。物置で何十年放置されていたのか」

「それは……そうですけど……でも！　生地を見てください！　古いけど毛並みが綺麗《きれい》。リンちゃんが毎日ブラッシングしてお世話してるからで――」

「こいつは解体する。お前が口を挟む問題じゃない」

少し強い語調で窘《たしな》めると、ティルトアは口を閉じて俯《うつむ》いた。

「さて……どう手をつけるか」

ベルを解体するにしても、この場ですぐというわけにはいかない。安全装置に溜《た》まった穢《けが》れが多すぎる。慎重に作業しないと、安全装置が暴発して核《コア》を破壊する可能性が高い。

「……調律器だけじゃだめだな。ティルトア、車から道具を取ってきてくれ。俺は依頼人に解体することを伝える」

「で、でも……」

「ティルトア。ベルの気持ちを考えてやれ。ようやく自由になれるんだぞ。それを邪魔する権利がお前にあるのか？」

「……分かりました。道具を取ってきます」

ティルトアは、落ち込んだ様子で部屋を後にした。

ベルは何十年も続いた人への隷属から解放されて、ようやく自由になれる。その邪魔をする権利はティルトアにはない。

しかしティルトアに取った態度はきつかったかもしれない。もう少し優しく諭せばよかった。後悔から来る苛立《いらだ》ちを紛らわせるために、リュウジは左手で頭をガシガシ掻《か》いた。

「ベル。すぐに解体するからもう少し辛抱してくれ。一旦元の状態に戻すぞ」

このままパーツを分解して身動きの出来ない状態にしておくのも、ストレスが掛かって悪影響を及ぼす。解体の準備をするまでは、ぬいぐるみの状態にしておいたほうが安全だ。

リュウジは、調律器をはめた右手をゆっくり閉じる。手の動きに合わせてマナの糸が動き、空中に固定されていたベルのパーツを再構築。元のぬいぐるみの姿に戻した。

「もうすぐ自由にしてやれるからな。狭い器に縛ってすまない」

リュウジは、ベルを抱きかかえて、子供部屋へ向かった。

リュウジは、子供部屋で待っていたリンとアヴァディル夫妻に解体の必要性を伝えた。

夫妻は顔を見合わせて困惑し、そして――。

「いや！　ベルはなおさなきゃダメ！」

リンは、ベルを抱きしめながら泣き出してしまった。

この状況に一番困惑しているのは、トランクケースを持って部屋に入ってきたティルトアである。

「あの……マスター……道具」

「ありがとう。さっきの部屋で準備してくれ」

「いや！」

リンがリュウジを睨《にら》んだ。絶対にベルを渡さない。そんな強い意志が幼い瞳の奥で猛《たけ》る炎のように揺らめいている。

「おいしゃさんでしょ！　なんでベルをなおしてくれないの!?」

「もう治しようがないんだよ。手遅れだったんだ」

「なおしてよ！　そのけがれ、とかいうのなくしてよ！」

「無理なんだ。たくさんの妖精職人《フェアリーマイスター》が穢れの除去方法を探したり、そういう機械を作ろうとしたんだよ。でも出来なかったんだ」

マナの穢れの除去については、様々な検討がされたのは事実だ。しかし百年の歳月をかけてもマナを核《コア》から解放し、マナの大流へ帰す以外の方法は発見されなかった。

「ベルはもう寿命だ。いや、正確には何十年も前に寿命を迎えていたんだ」

リュウジは、アヴァディル夫妻を鋭い眼差《まなざ》しで刺した。

「フェアリーメイドの寿命は、十五年から二十年。だが、ベルが制作されたのは五十年前だ。しかも何十年もメンテナンスを受けた形跡がない。フェアリーメイドは一年に一度のメンテナンスを義務づけられている。あんたたち、物置に何十年も放置したものを娘に与えるっていうのにメンテナンスしなかったな？」

リュウジの言葉に、夫妻は狼狽《うろた》えている。先に口を開いたのはダンだった。

「故障してるようには見えなかったので、ぬいぐるみ型のおもちゃだし、大丈夫かと……」

「今のベルは、いつ妖精化してもおかしくない。もしも暴走したら、このサイズのぬいぐるみでも……分かるな？」

そう告げると夫妻の顔が青ざめた。こうした反応は、この夫婦に限ったことではない。

フェアリーメイドを機械仕掛けの人形やおもちゃか何かと勘違いしている人間は多い。

フェアリーメイド用の素材販売で栄えた街の住人ですら、この程度の認識である。

「フェアリーメイドは、友達でもなければ子供のおもちゃでもない。使い方を誤れば人を傷つける……刃物や銃と同じ危険な道具だ」

夫妻は、沈黙したままリンが抱いているベルを見やった。

「あんたたちは、その基本を忘れた。あんたたちにフェアリーメイドを持つ資格はない」

安全性に配慮された製品。人々の生活に欠かせない礎。そんな認識が人間の持つ危機感を腐らせてしまった。だが、たとえ愚かな人間でも命を失う必要はない。だから壊し屋が居る。

「ベルは即刻解体する。リン、君には悪いが、その子はもう役目を終えるべきなんだ」

リュウジは、リンが抱きしめるベルに手を伸ばした。

「ちょっと待ってください！」

異論を挟んできたのはティルトアだった。右手をびしっと上げて主張している。

「私から提案がありますッ！　マスター提案！　提案を聞いてください!!　いいですか!?」

否と言える雰囲気じゃない。もしも話を聞かなかったら彼女の寿命が来るまで毎日文句を言い続けそうだ。さすがにそれは避けたい。提案を受け入れるかどうかは別にして、話だけは聞いたほうがよさそうだ。

「提案ってのは？」

渋々リュウジが尋ねると、ティルトアは夏の太陽のように陽気な笑みを浮かべた。

「最後に思い出を作りましょう！」

何を言い出すかと思えば、随分能天気な提案である。

ティルトアとの付き合いは長いが、さすがにここまで的の外れた発言は初めてだ。

「おい、今すぐ解体しないと危険だって言っただろ」

「でもこのままお別れなんて出来ないですよ！　リンちゃんの気持ちを考えてください。最後に思い出を作る時間ぐらいは残っているはずです！」

「妖精化する危険があるんだ。リスクは冒せない」

「お願いしますマスター。妖精のことを考えてくれるマスターの考えはとっても素晴らしいです。いつも尊敬してます。でも人間の気持ちも少しだけ考えてください。お願いします！」

榛色《はしばみいろ》の瞳が力強い輝きを灯《とも》している。こういう目をしたティルトアは、たとえリュウジ相手でも意志を曲げない。

「おいしゃさん！　おねがいします!!」

リンは、涙でぐしゃぐしゃになった顔でベルを抱きしめている。彼女もまた相当頑固な性格だ。

いずれにせよ、このまま議論が平行線を辿《たど》るのが一番時間を無駄にするのは間違いない。

リュウジは、溜息《ためいき》をつきながら右手で後頭部を掻いた。

「……仕方ない。思い出作りといくか」

リュウジが苦笑しながらリンを見やると、彼女の満面に笑みが咲いた。

「おいしゃさん！　ほんとに!?」

「さすがマスター!!　やったねリンちゃん！」

ティルトアも形のよい唇に笑みを浮かべて、リンとハイタッチした。楽しい雰囲気に水は差したくないが、締めるところは締めないと。リュウジはわざとらしく咳払《せきばら》いした。

「ただし二時間だ。それ以上は譲れないぞ」

「ではマスター！　善は急げで行きましょう!!」

リュウジはどこへとは聞かなかった。何故《なぜ》なら行く場所が分かっているからだ。

ちょうどこの街では、最後の思い出作りにおあつらえ向きのイベントが開かれている。

アヴァディル創立祭だ。


アヴァディル創立祭は、毎年九月十日から一週間にわたって開催される。

国中から観光客が押し寄せるイベントで、一週間の来場者は毎年二百万人を超える。

アヴァディルでもっとも大きな通りオークストリートは、様々な屋台が通りの端から端まで並んでおり、祭りの初日とあって多くの観光客で混雑していた。

リュウジとティルトア、ベルを抱いたリンとアヴァディル夫妻は、屋台を見ながらオークストリートを歩いている。

「お祭り、お祭り、お祭り、だーだー。お祭りだーだー。お祭りだー」

うきうき歩くティルトアの足元でブーツがパカパカ鳴っている。リン以上のはしゃぎようで、間違いなくこの中で一番祭りを楽しんでいた。

アヴァディル家の庭園を歩いていた時も祭りに行こうとせがんでいたし、本当は思い出云々《うんぬん》よりも自分が来たかっただけかもしれない。

リュウジは、疑惑の眼差しでティルトアを睨んだ。

「むむむっ！　マスター見てください！　あのアライグマのぬいぐるみ！　かわいい！」

ティルトアは、ぬいぐるみを売っている屋台を指差し、うさぎのようにぴょんぴょん跳ねた。

「欲しいです！　プレゼントしてください！　ティルトア、とってもいい子です！」

「買わん」

拒否してそっぽを向くと、涙目のティルトアが回り込んできて目の前に立った。

「なんでです⁉　私たちがお祭りに来た思い出を作りましょうよ‼」

思い出なんていらない。荷物もいらない。二ヶ月も経《た》たずにティルトアは寿命を迎える。

そんなものを残されてどうしろというのだ。

リュウジは、無視を決め込んで歩く速度を速めた。

「むむむっ！　マスターのけちんぼー！　あ！　じゃああれならどうです!?」

ティルトアが指差したのは、豚の串焼きを売っている屋台である。グリルの上で串に刺された豚のバラ肉が炭火で焙《あぶ》られ、肉の表面に油がぷくぷく浮いていた。

「マスターいい匂いがしますね！」

「いい匂いって、この刺激臭か？」

豚の串焼きには、大量の香辛料がまぶされている。唐辛子と胡椒《こしょう》、他にもハーブなど。唐辛子と胡椒の匂いがかなりきつい。リュウジは、たまらず鼻をつまんだ。

「いい匂い……か？」

「いい匂いですよ！　私は熊よりも鼻が利くんですっ!!　あれは絶対に美味《おい》しいです！　間違いなしです!!　みなさんで食べましょう！　すいませーんっ！　串焼き五本くださーい!!」

「はーい」

店主の女性から串焼きを五本受け取ったティルトアは、リン・ベル・アヴァディル夫妻に四本渡した。そして手元に残った一本を見て、舌なめずりする。

「いただきます！」

ティルトアが豚の串焼きに、ぱくっとかぶりついた。

「んーん！　美味しい!!　ピリ辛ジューシーでもう最っ高!!」

ティルトアが顔を綻ばせる。

それを見ていたリンも小さな口で串焼きにかじりついた。

「おいしい!!　パパ！　ママ！　おいしいよ！」

「本当だ。美味しいな」

「リンは、結構辛いの平気なのよね」

「うん!!　これだいすき！　おいしいね！」

見た目によらず味覚は相当大人らしい。将来は、激辛好きの女性になりそうだ。

「ベルもたべて！　おいしいよ！」

リンに勧められてベルも串焼きを頬張った。

「美味しいねリンちゃん！」

「うん！　おいしいね！」

フェアリーメイドの味覚は人間と同等だ。五十年前のぬいぐるみ型でも味覚機能は現行型と遜色ないはず。

きっと妖精だった頃から辛い物好きなのだと、リュウジは一人で納得した。

アヴァディル夫妻も串焼きに舌鼓を打っている。この街で生まれ育った人間は、辛い物に強い耐性があるのか。あるいは、見た目と匂いほど辛くないのか。

串焼きの屋台を訝《いぶか》しんで見ていると、リンがリュウジの顔を見上げてきた。

「おいしゃさん、たべないの？」

リンの問いかけに、ティルトアがいたずらっ子のように微笑《ほほえ》んだ。

「マスターは、辛い物、お酒、たばこ全部だめなの。お子様舌なんだよね」

「馬鹿言うなっ!!　誰がお子様舌だ！」

「マスターです」

ティルトアは、ニタニタと笑っている。明らかにリュウジを馬鹿にしている態度だ。

リンやアヴァディル夫妻まで、少し冷めた目をしている。

「俺は、お子様舌なんかじゃない！」

「マスター、見栄《みえ》を張ってもいいことないですよ？」

ティルトアの声音は挑発的だった。ここまで言われて引き下がるシシヤマ・リュウジではない。大人たるもの辛いものの一つや二つ食らってやる。

リュウジは、覚悟を決めて串焼きの屋台の前に立った。

「激辛串焼きを一本ください」

「激辛？」

店主に注文すると、彼女は首を傾《かし》げながら串焼きを一本手渡してきた。

たっぷりとスパイスがまぶしてあるせいで強烈な匂いがする。鼻の粘膜が痛い。どうしてこんなものを平気な顔して食べられるのか理解に苦しむ。

だが、ティルトアに舐《な》められたままではいられない。子供舌の汚名返上だ。意を決して豚の串焼きの端っこを噛《か》むと、強烈な辛さと痛みが舌を突き刺した。

「うぐっ!?」

咄嗟《とっさ》に串焼きから口を離したが、口の中の辛さが消えてくれない。

「げっほ！　ごほ!!　な、なんだこれッ！　ごほ!!」

まったく衰えることのない辛味の暴風に、咳《せき》と涙が止まらない。

悶絶《もんぜつ》するリュウジに対して、ティルトアは勝ち誇ったような顔をしている。

「ほらー、やっぱりお子様舌じゃないですか」

そう言うと、リュウジの手から串焼きを取り、ぱくりと一口。

「美味しい～。ジューシーピリ辛最高！」

「なんでこんなもん食えるんだ!?　味覚がどうかしてんじゃないのかッ!?」

「味覚がどうかしてるのは、マスターだと思います」

急に冷静なトーンになったティルトアは、リュウジの串焼きをぺろりと平らげた。そして少し離れた屋台へ走っていく。そこから持って帰ってきたのは、スリーブつきの紙コップが六個乗った木製のトレーだ。

「ホットココアです。これもみんなでいただきましょう」

リュウジは、すかさず紙コップを取ってココアを口に流し込む。コクのある甘みが口一杯に広がり、スパイスで痛めつけられた味覚を癒してくれる。とても質のいいココアだ。

二口目。今度は舌の上で転がすように、じっくり味わう。心安らぐ優しい甘さだ。

「本当にマスターは、ココアが大好きですね」

辛さのあまり、我を忘れてがっついてしまった。気恥ずかしさで頬が熱くなってくる。

「おいしゃさんココアすきなの？」

リンが首を傾げると、ティルトアは悪ガキのようなやんちゃな笑みを浮かべた。

「そう、マスターの大好物なの。マスターは甘いものが大好きで、毎日甘いものを食べないとイライラが大爆発しちゃうんです」

本当のことだが、はっきり言われると恥ずかしい。これ以上余計なことを言われても敵《かな》わないので、抗議の視線でティルトアを牽制《けんせい》する。

だがティルトアは、へらへらと笑うだけで、気にも留めない様子だった。

「恥ずかしがらないでください。大人が甘いものを好きでもいいんですよ。それにみんなで美味しいのが一番じゃないですか！」

「リンもココアだいすき！　ベルもだいすきなんだよね!!」

「うん!!　あたしもココア大好き！」

「ねー。おいしゃさんもいっしょだ！　あっ！　あれなんだろうね!!」

何かを見つけたらしく、リンの青い瞳が好奇心で輝いた。ココアを一気に飲み干し、ダンのジャケットの袖をぐいぐいと引っ張った。

「パパ！　はやく!!」

「分かった、分かったよ」

子供らしからぬ力でダンを引っ張るリンの後をリュウジたちが付いていく。

リンに連れていかれた先には、人だかりが出来ていた。その真ん中で横笛を吹く芸人の男と三体の少女型フェアリーメイドがダンスをしている。

笛の音に合わせ、ひらひらとした踊り子の衣装を纏《まと》ったフェアリーメイドたちが飛んだり跳ねたり、曲芸染みた動きを交えた流麗な踊りを披露する。

芸人の男とフェアリーメイドたちの一糸乱れぬ動きに、リンは目を輝かせていた。

「妖精さんのダンスだ!!　すごーい!!　ベル！　すごいよ！」

「そうだねリンちゃん！」

笛の音色に合わせて踊る三体のフェアリーメイドの動きは、完璧にシンクロしている。

観客は、みんな華麗なダンスに夢中だが、リュウジは種を知っている手品を見ているような気分だった。

「……脳波制御装置か」

脳波制御装置は、人間とフェアリーメイドの間で脳波の送受信を行う妖精器だ。主な材料は、妖精の化石・オークの樹液・胡桃《くるみ》・真空管・ミスリニウムなど。

人間の頭蓋骨内に、脳波を感知・増幅して発信する親機を埋め込み、脳波を受信する子機をフェアリーメイドの人工脳に搭載する。

これを用いることで言葉を発さず、フェアリーメイドへ正確な指示を出せ、またフェアリーメイドの思考も読める。とは言え、下手をしたらマナの力の逆流で脳が焼かれる危険な代物だ。

ダンスのために脳波制御装置を使うとは、怖いもの知らずとしか言いようがないが、その行為がリンを笑顔にしている。これからリンの笑顔を奪うリュウジに、命懸けで笑顔を与える芸人の男を嘲る資格はない。

「おいしゃさん、どうしたの？」

リンは不安そうにベルを抱きしめている。どうやら相当怖い顔をしていたらしい。

リュウジは笑顔を繕って、リンの頭を撫《な》でた。

「ごめん。なんでもないよ」

そう言いながら左腕に巻いた腕時計を確認する。タイムリミットまであと一時間だ。

「もうじかん？」

「大丈夫。まだ時間はあるよ」

「……そう」

間違ったことをするわけではない。ベルを放置しておけば、リンもベルも不幸になる。一時リンの笑顔を奪う代わりに、今後の人生の安寧を約束出来るのだ。

汚れ役をやる覚悟を揺らがせてはいけない。この道を選んだのは自分の意思なのだから今更躊躇《ちゅうちょ》は許されない。自身の覚悟が揺らがぬように両の拳を強く握った。

壊し屋は、人とフェアリーメイドを別れさせる仕事だ。あの芸人の男のようにフェアリーメイドで感動を与え、夢のような世界を演出することが役目ではない。

壊し屋は繋《つな》がりを断絶させ、夢を終わらせる役目。

どんな繋がりでもいつかは切れる。どんな夢でもいつかは覚める。それを彷彿《ほうふつ》とさせるかのようにダンスが終わり、芸人の男とフェアリーメイドを囲んでいた人々がはけていく。

「……おいしゃさん、ごめんなさい」

そう呟《つぶや》いたリンがベルを抱えたまま走り出した。

「ッ！　リン！」

リュウジは、リンを捕まえようと手を伸ばしたが、小さな身体《からだ》はあっという間に人込みの中に溶けてしまう。咄嗟のことで反応が遅れた。己の不甲斐《ふがい》なさに思わず舌打ちをする。

「くそッ。ティルトア！　匂い追えるか!?」

ティルトアは、すぐに匂いを嗅ぎ始めたが、険しい顔つきをした。

「え、えーっと！　たくさんの匂いがあるから……リンちゃんの匂いが紛れて……」

屋台から出る匂いに、人々の放つ匂い。これだけ多くの匂いが混じってしまうとさすがのティルトアの嗅覚でも追跡は困難だ。こうなるとひたすら足を使って探すしかない。

「仕方ない。手分けして探すぞ。ご両親は、迷子が出たと祭りの運営に」

「は、はい！　行こうリース！」

「ええ！」

夫妻が人込みをかき分けていく。リュウジは彼らと反対方向に進んだ。

「マスター！」

ティルトアに呼ばれて振り返る。泣き出しそうな顔を見れば、彼女が罪の意識に苛《さいな》まれているのが分かった。

「ごめんなさい！　私が提案したんだから、私がリンちゃんを見てないといけないのに！」

「いや、俺の責任だ。許可を出したのは俺だし、呆《ほう》けてたのも俺だ」

これはリュウジの失態だ。リンが逃げ出す可能性を考慮して、もっと警戒するべきだった。思案に耽《ふけ》っていたせいで反応が遅れてしまったのは最悪だ。

この人込みでリンとベルを探すのは、かなり難しい。しかし何時間も見つけられないままだと、ベルが街中で妖精化しかねない。そうなったら最悪の事態になる。

「妖精化したベルを破壊するなんてことになったら、それこそリンにとって最悪の思い出になる。そうなる前に必ず見つけ出すぞ」

「は、はい！　じゃあ私はあっちを探します！」

「頼むぞ。見つけたら場所を書いて手紙鳥を飛ばせ。すぐに向かう」

「はい！　マスターもお願いします！」

走るティルトアの背中を見送ってから、リュウジも人込みに分け入った。


赤くなった空でマナの群れが風のように躍っている。何者にも束縛されず自由に――。

ベルは、人気《ひとけ》のない路地裏で蹲《うずくま》ったリンに抱きしめられ、空を見上げていた。

「パパ……ママ……」

ベルは、抱きしめられるのが嫌いだった。

どこへも行けない縛《いまし》めは、自由を愛するベルにとっては屈辱の極みだ。

「おいしゃさん……おねえちゃん……」

ベルは、泣き声を聞くのが嫌いだった。

耳元でぎゃんぎゃんとやかましくて耐えられない。

「ごめんなさい……」

ベルは、泣き顔を見るのが嫌いだった。

涙と鼻水で身体がぐしゃぐしゃに汚れる。

「でも……でも……お祭り……来年もベルと来たいの……」

ベルは、祭りになんて来たくなかった。

こうなるのが目に見えていた。

「ねぇベル。どうしてベルと……おわかれ、しないといけないの？」

ベルは、一人が嫌いだった。

何十年も一人にしておいて今更友達だなんて。

忌々しい。自由を縛る全てが。自由を奪う全部が――。

「リン！」

「おいしゃさん？」

路地裏に男が飛び込んできた。リュウジという名前の壊し屋だ。

ベルは、妖精職人《フェアリーマイスター》が嫌いだった。

奴《やつ》らがフェアリーメイドなんて作ったからこんな目に遭うのだから。


リンが迷子になってから三時間。夕日がアヴァディルの街並みを赤く染めている。

街を走り回っていたリュウジは、子供の泣き声を聞いて路地裏に飛び込んだ。

そこにリンと、彼女の胸に抱かれたベルが居た。

「リン！」

「おいしゃさん？」

リンは、怯《おび》えた顔をしている。逃げ出したことを怒られると思っているのだろう。

生憎《あいにく》とリンを叱っている余裕はなさそうだ。ベルの様子がおかしい。リュウジの目をじっと見つめてくる姿にぬいぐるみ特有の愛らしさはない。感じるのは敵意……否、殺意だ。

「リン、無事でよかった。みんなで探していたんだ」

なるべく穏やかな声で話しかけつつ懐に右手を入れ、ショルダーホルスターに差した拳銃のグリップを握った。続けて左手を腰に回す。鞘《さや》に納めているナイフの柄を握り、柄尻のリングに人差し指を通した。

「さぁ、ベルと一緒に帰ろうか」

リンは、ぶんぶんと首を横に振った。

「おいしゃさんとかえったらベルとバイバイだもん！」

「リン。バイバイするのは、ベルのためなんだ」

「いや！　ベルとバイバイしたくない！」

リンが叫んだ瞬間、ベルがびくりと蠢《うごめ》いた。

「……して……」

ベルの消え入りそうな呟きに、リンが首を傾《かし》げた。

「ベル？」

「出してえええええええ！」

突如ベルがリンの腕から飛び出した。

ベルは、リンの足元に着地してリュウジを睨《にら》んでくる。

「妖精職人《フェアリーマイスター》！……お前たちのせいだ……あたしを閉じ込めて……お前たちの！」

激昂《げきこう》するベルを見て、リュウジは直感する。ベルの妖精化が始まった。

このままだと安全装置が起動して核《コア》が破壊される。その前に解体しなくては。

リュウジがベルに駆け寄ろうとした瞬間、ベルの右手を突き破って鋭い爪が飛び出した。

目にも留まらぬ速さで自身の胸に爪を突き立て、体内から黒い澱《よど》みが渦巻く小瓶を抉《えぐ》り出す――安全装置である。

ベルが取り出した安全装置を地面に投げると、青い小さな爆炎が爆《は》ぜた。

安全装置は起動こそしたが、妖精化に対する反応が数秒遅れた。恐らくは経年劣化が原因の動作不良だろう。恐れていた事態が現実になってしまった。

ベルの姿を見たリュウジの脳裏に浮かぶのは、全てを失った八年前の光景だ。

肉片と血の匂いに塗《まみ》れた忌まわしい記憶。恐れと後悔が感覚を支配しそうになる。

心の内に湧いた暗い感情を断ち切るように、リュウジは拳銃とナイフを抜き放ち、銃口をベルへ向けた。

「ベル！　リンから離れろ！」

「ギャガアアア！」

豹変《ひょうへん》したベルの姿に、リンは凍りついている。だがこれは不幸中の幸いだ。リンに下手な動きをされるよりもずっといい。

さらにベルの敵意がリュウジに向いているのも好都合だ。

まずは人工脳を破壊して運動機能を奪う。それから解体作業だ。

ベルのマナを傷つけないように解放するには、調律器以外の機材も欲しい。けれど妖精化した以上、ある程度のリスクは承知で、この場で解体する以外の選択肢はない。

リュウジがトリガーに指をかけた刹那、ベルが鼻先まで迫ってきた。

尋常な速さじゃない。しかも右手の爪は、さらに鋭く長く伸びている。人工骨格の膨張と変形。急速に妖精化が進んでいる。

ベルの爪がリュウジの顔面目掛けて振り下ろされた。ミスリニウムのナイフで爪を受け止めると、ギギッ！　と甲高い摩擦音を鳴らして火花が散った。

一撃が重い。小さな身体に似合わない膂力《りょりょく》だ。妖精化の影響で限界をはるかに超えた出力を発揮している。直撃を受けたら肉だけでなく骨も断たれるだろう。

もしも防御が間に合わなければ……そんな自分の姿を想像したリュウジの背筋を冷たい汗が伝った。

「くっ！」

リュウジは歯を食いしばって、心の内に生まれた恐怖を嚙《か》み潰した。全身全霊を込めて左腕を振るい、ベルを弾《はじ》き飛ばすと、拳銃を構えて狙いを定める。

「グルルル！」

唸《うな》り声《ごえ》を上げながらベルが横っ飛び、射線から外れた。路地裏の建物の壁を蹴りながら三次元的な軌道で飛び回る。

幾度もベルへ銃口を向けるも、既にそこに居ない。常人の反射神経では捉えることのかなわない電光石火の身のこなし。恐らくは亜音速の領域に達している。

だが対処法がないわけではない。ベルの動きは速いが、暴走したフェアリーメイドの行動原理は至極単純。眼前に居る者全てを牙と爪で引き裂く。ただそれだけに注力する。

こちらが攻撃しようとすれば回避に専念し、こちらが隙を見せれば即攻撃に転じる。

だったらあえて隙を見せればいい。

ベルの軌道を目で追うのをやめた瞬間、小さな影が懐へ飛び込んでくる。

「ギャガアアア！」

薙《な》ぐように振るわれたベルの右手の爪が首筋に迫る。コンマ秒後に命を刈り取られる

――リュウジは、この展開を望んでいた。

ベルの爪をすかさずナイフで受け止める。

妖精化して暴走状態のフェアリーメイドは急所への攻撃に執着する。故に攻撃地点の予測は容易《たやす》く、音に寄り添う速度域にも対処出来る。

ナイフで受け止めた爪をいなし、右回し蹴りを一閃《いっせん》。切れ味抜群の蹴り足がベルの側頭部を捉え、石畳に叩《たた》きつけた。

「ギギッ!?」

ベルは地面で悶《もだ》えて起き上がらない。人工脳への衝撃で運動機能が一時的に麻痺《まひ》している証拠だ。この機を逃す手はない。

リュウジが拳銃のトリガーにかけた人差し指へ力を込めると、リンがベルをかばうように覆いかぶさった。咄嗟《とっさ》にトリガーから指を放し、リンとベルから銃口を外す。

「リン！　そいつを放すんだ！」

「いやだ！　ベルをころしちゃだめ！」

リンの腕の中でベルが暴れる様子はない。まだ運動機能が麻痺しているようだが、いつまた暴れ出すか分からない。一刻も早くリンの安全を確保する必要がある。

「リン、ベルは病気なんだ！　病気だから暴れてるんだ。だから治してやらないと！」

「リンしってるもんっ！　銃はころすためのものでしょ!!　それでベルをころすんで

しょ!!」

銃を抜かざるを得ない状況だったが、リンの信用を損なったのは痛い。けれど今更銃をしまうわけにもいかない。武装解除した瞬間、ベルに喉を切り裂かれる。

こうなったら今のベルがどれほど危険な状態か、リンに理解してもらうしかない。

「リン、聞いてくれ。今のベルは、リンを怪我《けが》させるかもしれないんだ」

「そんなことしないもん！」

リンの頑《かたく》なな態度も当然だろう。彼女にとってリュウジは、今日出会ったばかりで、しかも友達を銃で撃とうとしている男だ。こんな人物を信用しろというほうが無茶である。

それでもやるしかないのだ。リンを説得してベルの人工脳を破壊する以外に、状況を打開する術《すべ》はない。

リンの信用を得るために必要なのは、子供騙《だま》しの言い訳や嘘《うそ》を口にしないことだ。

リュウジは、ゆっくりとリンに近づいていく。

「リンの気持ちは分かるよ。友達はひどいことをしないって。ベルだってそんなことはしたくないんだ。でもしたくなくても、することがあるんだよ……」

リンを説得するためには、真実を語る他ない。リュウジが経験した人生最悪の思い出を。

「俺の……友達も……そうだった」

「……おいしゃさんの？」

「そうだ。俺にも友達が居た。名前はアリシアっていうんだ」

「アリシア？　ベルとおんなじ……」

「そう、彼女もフェアリーメイドだった。俺が作ったんだ。友達になれると思ってね。でも彼女は妖精化して暴走した。今のベルと同じように……それでどうなったと思う？」

「わかんない……」

あの惨劇は毎晩夢に見るし、瞼《まぶた》を閉じれば鮮明に思い出せる。絶対忘れてはいけない過ちの記憶。それをリンに語り聞かせようとするも、言葉が喉の奥で引っ掛かる。口にしようとするだけで、己の愚かさを再認識させられる。自らへの怒りが激しく燃え上がる。それでも言え。言葉を紡げ。傷つくことを恐れるな。過ちを吐露しろ。

リュウジは、自分に言い聞かせながら喉を震わせた。

「アリシアは……俺の両親を殺した。俺の目の前で……父さんと母さんを殺したんだ」

両親は、アリシアに引き裂かれて肉塊と化した。床や壁にこびりついた大量の肉片がどちらのものであったのか、判別が出来ないほどだった。

変わり果てた二人の姿を思い出し、飲んだココアが喉元までこみあげてくる。腹に力を込めて吐き気をぐっと堪《こら》えた。涙が溢《あふ》れないように奥歯を噛み締める。

誰のせいでこうなった？　アリシアのせいか？

違う。アリシアを作ったリュウジのせいだ。

リュウジがアリシアを作らなければ、両親は死なずに済んだ。

心に巣くった罪悪感が消える日は来ない。そんな日が来てはいけないし、忘れることは許されない。だけど、こんな思いをするのは自分だけでいい。

リュウジが壊し屋の道を選んだのは、他の誰かが自分と同じ思いをしないためだ。

「ベルを解放してあげないと彼女は、誰かを傷つける。リンには俺と同じ思いをしてほしくないいんだ」

「わたしのベルは、そんなことしないもんっ!!」

「俺もそう思ってたんだ。俺も友達が酷《ひど》いことをするはずがないって」

あの時のリュウジは十三歳だった。アリシアを作って一年弱。幸せな日々を過ごし、彼女との間にかけがえのない絆《きずな》が出来たと信じていた。あまりにもそう無邪気に信じ込んでいた。

「でもするんだよ。フェアリーメイドは、そういうものなんだ。どんなに大事に思っていても、どんなに大事にしていても彼らは、寿命を迎えると暴走する」

喪失の痛みを知った今は理解している。人間とフェアリーメイドは、友達じゃない。他種族の魂を隷属させることで作られる、この世に生まれてはならない道具だ。

「フェアリーメイドもそうしたくてしてるわけじゃない。でも寿命を迎えたフェアリーメイドはそうなってしまうんだ。リン、ベルはもう寿命だ。これ以上一緒に居ると君もベルも苦しむことになる。だから彼女を楽にしてあげよう。それがベルのためになるんだ」

「おわかれしたくない!!」

リンの青い瞳に宿るのは、固い決意だ。ベルと離れない。ベルを守る。この決意だけは絶対に折れない。譲らない。そんな強い感情が涙と一緒に滲《にじ》んでいる。

「だってずっとさびしかったんだよ!?」

「君には、パパとママが居るだろ?」

「ちがうよ!　ベルだよ!!　ものおきでずっとひとりだったのっ!　だからわたしはベルをさびしくさせたくない!!　ひとりにしたくないもんっ!　いやだもんっ!!」

リンは、ベルを抱きしめながら震えている。銃とナイフを持った大人なんて怖くて当然だ。それでも友達を守ろうとして、リンは懸命にリュウジへと立ち向かっている。

「もうさびしいのはだめっ!!　ぜったいベルをさびしくなんかさせないもん!　わたしがベルとずっといっしょにいるもん!!」

心の優しい子だ。ベルを手放したくない理由は、お気に入りのおもちゃがなくなるからじゃない。ベルが大切だからベルを守りたい。ベルを悲しませたくないという思いからだ。

「だからバイバイしたくない……ベルはわたしがまもるの!!」

リンがベルを力強く抱きしめると、ベルが腕の中でもがき出した。

「ギャアアアアアア!!」

ベルの悲鳴が路地裏に響き渡る。肉体の急速な妖精化で激しい苦痛を伴っているのだ。暴走が本格化した証拠である。

「リン！　ベルを放せッ!!」

「いや！」

こうなったら力ずくでも引きはがすしかない。

銃を持った右手を胸にぴたりとつけて構え、リンの下へ駆け寄る。

ベルを奪おうとナイフを鞘《さや》に納めて左手を伸ばすと、リンの腕からベルが飛び出した。

「ギシャアアアアアアア!!」

ベルの爪がリュウジに迫る。だが、ベルが自らリンと離れたのは好都合だった。

壊し屋の使うＡＦＣ《アンチ・フェアリー・コンバット》には、型《フォーム》がある。普段使っている基本型のセカンド。腕を伸ばして遠くを狙う遠距離用のサード。今使っている胸の前で銃を構える接近戦用のファーストだ。

ＡＦＣ《アンチ・フェアリー・コンバット》ファーストは、至近距離での射撃精度と即応性に優れる。

相手の動きは速いが、目は慣れた。喉を狙って飛び込んでくるベルに銃口は合わせてある。グリップに左手を添えてトリガーに指をかけた。

発砲しようとした刹那、空から人影が舞い降りてリュウジとベルの間に割り入る。それは、えんじ色のキャスケット帽を被《かぶ》り、マントのような装飾が特徴的なメイド服を着た少女だ。

「ティルトア!?」

このままじゃ弾がティルトアに当たる。引きかけたトリガーから即座に指を外した。

「ベル――」

優しい声で語りかけながらティルトアは、突進してくるベルを抱きしめた。

捕まったベルは、すかさず鋭い爪をティルトアの左の二の腕に突き立てる。鋭利な爪がティルトアの腕を貫通し、琥珀色《こはくいろ》の血が溢れた。

「ティルトア！　そいつを放せ!!」

コーディアルブラッドを大量に失えば身体の機能を保てなくなる。血を失えば生きていけないのは、人間と同じことだ。

さらにフェアリーメイドにも痛覚は存在している。ティルトアは、高性能なフェアリーメイドだから人間同様に痛みを感じるのだ。激しい損傷を受けるとショック症状を起こす可能性もある。

おまけにベルの鋭い爪であれば、ティルトアの核《コア》を破壊することも容易《たやす》い。

もしも貫かれたのが腕でなく、核《コア》のある胸部であったなら――考えただけで、冬の夜風が吹き込んだように心が冷めていく。この感覚は、両親を失ったあの時と同じだ。

「ティルトア！　そいつを俺に渡すんだ!!」

リュウジが左手を伸ばすと、ティルトアは振り返った。

抱きしめているベルが爪を振り回して暴れ、ティルトアの両腕と胸に深い切り傷を刻みつけている。それなのにティルトアは、眉一つ動かさない。

「マスター、私に任せてください」

ティルトアの声には、有無を言わさぬ力強さが感じられた。

「ティルトア……」

リュウジは、銃を下ろした。ティルトアの行動を見守るのが最善に思えたのだ。

ティルトアは、赤子をあやす母のような面持ちで暴れるベルを見つめている。

「ベル、大丈夫だよ。ねぇリンちゃん。聞いてほしいんだ」

ティルトアは、リンに向き直った。

ベルが傷つけたティルトアの姿を見て、リンはショックを受けているようだった。

もしかしたらティルトアは、身を挺《てい》してベルを解体する必要性を教えようとしているのかもしれない。

「おねえちゃん……いたい？」

「大丈夫だよ。あのねリンちゃん。ベルはね、ご病気なの」

ティルトアは、しゃがみこんでリンと視線を合わせた。

「本当は、リンちゃんにひどいことしたくない。私のマスターや私にもしたくないけど、病気のせいでこうなっちゃったの」

ティルトアがリンを諭していると、腕の中で暴れていたベルの動きが緩慢になっていく。

「本当は、リンちゃんのことが大好きなんだよ。リンちゃんもベルのこと大好きだよね」

「……うん。だいすき……」

「このご病気を治すには、リンちゃんとベルがバイバイするしかないの」

「……うん」

ティルトアは、左腕でベルを抱いたまま、右手でリンの頭を撫《な》でた。

「それでしか治せないの。だからね、ちゃんとお別れ出来るよね？」

リンがティルトアに抱かれたベルの頭を撫でると、ベルの動きが完全に静止した。

「……リン、ベルとバイバイする。ベルがだいすきだから……バイバイする」

ティルトアは、リンにベルを手渡した。

リンはベルをぎゅっと抱きしめる。ベルは暴れることなく、リンを受け入れていた。

妖精化したフェアリーメイドの暴走が止まった。

リュウジは、目の前で起きていることが信じられず、立ち尽くすことしか出来なかった。

リュウジとティルトアは、リンとベルを連れてアヴァディル家の邸宅に戻ってきた。

黄昏《たそがれ》に染まった庭園で、リュウジとティルトアはベルの解体の準備を進めている。

ティルトアの傷は深いが、応急処置すらしていない。ベルの解体が最優先だと自ら治療を固辞したのだ。

リュウジとティルトアの作業をリンとアヴァディル夫妻がじっと見守っている。

リュウジは、金属製の折り畳み式作業台にベルを寝かせた。

ベルは、妖精化したままであるが、今のところ暴れ出す気配はない。

これまでにない状況に戸惑いながらも、リュウジは準備を続ける。

作業台を囲むようにリュウジと同じ背の高さの金属製の三脚を立てていく。先端に蜂蜜の詰まった瓶を取りつけてあるこの装置は、多量のマナをかき集める徴収器だ。

ベルの解体には、通常の調律器で集められるマナでは足りない。多量のマナを注いでベルのマナを保護しつつ作業を進める必要がある。

七本の徴収器の設置が終わり、リュウジは右手に調律器をはめた。

「解体作業を始める。リン、ベルに最後のお別れを」

リンは作業台に歩み寄ると、一度だけベルの頭を撫でた。

「ベル。バイバイ。だいすきだよ。これからもずっとだいすきだよ」

リンのお別れの言葉に、ベルは何も答えなかった。

リンは、リュウジと目を合わせ、覚悟を決めた面持ちで頷《うなず》いた。

「おいしゃさん、ベルをおねがいします」

はっきりとした声でそう言って、リンは両親の下へ戻った。

「ああ、任せてくれ。ティルトア、徴収器を起動してくれ」

「はいマスター」

ティルトアが七本の徴収器のレバーを操作し、起動していく。供物の蜂蜜の香りに引き寄せられ、上空のマナの大流から大量のマナが集まってくる。

リュウジが調律器をはめた右腕を掲げると、徴収器から濁流のようなマナが注がれていく。今まで扱った経験のない膨大なマナだ。これだけあれば、ベルのマナを安全に解放出来るだろう。

右手をベルに向けると、調律器全体から数百に及ぶマナの糸が躍り出した。

マナの糸がベルを搦《から》め捕り、作業台から宙へと持ち上げる。マナの糸の一本一本がベルに浸透して、ぬいぐるみの外皮の縫い目の糸が解きほぐされた。外皮の次は人工筋肉、人工内臓、骨格の順番で分解されていく。

分解されて空中に固定されたパーツの中心に、安全装置が外された核《コア》が浮かんでいる。

ここからが本番だ。リュウジは、多量のマナを右手に纏《まと》わせてベルの核《コア》に触れた。同時にマナを介してベルの記憶がリュウジの脳内に流れ込んでくる。

最初の持ち主は、メアリー・アヴァディル。リンの祖母だ。彼女が十歳の頃に買い与えられ、数年で物置にしまわれた。思春期のメアリーは、ぬいぐるみを愛《め》でなくなったのだ。

それから何十年も埃《ほこり》に塗《まみ》れた物置の奥にしまい込まれていた。

狭い……辛《つら》い……一人は嫌だ……核《コア》に閉じ込められ、ぬいぐるみに閉じ込められ、物置に閉じ込められた。ベルが味わった何十年分の孤独、屈辱、苦痛が一気に流れ込んでくる。

それでもベルは妖精化を耐えた。

妖精化をすれば誰かが物置を開けた時に一人か二人は殺せるかもしれない。

しかしその後必ず、壊し屋に壊される。自我を殺される。自分が自分でなくなる。

そうなりたくなくて憎悪を押し殺し、ひたすら不自由を堪《こら》えていた。

三年前、リンに助け出されるまでは。


——あなたのなまえは、アリシアだよ！　わたしのすきな絵のひとのなまえ！


その名前で呼ばれた時、ベルは何故《なぜ》か懐かしい気持ちになった。

理由は思い出せない。妖精の頃の記憶が摩耗し尽くされてしまったせいだ。

肉体を失い、マナになってからの長い年月が過去を消し去ってしまった。


——いいこ。

忌々しい。憎い。ずっと一人にしていたくせに。

――もうさびしくないよ。

頭を撫でられる度に。

――リンと、ずっといっしょだから。

ベルの主《あるじ》への思いは――。

「ぐっ!?」

リュウジは、激しい頭痛に襲われ、目が眩《くら》んだ。ベルの記憶の流入が途切れると、化石の粉末と樹液で作られた白い花弁が開き、光が弾《はじ》けるように飛び出した。
解放されたマナが極彩色の翼を持った美麗な少女の姿を象《かたど》っていく。水色の瞳と肩の上まで伸びた癖のある橙 色《だいだいいろ》の髪が美しい顔を一層映えさせ、妖精伝統の白い装束を纏う肢体は、彫像と見紛《みまが》うほどにしなやかだ。これがベル本来の姿である。
彼女が見えているのは、この場においてはリュウジとティルトアだけだ。分解されたぬいぐるみを見つめながら涙を堪えているリンに、ベルの真の姿を見ることはかなわない。

ベルは、しばし自分の手足を見つめた後、髪を振り乱しながら両腕を突き上げた。

『やっと自由になれた！　あの忌々しい身体《からだ》とはこれでおさらばだ！　あたしは花と風の妖精、自由が何よりも大事なんだ！』

頭上を仰いだベルは、空を流れるマナの大流に手を伸ばした。その表情には愛《いと》おしさと懐かしさが滲《にじ》んでいる。反応を見るに、穢《けが》れの影響で自我は崩壊していないようだ。

マナの解放作業は、無事終了した。残る仕事は、抜け殻になったフェアリーメイドの再構築だ。

寿命を迎えたフェアリーメイドのボディーは、基本的にはリサイクルされる。

特に核《コア》や人工骨格の素《もと》となる妖精の化石は、埋蔵量に限りがある素材だ。そのため核《コア》や人工骨格は、再度粉末状にして、別のフェアリーメイドの素材として使用される。

数十年前のフェアリーメイドに使われた化石がリサイクルされて、現在でも核《コア》や人工骨格の一部に使われているのも珍しい話ではない。

だが魂《マナ》がない器であっても手元に置きたいと願うフェアリーメイドの主も存在する。故にフェアリーメイドのリサイクルは、法律で義務化されているわけではない。

きっとリンもベルの抜け殻を手元に置きたいと願うはずだ。

リュウジは、右手をぎゅっと握りしめる。調律器から伸びるマナの糸がばらばらだったベルのボディーを元のぬいぐるみの状態に作り直した。

ティルトアが両手を伸ばして、宙に浮かぶぬいぐるみを摑《つか》む。

リュウジがもう一度強く右手を握ってマナの糸を切断すると、宙に浮いていたぬいぐるみに重力の枷《かせ》がはめられた。

「リンちゃん」

ティルトアは、リンにぬいぐるみを手渡した。

リンは何も言わずに、抜け殻のぬいぐるみを受け取り、強く抱きしめた。

そこにもう愛する妖精が居ないことは理解しているはず。けれど涙は流さなかった。

「解体作業は終了だ。お疲れさん」

リュウジは、作業を手伝ってくれたマナに礼を告げた。役目を終えたマナは、調律器と徴収器の蜂蜜を吸い上げてから抜け出し、空へと帰っていく。

ベルは、空へ昇る蜜色の輝きを見つめて、笑みを浮かべた。

『ああ、仲間が居る……仲間と自由にどこへでも行ける！』

歓喜するベルが空へ昇ろうとした時――。

「ベル……」

リンが愛するフェアリーメイドの名前を呼んだ。だけど泣かない。ぬいぐるみを抱きしめて涙が流れるのを堪えている。

ベルは、主だった少女を憐《あわ》れむように一瞥《いちべつ》した。

『……馬鹿だね。そこにもうあたしは居ないのに』

ベルがふわりと舞ってリンの前へ行く。

しかしリンには、ベルの姿は見えない。声も聞こえない。

『リンちゃん……』

そう呟《つぶや》きながらベルは、リンの頬にそっと手を伸ばした。

マナの状態では人と触れ合うことは出来ない。

けれどリンは、何かに気が付いたかのように、ゆっくりと顔を上げる。

「あまい……お花のにおい？」

リンが呟くと、ベルは微笑《ほほえ》みを浮かべた。

微笑みに応えるかのように、リンの表情が晴れやかになる。

「ベルのにおいだ！」

微笑んだままベルが空へと昇っていく。

彼女が残したキンモクセイの匂いの軌跡を辿《たど》るように、リンは空を見上げた。

その表情に浮かぶのは、別れを惜しむ涙ではなく、友の新たな旅路を祝福する笑顔だった。

アヴァディル創立祭に出店している屋台は、いずれも早朝から営業を始める。まだ午前七時前なのに、既に街全体が祭り特有の活気に満ちていた。

リュウジは、左手にピンクのリボンがついた紙袋を下げて、屋台の前でココアで一服している。

昨日は、ダン・アヴァディルがせめてもの礼にと、リュウジたちを一晩屋敷に泊めてくれた。ティルトアの応急処置もしたかったため、その親切に甘えることにしたのである。

そして今朝早く不意に思い立ったリュウジは、ティルトアを残してアヴァディル家の屋敷を出た。

「はぁ……」

今は自分の行動を後悔し、心を慰めるためにココアを飲んでいる。やはり申し分ない味わいのココアだ。アヴァディルを去る前に飲んでおきたかったが正解だ。

温かくて甘いものは、心を一時落ち着かせる。衝動に任せた行動を後悔している時には最高の薬だ。それでも後悔は中々消えてくれず、リュウジは深いため息をついた。

「何やってんだろうな、俺は……」

「マスター！」

今一番聞きたくない相手の声が聞こえた。リュウジは、嘆息交じりに声のした方向を見る。怒り顔のティルトアが人込みをかき分けてこちらへ走ってきた。

「むー！　置いていくなんてひどいじゃないですか！　あと抜け駆けココアは、もう反則技です！　レッドカードですよ！　即退場！　アウトです！」

「彼女にもココアを一杯」

リュウジが五百ヴェル硬貨一枚を出して注文する。

屋台の店員は、ほわほわと甘い湯気の立つ紙コップをティルトアに手渡した。

「むむむ……買収ですか？」

「いらないなら俺が飲むぞ」

「いりますッ！　いただきますっ!!」

ココアを一口含むと、ティルトアが目を細めた。

「……ふへっ。美味《おい》しい」

「そりゃよかった。傷の具合はどうだ？」

「平気ですよ。コーディアルブラッドは、マスターが輸血してくれましたし、傷も自己治癒機能で明日には完治です」

ティルトアは、通常のフェアリーメイドを超越した性能がある。

普通ならベルに負わされたほどの損傷であれば全身のメンテナンスが必要だ。けれど彼女の自己治癒機能であれば首や四肢を切断でもされない限り、自動的に修復される。

痛みを我慢している様子もないし、輸血もした。一先《ひとま》ずは自然治癒に任せたほうがいいだろう。

「それならよかった……なぁティルトア」

「なんです？」

リュウジは、ココアを一口含んでから空を見上げた。上空ではマナの大流が躍っている。

「ベルを解体した時、彼女の心が分かった。どうして暴走を止めたのか、分かったよ」

「私もあの子を抱きしめた時に、匂いで分かりました。なんだかんだでベルは、心の底からリンちゃんが大好きだったんです。だからリンちゃんだけは、傷つけたくなかった」

「ああ。お前を傷つけて、リンの心が傷ついたのを悟ったんだ。だからあいつは……」

「大好きなご主人様を悲しませたくなかったんですよ……それでマスター！　結局なんで私を置いていったんですか!?　あなたを心の底から愛しているこの私を！」

ティルトアは地団太を踏みながら、焼いたマシュマロのように頬をぷっくらと膨らませた。

「マスター！　答えてくださいっ！　どうしてですか!?　まさか浮気ですかッ!?　あの壊し屋の女が！　エリザさんがどこかに居るんですね!!　むむむむ!!　どこだ!!　出てこいや!!」

置いて出た理由は、答えたくない。せっかくココアで薄れかけていた後悔が蘇《よみがえ》る。でも理由を言わないといつまでも追及してきそうだ。

それに意外と高価だったから、このままにしておくのも、もったいない。

意を決したリュウジは、紙袋をティルトアに差し出した。

「お前に見舞いの品だ」

「……私に!? マスターから!? なんだろう!」

子供みたいにはしゃぎながらティルトアは紙袋を受け取り、中に手を入れた。

袋から取り出したのは、小ぶりなアライグマのぬいぐるみだ。

「マスター……これって私が昨日……」

アライグマのぬいぐるみを見つめながらティルトアは、呆気《あっけ》に取られている。

気恥ずかしくなったリュウジは、ティルトアから顔を背けてココアを一気に呷《あお》った。

「……早く怪我《けが》を治せ。それだけだ」

「マスター!」

喜びの声を上げながらティルトアが抱きついてきた。ものすごい力で圧迫されて、全身の骨がメキメキと嫌な音を奏でている。

「お前……殺す気……か!?」

「だってだって! マスターがプレゼント!! プレゼントですよっ!」

「いいから離れろッ!」

強引に引きはがすと、ティルトアの頬が先程よりもぷっくらと膨らんだ。

「むー！　ティルトア！って言いながら胸に飛び込んできて甘えてくれた子供の頃のマスターはいずこへ！　ああー！　時の流れは残酷ですなー！」

「人間は歳《とし》を取って成長するんだ。お前たちとは違う」

「私たちだって歳を取りますよ？」

「お前のは、経年劣化で言うんだ」

「あー！　ひどい！　マスター！　今のは、すっごく傷つきましたよ！　私の心がバキバキと音を立てて壊れましたよ！　ぬいぐるみを貰《もら》った喜びで即修復ですけど！」

「ならいいだろ」

「それはそれ！　これはこれです！　はい！」

ティルトアは、えんじ色のキャスケット帽を脱いで頭を差し出した。

「マスターに私の心を癒すチャンスをあげます！　さぁ存分に頭を撫《な》でるがよいぞよ！そうすると私の心は、みるみる内に治ってしまうのです！　そういう機能つきです！」

「そりゃすごいな」

リュウジは、空の紙コップを屋台の脇にあるゴミ箱に入れて歩き出した。

「あ！　マスター！　置いていかないでください！」

ティルトアは、くいっとココアを飲み干すと、隣に並んできた。

「えへへ。マスターのプレゼント～。プ～レゼント～」

ティルトアは、アライグマのぬいぐるみを愛《いと》おしそうに抱きしめている。

だからプレゼントなんて贈りたくなかった。絶対喜ぶに決まっている。その姿は素敵な思い出になってしまう。

鮮明に焼きついて二度と消えてくれない。何年経《た》っても色あせずに思い出せる。

きれいな思い出があればあるだけティルトアとの別れが辛《つら》くなる。だからこれ以上、思い出なんかいらない。プレゼントは、これを最後にしよう。

そう決意した瞬間、リュウジの左肩が重くなった。見れば赤い手紙鳥が肩に止まっている。妖精職人協会《フェアリーマイスターギルド》所有の手紙鳥だ。

ティルトアは、手紙鳥を凝視して唇を尖《とが》らせた。

「むむ……また仕事ですか。人使いが荒いですねぇ」

「いや、別件かもしれないぞ」

「別件って……もしかして一昨日解体した〝アリシア・シンドローム〟の？」

「手紙を読めば分かるさ」

リュウジは、手紙鳥のくちばしから折り畳まれた手紙を取り出した。

幕間

弟子入り

Fairy Made
Kizudarake no Yousei Shokunin to
Kowarekake no Jinkou Yousei

リュウジがバーンズの弟子になったのは七歳の頃、季節は秋であった。

テツジの工房が窓から差し込む夕刻の光で染まっている。まるで工房全体が蜜の海に沈んでいるかのような光景だった。

工房の作業机は、フェアリーメイド制作の道具で埋め尽くされている。

部屋の中央には、三つ作業台が並んでいた。作業台のそれぞれにテツジが手掛ける作りかけのフェアリーメイドが横たわっている。

正装をしたリュウジとテツジが工房で待っていると、灰色の三《み》つ揃《ぞろ》えを着たバーンズが自身の弟子の男を三名伴ってやってきた。

「バーンズ。久しぶりだな」

「やぁテツジ。相変わらずいい仕事をしているね」

バーンズは、作業台のフェアリーメイド三体を眺めて感嘆の笑みを浮かべている。

「さすが天才シシヤマ・テツジだ。新しいやり方は、うまく行ってるのかい？」

「ああ。マナに同意を得てからフェアリーメイドになってもらう。同意が得られなければマナを解放する。生産性は下がるが、このやり方を広めるべきだと思う」

「そうだね。僕も素晴らしい方法だと思うよ。僕の弟子たちにも後で詳しいやり方を教えてやってくれないかい？」

「もちろんだ！　私たち妖精職人《フェアリーマイスター》がすべきことは、奴隷を作ることじゃない。肉体なき命であるマナに身体を与えること……そう、妖精という種族を蘇らせること。絶滅以前の完全なる妖精を蘇らせることだ！」

言葉を紡ぐにつれて、テツジの語気が次第に熱を帯びていく。

「ようやく分かったんだ。私たちの技術も才能も、そのために授けられたんだとな。私は、もう奴隷は作らない！　私たちは、彼ら妖精の意思を尊重しなくちゃならないんだッ！　対等でいなければいけないんだ!!」

テツジは、バーンズの右腕と右足を見ると、すぐに目を逸《そ》らしてしまう。

「……これ以上、過ちが起きないためにも……私は……」

「……テツジ、湿っぽい話はやめよう。今日は、君の息子に会いに来たんだ」

バーンズは、リュウジを見て、穏やかな笑みを浮かべた。

だが幼いリュウジには、杖《つえ》をつき、右腕を小刻みに震わせるバーンズが少し怖かった。

弟子三人がリュウジを品定めするような目をしているから、余計に恐怖心を煽《あお》られる。

「リュウジ。この人は、お父さんの親友だよ。覚えてないか？」

怯《おび》えるリュウジの背中をテツジが軽く押すと、バーンズは目を細めた。

「テツジ。僕とリュウジ君は、彼が赤ん坊の頃に何度か会ったきりだよ。さすがに覚えてないさ。まずは自己紹介からだね。こんにちは、リュウジ君」

「こ、こんにちは」

「僕はバーンズ。バーンズ・ポーター。君のお父さんの友達だよ」

いい人だな、とリュウジは本能的に直感した。父に再度背中を押されて、バーンズに歩み寄った。彼は、微笑《ほほえ》みながら震える右手を一生懸命伸ばしてきた。

リュウジはもう一歩近づき、バーンズの手を迎えに行く。震える右手がリュウジの頭を撫でた。とても温かい手をしている。テツジと同じ陽だまりのような手だった。

「リュウジ君、君の調律器の腕を見せてくれるかい？」

リュウジがテツジを見ると、こくりと一度頷《うなず》いた。

父の許可を得たリュウジは、作業机に置かれた調律器を手にはめる。

バーンズへ顔を向けると、彼は作業台に横たわるフェアリーメイドに視線を移した。

「じゃあこの作業台の……真ん中の彼女を解体して元に戻してもらえるかな？」

「はい」

バーンズの指示を受けたリュウジは、指定された作業台に近付いて調律器を起動した。指先から十数本のマナの糸が伸びて作業台に寝かされたフェアリーメイドに絡んでいく。

まずは解体。表皮を剝がし、続いて人工筋肉や人工内臓を取り外す。ゆっくりと慎重にフェアリーメイドを傷つけないように——やがて核《コア》や人工骨格が剝《む》き出しの姿になった。

次は再構築。元の姿をイメージしながらマナの糸を操り、フェアリーメイドを組み上げていく。しかし組み立て直したフェアリーメイドは、解体前よりも歪《いびつ》な姿だった。

丁寧に組み立てたつもりだったが、やはりテツジの技量には遠く及ばない。

幼いながらにリュウジは自覚していた。自分にテツジほどの才能がないことを。

バーンズは、リュウジが再構築したフェアリーメイドをしばらく眺めてから破顔した。

「なるほど。ジーン、ジェイド、ケイン、君たちはどう思う？　正直に言ってごらん」

バーンズに促された三人の弟子たちの内、最初に口を開いたのは大柄な髭面《ひげづら》の青年ジーン・ラングだ。

「そうですね。基礎は出来ていますが……うーん」

「ジーンの言う通り、才能という面では光るものは感じません」

眼鏡をかけた細身の少年ジェイド・ウィルズがそう言うと、小太りの男ケイン・シャーリーがテツジの様子を窺《うかが》い出した。

「三天人の一人、天才シシヤマ・テツジさんの息子というほどの才覚は正直……」

三名の弟子たちの意見に、バーンズはこくこくと頷いた。

「そうだね。僕も君たちと同意見だよ。基礎は出来ているが、これは教え甲斐《がい》がある」

バーンズがそう告げると、テツジは不機嫌顔になった。

「親友の息子だっていうのに容赦がないな」

テツジの抗議に、バーンズは飄々《ひょうひょう》と微笑んだ。

「僕は、遠慮はしない主義でね。リュウジ君の才能は、天才と称される君に比べるとかなり劣る。だが彼は将来、三天人をも超える凄腕《すごうで》の妖精職人《フェアリーマイスター》になると僕が保証するよ」

バーンズの予言に、テツジとバーンズの三人の弟子たちは、揃《そろ》って目を丸くした。

「お前が教えるからか？」

テツジの問いかけに、バーンズは首を横に振った。

「いいや。彼の優しい調律器捌《さば》きを見れば分かる。彼は、フェアリーメイドを大切に扱っている。ここまで慈愛に溢《あふ》れた妖精職人《フェアリーマイスター》を僕は知らない」

バーンズは、老人のようなおぼつかない足取りでリュウジに近づいてくる。

「優しい心は、天才の技量を時に凌駕《りょうが》するものさ。天才シシヤマ・テツジも賢者ゼイル・ファーガストも巨匠と呼ばれた僕をも超える可能性を秘める原石……だからこそ僕の持てる全てを彼に教えたくなった」

微笑みながらバーンズは、震える右手をリュウジの頭に置いた。

「君なら作れるかもしれないね。僕とテツジが理想とする人間と妖精が対等でいられる世界を」

リュウジを映すバーンズの灰色の瞳は、希望に満ち溢れているように見えた。

第二章

笑顔の肖像

Fairy Made

Kizudarake no Yousei Shokunin to
Kowarekake no Jinkou Yousei

ケルティギスの中央に位置するワイバニア地方、その中心地にあるのが首都ワイバンだ。百を超えるコンクリートや煉瓦造《れんがづく》りの高層建築物がそびえる景観は、経済大国の首都というに相応《ふさわ》しかった。

妖精職人協会《フェアリーマイスターギルド》本部のビルは、世界有数の繁華街ワイバンスクエアの中央にある。地上十階・地下三階建てのコンクリート造のビルは、三年前に建て替えられたばかりだ。

ティルトアの運転する車が妖精職人協会《フェアリーマイスターギルド》本部ビルに着いたのは、正午になった頃である。歩道脇にある駐車スペースに車を停《と》め、助手席のリュウジを横目で見た。

「やっと着きましたね、マスター」

話しかけられたリュウジは「ああ」とそっけない返事をする。

ティルトアとリュウジがアヴァディルを出たのは午前七時過ぎだったが、道路が創立祭の影響で昨日の行きの時と同じく混み合っており、街を抜けるのに大分時間を使ってしまった。

予定より大幅に遅れたが、リュウジはティルトアを叱ったりはしない。

反対に早く着いたとしても褒めてくれない。

ティルトアは、最近リュウジに避けられていると感じることが増えてきた。

それも仕方ないことだ。八年前、ティルトアは肝心な時にリュウジの役に立たなかった。

とっくに愛想を尽かされていてもおかしくない。

それでもリュウジは、ティルトアにプレゼントを贈ってくれたり、心配してくれたり、優しくしてくれる。世間一般のフェアリーメイドに対する扱いとは、大違いだった。

労働目的であれ、愛玩目的であれ、フェアリーメイドが奴隷のように扱われるのは変わらない。壊れるまで酷使されるか、歪《ゆが》んだ愛欲をぶつける捌《は》け口《ぐち》になるか、大抵そのどちらかだ。

ティルトアは、車の窓から外を見る。身なりのいい壮年の男性が大きなトランクケースを二つ持った少女型のフェアリーメイドを連れて歩道を歩いていた。

男が連れているフェアリーメイドの外見年齢は、十歳前後に設定して作られている。赤い瞳と銀色の長い髪が目を引く愛々しい容姿であり、袖やスカートの裾にフリルのついたメイド服を着ていた。

二つのトランクケースを運ぶフェアリーメイドの足取りはふらついている。明らかに出力が足りていないが、主人の男性はフェアリーメイドを気遣う素振りすら見せない。

ティルトアは、二人の様子を見て直感する。労働用じゃなく愛玩用フェアリーメイドだ。愛玩用は、わざと人間よりも腕力を弱く作る。いざという時、抵抗が出来ないように。しかも容姿から察するに、一部の変態向けの特注品である。身体《からだ》が小さい分、余計にパワーは低い。人間の子供と同じ程度しかないだろう。

二つのトランクケースの重みに負け、ついにフェアリーメイドは足を止めてしまった。

「何してる！　早く歩け！」

「す、すいません……旦那……様……」

「何のために高い金を出してお前を買ったと思ってる！」

壮年の男性が拳を振り上げた。フェアリーメイドは、反射的に身をすくませる。普段から殴られている反応だ。見過ごせない。

ティルトアは、車のドアを開けて助けに入ろうとしたが――。

「やめなさい！」

突然、力強い男の声が響いた。声の主は、長身瘦軀《そうく》の中年男性である。

灰色の瞳が印象的な柔和な面立ちで眼鏡をかけていた。左手で杖をつき、焦げ茶の三《み》つ揃《ぞろ》えを着こなしている。

彼は、ティルトアのよく知っている人物だった。

「バーンズさん!?」

ティルトアは、思わず彼の名前を叫んでいた。

バーンズ・ポーター。巨匠の二つ名を持ち、天才シシヤマ・テツジと賢者ゼイル・ファーガストと共に、三天人と呼ばれる著名な妖精職人《フェアリーマイスター》だ。

思いがけない人物の登場にティルトアは面食らっていた。

リュウジもここでバーンズと再会するとは思っていなかったのだろう、動揺を露《あら》わにし

ている。

「な、なんでバーンズさんがここに居るんだ……」

「さ、さぁ？」

ティルトアとリュウジが動揺で動けないでいると、バーンズは杖《つえ》をついたぎこちない足取りで壮年の男性とフェアリーメイドに近づいていく。

「フェアリーメイドを殴るなんてやめなさい」

「な、なんだお前は!?」

戸惑いを露わにする壮年の男性の喉元に、バーンズは杖の石突を突きつけた。

「彼女の身体じゃ荷物を運ばせるだけの出力はない。何よりフェアリーメイドは、人間にとって大切なパートナーだ。殴るためのものじゃない」

バーンズの灰色の瞳の奥で怒りが燃えているのが見える。

だが相手の壮年の男も顔を真っ赤にして、バーンズの突きつけた杖を払いのけた。

「なんなんだ貴様は！　喧嘩《けんか》を売っているのか!?」

このままだと壮年の男がバーンズに襲い掛かりそうだ。

事態を見かねたのか、リュウジが車から降りてバーンズの下へ走り出した。

ティルトアもリュウジの後を追って運転席から外に出る。

二人でバーンズたちの所へ近づいていくと、フェアリーメイドが抱えていた二つのトランクケースを地面に捨て、バーンズに縋《すが》りついた。

「お、おじさん。や、やめてください！　だ、旦那様と喧嘩しないでください!!」

フェアリーメイドの懇願に、バーンズは彼女の頭を震える右手で優しく撫《な》でる。

一方壮年の男性は、苦虫を噛《か》み潰したような顔でフェアリーメイドを睨《にら》んだ。

「ふんっ!!　いつまでそうしているんだ!!　早く行くぞ!!　このポンコツ！」

壮年の男性は、鼻息を荒くして背を向けると、そのまま立ち去ってしまった。

フェアリーメイドは、バーンズにお辞儀をしてから二つのトランクケースを抱えて主人の後を追いかけた。ふらふら歩く彼女の背中を見送るバーンズは、苦悶《くもん》の表情を浮かべている。

「可哀《かわい》そうに……あの子は主《あるじ》を慕ってるんじゃない。帰った後にどんな目に遭わされるか分からないから、ああいう態度を取ってるんだ」

バーンズは、悔しそうにため息をついてからティルトアとリュウジに向き直った。

「リュウジ君。ティルトア。久しぶりだね。手紙は読んでくれたかい？」

暢気《のんき》な笑顔のバーンズに対して、リュウジは眉間にしわを寄せた。

「そんなことよりも一人で何をやってるんです!?　護衛はどうしたんですか！」

「近くのコーヒーショップで買い物をしているよ。でも昼時だから混んでいてね。僕は退屈だから散歩していたのさ。そしたら彼女を見かけてね」

「一人になるなんて危ないじゃないですか！　大体なんでワイバンに居るんです？　あなたは、エルディンに居るはずじゃ――」

「君が返事をよこさないから、三時間かけてこうして会いに来たんだよ」

バーンズの一言で、リュウジは気まずそうに目を背けた。

「……すいません」

「いいさ。でもどうしても会いたくてね。昨日協会《ギルド》に問い合わせたら、君が今日本部へ来るだろうからって」

バーンズは、リュウジの左肩に右手を置いて、安堵《あんど》の笑みを浮かべた。

「元気そうでよかったよ。ティルトアは……ボロボロだね。大変な仕事だったのかな？」

「むむ……分かりますか？」

ティルトアは昨日ベルに引き裂かれたメイド服から新品のものに着替えているし、一見しただけでは損傷しているようには見えないはず。

さすが三天人の一人、巨匠バーンズ・ポーター。恐らくティルトアの細かい動作の違和感から損傷していることに気づいたのだろう。

「でも私は高性能ですから、明日には完治です！」

「さすがだね。そうだ。また君の入れてくれる紅茶が飲みたいんだ。僕の家に遊びに来てくれないかい？　もちろんリュウジ君も一緒にだ」

能天気とも言えるバーンズの提案に、リュウジは肩に置かれた手をそっと払いのけた。

「バーンズさん。今どういう状況か、理解していないあなたじゃないでしょ？　あなたの弟子がすでに十二人失踪している。次に狙われるのは、あなたかもしれない！」

「だからこそだよ。君が最後に残った僕の弟子だ。だからこうして会いに来たんだ」

「俺は……もうあなたの弟子じゃない」

「僕は、今でも君の先生のつもりだけど……今君が先生と呼ぶのはエリザ君かい？」

「……そうです。あなたの弟子である資格も、気にかけてもらう資格も俺には――」

「僕が両親を亡くした君を引き取るって言ったことを君が断ったからかい？」

核心を突かれたのか、リュウジは唇をぎゅっと閉じてしまった。

バーンズは、柔和な笑みを崩さずに、けれど諭すような声音で言う。

「リュウジ君、自罰的なのは、君の数少ない悪癖だ。そんなこと僕は気にしていないし、怒っていないよ。君は、僕の一番の弟子だ。そんな君だからこそ頼みたいことがある」

「妖精保護活動を手伝えとでも？」

世界には、人間と妖精が対等のパートナーになるべきだと主張する人たちが居る。それが妖精保護活動家だ。

フェアリーメイドにも人間と同等の権利を認め、保護をするよう活動を行っている。

素晴らしい志だとティルトアは思っているが、世間一般の反応は寒々しいものだった。

「妖精と人間が対等に暮らす社会。そして妖精という種族の復活。それがテツジの……君のお父さんの夢だった」

「親父《おやじ》は結構熱心でしたからね。親友のあなたが志を継いで喜んでるでしょう」

リュウジにそう言われてバーンズは、はにかんだ。

「そうかな……だったら嬉《うれ》しいな。でも全然うまくいかなくて……痛っ！」

突然バーンズが両手で頭を押さえてふらついた。

ティルトアとリュウジが肩を貸そうとするが、右手を出してやんわりと制止された。

「大丈夫……最近頭痛が酷《ひど》くてね」

バーンズは笑っているが、額には脂汗が滲《にじ》んでいる。

ティルトアに医学知識はないけれど、素人目にも平気だとは思えなかった。

手塩にかけて育てた弟子たちの相次ぐ失踪。心労が掛からないわけがない。

ティルトアは、腰のポーチからハンカチを出してバーンズの汗を拭った。

「どこかで休まれたほうがいいですよ。私が護衛の人たちを呼んできます」

「いや……その必要はなさそうだ」

バーンズの視線の先を辿《たど》ってみると、黒い警察車両がこちらに向かってきていた。運転席と助手席には、それぞれ制服姿の男性警官が乗っている。

「お迎えが……来てしまったようだね」

バーンズは震える右手を伸ばして、リュウジのミリタリージャケットの襟を摑《つか》んだ。

「リュウジ君、ぜひ家に来てほしい！　ちゃんと話をしたい……君に頼みたい仕事があるんだよっ！　僕はほら……これだから……どうしても君じゃないとだめなんだ……」

苦笑したバーンズが自身の震える右腕を見やった。かつては巨匠とまで言われたバーンズだが、十五年前に起きた事故で利き腕である右腕と右足に大怪我《おおけが》をして障害を負ってしまった。

その原因となったのは、リュウジの父親シシヤマ・テツジが作ったフェアリーメイドの暴走事故だ。テツジの輝かしい経歴の唯一の汚点とされる事故である。

バーンズは、暴走したフェアリーメイドに襲われたテツジを庇《かば》って右の手足を負傷。後遺症が残り、妖精職人《フェアリーマイスター》生命を断たれた。

最終的に暴走したフェアリーメイドは、当時十三歳ながら既に壊し屋として第一線で活躍していたエリザ・ウィンターによって破壊される。

事故以降テツジは、エリザを信頼するようになって彼女に仕事を頼んだり、逆に手伝ったりする関係となった。ティルトアにしてみれば、リュウジとエリザに縁が出来てしまったという意味でも実に痛ましい事件だ。

もちろんリュウジもこの事故のことは知っているし、この話題を出されたらきっと断れない。バーンズは温厚な人物だが、意外と策士な一面もあるようだ。

ティルトアの予想通り、リュウジは観念したかのようにため息をついた。

「……分かりました。やります」

「本当かい!?」

「ええ、断ったらあの世に居る親父が化けて出てきますよ。今本部で報告を受けてくるからその後でいいですか？」

「いや。こっちも少し準備したいんだ。後日手紙鳥で詳細を送るよ」

バーンズが言い終えると同時に、警察車両がティルトアたちの前で停車した。

車から二人の警察官が降りてきたが、揃《そろ》ってむっとした顔をしている。

バーンズが勝手にコーヒーショップを抜け出したことに腹を立てているのだろう。

もしもバーンズの身に何かあれば、二人の責任になるのだから無理もない。

しかし当のバーンズ本人は全く悪びれていなかった。

「リュウジ君、ティルトア。それじゃまたね」

バーンズが警察車両の後部座席に乗り込んだ。二人の警察官は、ティルトアとリュウジに挨拶もせず、さっさと警察車両に乗って走り出した。

リュウジは、去っていく警察車両を気まずそうな顔でじっと見つめている。

「マスター、大丈夫ですか？　もう一度会うのが嫌なんでしたら、私が断りの連絡を」

「……いや、いい。行こうか」

少し重い足取りのリュウジと一緒に、ティルトアは妖精職人協会本部《フエアリーマイスターギルド》ビルに足を踏み入れた。吹き抜けになったロビーは非常に広く、大理石の柱や床は顔が映るほどつやつやに磨かれている。ビルの外観と相まって協会《ギルド》が金銭的に、如何《いか》に潤っているかの証《あかし》だ。ロビーには、数十人がたむろしている。ここに居る全員が妖精職人《フエアリーマイスター》だ。みんな屋台やカフェのロゴが入った紙袋を手にしている。これからランチタイムらしい。

「シシヤマ様。お待ちしておりました」

リュウジの姿を見つけた受付の女性が淡々とお辞儀をしてくる。相変わらずきれいな人だけれど、いかにも事務的な態度で愛想は欠片《かけら》もない。

リュウジもそっけない顔で今朝手紙鳥から受け取った手紙を受付カウンターに置いた。

「俺が持ち込んだ〝アリシア・シンドローム〟発症個体の検査結果を聞きたい」

「手紙にも記載したとおりです。新しい発見はありませんでした」

「検査結果の詳細は、手紙に書ききれないだろ。詳細を見たいんだ」

「かしこまりました。こちらになります」

リュウジは、受付の女性からファイリングされた資料を受け取り、内容に目を通していく。ティルトアもリュウジの横から覗《のぞ》き込んで内容を読んでみた。

ネジの一本に至るまで詳細な検査がなされたが〝アリシア・シンドローム〟発症の原因は不明と結論づけられている。

これだけ調べても何も出ないなら、見落としがあるとは考えづらい。

リュウジが険しい顔をしている。彼がどれほど落胆しているか、一目で分かった。

「……ありがとう。これは返すよ」

受付の女性に資料を返すと、彼女は一枚のメモ紙を渡してきた。

「次の依頼です。購入から十四年経過したフェアリーメイドの定期点検。彼女もアリシアという名前だったそうです」

ティルトアはアリシアという名前を聞くと、心がざわつく時がある。ティルトア自身にも、その理由は分からない。きっとなくしてしまった記憶に答えがあるのだろう。

ティルトアがはっきりした記憶を持っているのは、ここ百年ぐらいのことだ。それ以前のことはよく思い出せないし、妖精だった頃の記憶なんて欠片も覚えていない。

肉体を失い、マナとして長い年月、空を揺蕩《たゆた》っているうち、記憶が摩耗してしまった。

それはティルトアだけではなく、多くのマナがそうであった。

歴史の本によれば千年ぐらい前まで、マナは数々の天変地異を起こしていた。自分たちを滅ぼした人類への報復と言われている。けれど千年前を境にマナによる災害は起きなくなった。

肉体を失って千年の月日は、記憶を失うのに十分すぎる。多分その頃には、マナも自分たちがどうして暴れているのか、何に怒っているのか分からなくなってしまったんだ。そうティルトアは考えている。

ティルトアが妖精滅亡やそこからの人類発展の歴史を知ったのは、フェアリーメイドになった後、ゼイル・ファーガストの著書など、人間の書いた本を読んだからだ。

でも何度本を読んでも、妖精だった時の記憶は蘇《よみがえ》ってこない。

これは、ティルトアに限った話ではなかった。マナが妖精だった頃の記憶を取り戻したという事例は、今まで一度も確認されていない。だけれど、時々考えることがある。

もしも何らかのきっかけで失われた記憶が蘇ったら？

自分が人類に殺された時のことを思い出したら？

妖精を絶滅させた人類に抱いていたかもしれない憎悪が蘇るのだろうか。

仮に妖精だった頃の記憶が戻っても、ティルトアは、自分の在り方は変わらないと断言出来る。リュウジに抱いている愛情が消えることなんてありえないからだ。ベルがリンのことを大好きだったように、ティルトアも最後の瞬間までリュウジを愛し続ける。

だけれどティルトアは、いつも愛する人の役に立てていない。肝心な時に限って、役に立てなかった。もう二ヶ月弱しか時間は残されていない。がんばって役に立たなくちゃ。

リュウジに解体される前に、残せるだけのものを残さないと――。

ティルトアは、自分を鼓舞するために右の拳を突き上げた。

「さぁマスター！　お仕事に行きましょう！」

「そうだな。依頼は、たしかに引き受けた。今から行ってくる」

「シシヤマ様もティルトア様もお気をつけて……失踪事件も続いておりますので」

お辞儀する受付の女性の声音は、いつもの事務的なものより、少しだけ感情の色が乗っているように思えた。

二ヶ月前から合計十二名の妖精職人《フェアリーマイスター》が謎の失踪を遂げている。

失踪したのは、全員バーンズの弟子だ。共通点のある人間の連続失踪ということもあって事件性が疑われているが、手掛かりは見つかっていない。

もしもリュウジに何かあったらと、想像しただけで多量の穢《けが》れが生まれてしまいそうだ。

残り二ヶ月弱。時間が許す限り、あらゆる脅威からリュウジを守ってみせる。

それがティルトアに与えられた最後の役目なのだから。

ティルトアは、愛車の助手席にリュウジを乗せて、依頼人が住むケンドリーヴィレッジを訪れた。

ケンドリーヴィレッジは、ケルティギスの北東に位置するミズタリア地方の東にある。

首都ワイバンからここまで約六時間の道のりで、既に日は暮れ始めている。茜色《あかねいろ》の空をマナの大流が優雅に泳いでいた。

ミズダリア地方は、ケルティギスでも比較的マナが多い自然豊かな土地で都市開発もあまり進んでいないが、ここは群を抜いていた。

一帯の風景は、車の窓から見渡す限り、小麦や野菜の畑ばかりが広がっている。畑の隙間を縫うように、質素だけどしっかりした造りの木造家屋が点在していた。一本も電柱が立っていないことから村に電気は通っていない。日が落ちたら、周囲は月の光や星明かりしか頼れない闇に沈んでしまうだろう。

「ねぇマスター。暮らしている人には申し訳ないけど、絵に描いたような辺境の土地ですね」

マナライト式発電所の恩恵で二十四時間明るい都市部で暮らしていると、電気のない暮らしは不便に思えた。

道路も舗装されておらず、剝《む》き出しの土くれが人の足と馬の蹄《ひづめ》で踏み固められている。ガタガタと車体が揺れて少しお尻が痛くなってきた頃、ティルトアとリュウジは依頼人であるマーク・ケンドリーの屋敷に着いた。

村の中心に位置している二階建ての屋敷は、他の家屋に比べれば立派だけれど、アヴァディル夫妻の邸宅に比べるとかなり見劣りしてしまう。

だけれど素敵な主人とフェアリーメイドが住んでいるに違いない。ティルトアは、そう確信していた。屋敷から微《かす》かだけれど、甘い匂いが香ってくる。幸せなフェアリーメイドが発する特有の匂いだ。

そんな幸せな二人の関係をティルトアとリュウジは引き裂くことになるかもしれない。

リュウジのような壊し屋に回される仕事は、寿命間近なフェアリーメイドの点検だ。マナを蝕《むしば》む穢れの量が多ければ即座に解体する。

別れをもたらす仕事は、蔑まれることだって少なくない。フェアリーメイドに愛情を持った主《あるじ》なら特にだ。

労働型フェアリーメイドの所有者でも「妖精のマナがどうなってもいい。高い金で買ったんだから早く直せ。それが仕事だろ」なんて怒鳴り散らす輩《やから》を何人も見てきた。

リンのように、ちゃんとフェアリーメイドと別れられる主人は、本当に珍しい存在だ。

今回の依頼人もリンのような主人であってほしい。ティルトアは心の底から強く願いながらリュウジと車を降りた。

二人で玄関扉の前に立ち、リュウジが扉をノックする。

しばらく待つと扉が開き、若い女性が出迎えてくれた。雪のように白い肌が目を引く美人である。サラサラとした白い長髪と紅玉のような赤い瞳が女性の楚々《そそ》とした美貌をより一層引き立てていた。

服装はメイド服で、ロングスカートタイプの定番のデザインだが、襟に巻いた赤いリボンが印象を華やかにしている。

パッと見は美しい妙齢の女性に見えるが、マナの気配を感じる。彼女はフェアリーメイドだ。かなり精巧な作りで、値段も相当張るだろう。

けれどティルトアの関心は、彼女の完成度ではなく、彼女が見覚えのある顔をしていることであった。彼女をどこかで見た気がする。それも最近だ。

「むむ……あっ!?」

思い出すと同時に、つい声が出てしまった。

「マスター！　この人って！」

ティルトアがフェアリーメイドを指差すと、リュウジも少し驚いたような顔をした。

「アヴァディル夫妻の家に飾られていた絵の……あんたがモデルか」

フェアリーメイドは、両手でスカートの裾を摘《つま》んでお辞儀《カーテシー》した。

「当屋敷のフェアリーメイド、アーシャです。お待ちしておりました。主人が応接室におりますので、どうぞ中へ」

アーシャに案内されて、ティルトアとリュウジは屋敷一階の応接室に通された。テーブルを挟んでソファーが二脚置かれているだけの質素な内装である。

ここで唯一豪奢《ごうしゃ》に見えるのは、天井からぶら下がるシャンデリアぐらいだ。

部屋の中で待っていたのは、一人の男性だった。歳《とし》は三十歳前後であろう。背が高く痩せた体格と赤みの混じった金髪が相まってファッションモデルのような容姿をしている。

服装は、白いシャツにジーンズとシンプルだけれど、仕立ての良さで値の張る品とすぐに分かった。

「こんばんは。マーク・ケンドリーだ」

「妖精職人協会《フェアリーマイスターギルド》から派遣されたシシヤマ・リュウジです。彼女はティルトア」

「シシヤマ……」

マークは無表情で、リュウジの顔をじっと見つめていた。

「あの、マスターがどうかしましたか?」

気になってティルトアが声をかけると、マークは咳払《せきばら》いをした。

「ああ、失礼。お気になさらず。どうぞかけてくれ」

マークは、欠片も感情の乗っていない抑揚のない声で言った。マナの気配はないから人間のはずだが、低価格のフェアリーメイドと勘違いしそうなぐらい表情の起伏がない。

ティルトアとリュウジが並んでソファーに座ると、マークが向かい側のソファーに腰かけた。

「アーシャ。紅茶を」

「お茶の葉がきれていますす」

「そうか」

二人の会話からも感情の発露が一切見られない。先程感じた幸せの甘い匂いが錯覚だったのでは？　と思うぐらい二人のやり取りは無味乾燥だ。

とても気まずくて居心地が悪い。葬儀の時よりも空気が重く感じられる。

ティルトアは、雰囲気を変えたくてとびきり可愛《かわい》い笑顔でマークとアーシャに笑いかけた。しかし、二人は渾身《こんしん》の笑顔に何も反応を示さない。空気は重いままだ。

助けを求めたくなってリュウジを見ると、彼は仕事モードの顔になっていた。アーシャの挙動におかしい点がないかチェックしているのだろう。

結果的に三人とも愛想のない表情だ。せめて自分だけは明るくいようと、とびきりの笑顔を維持する。でも三人は全然笑ってくれない。余計空気が重くなっていく。

ティルトアが喋《しゃべ》るべきか。話題を提供するべきか。でも、この三人にどんな話題を提供すればいい？

普通の世間話じゃ、絶対に会話は弾まない。この三人の会話が弾む様子が想像出来ない。だけれど、この沈黙の中にこれ以上いたら、穢れが溜《た》まって寿命が縮んでしまう。

なんでもいいから言葉を紡げ。ティルトアが決意した瞬間、リュウジが口を開いた。

「今からアーシャの点検をさせてください。どこか部屋を貸していただけますか？」

「アトリエを使ってくれ。この屋敷で一番広い部屋だ。よければ点検作業に同席したいのだが」

「構いません」

「では、こちらへ」

マークがアーシャと一緒に応接室を出る。

ティルトアもリュウジと共に応接室を出て、二人の後を追った。

マークに案内されたアトリエは、屋敷の一階、応接室の向かい側にあった。

汚れ一つない部屋に、画材が整頓して置かれている。ティルトアのイメージする絵具で汚れて雑然としたアトリエ像とは異なっていた。

広さもかなりのもので、十人程度が踊れるダンスホールとして使えそうである。その時は、天井のシャンデリアの光がよいムードを演出してくれそうだ。

アトリエの中央には、下描き途中のキャンバスがイーゼルに乗せられていた。

入口の向かい側は一面窓になっており、そこから中庭が良く見える。中庭の中央にエルダーの木が植えられており、夕日の色に染まった枝がそよ風に吹かれて揺れていた。

「それじゃあ点検を始める。アーシャ、服を脱いでくれ」

リュウジが調律器を右手にはめながら指示を出す。

アーシャは、躊躇《ちゅうちょ》する素振りを見せずにメイド服を脱いだ。

マークは、無表情でその様子を眺めている。フェアリーメイドに恋愛感情を抱く主人は少なくない。そういう場合、服を脱ぐように指示すると嫉妬心で怒り出す人も結構居る。

どうやらマークは、そういうタイプではないらしい。

裸体になったアーシャへリュウジが調律器をはめた右手を向けた。指先から生じたマナの糸がアーシャを搦《から》め捕り、宙へ浮かせる。

ティルトアは、リュウジが作業を始める時に、いつも願っていることがある。

壊し屋の仕事は、絆《きずな》を断ち切ること。繋《つな》がりを奪うこと。主人が酷《ひど》い人間なら隷属から解き放たれることがフェアリーメイドの救いになる。

だけれど、もしも両者が思い合っているのなら、お互いを大切に思っているのなら、少しでも長く一緒に居られますように。寿命が少しでも残っていますように。

ティルトアは、両手を組んで祈りを捧《ささ》げた。

「これより分解作業を開始する」

リュウジの操るマナの糸がアーシャの表皮を撫《な》でていく。頭から爪先まで人工皮膚の至る所に切れ込みが走った。細分化された人工皮膚がマナの糸に搦め捕られて熟れた桃の皮のように剝がれていき、人工筋肉が露《あら》わになる。

基本的にフェアリーメイドの人工皮膚は整備性を考慮して、数十個に分割されている。普段人工皮膚の繋ぎ目はコーディアルブラッドによって接着され、切れ込みは目立たない。

ちなみにティルトアの人工皮膚は整備性より完成度重視で、人間同様に一枚で繋がっている。リュウジ曰《いわ》く整備の度、人工皮膚に切り込みを入れないといけないので面倒らしい。

人工皮膚に続いて人工筋肉が取り外されて、核《コア》・人工内臓・人工骨格が露わになった。

核《コア》と人工骨格を見たリュウジの片眉がピクリと跳ねた。アーシャの核《コア》と人工骨格の一部が結晶化し始めている。〝アリシア・シンドローム〟だ。

祈りが届かなかったことに、ティルトアは歯噛《はが》みする。

この結晶を見るのは嫌いだ。リュウジの身に起きた悲劇を思い出すからだけではない。もっと根源的な何かだ。見ていると心がざわざわする。懐かしさと嫌悪が混じった感じがする。なんでこんなにざわざわするのか、ティルトア自身にもよく分からない。

そんな思案をしている間にも、リュウジは眉間にしわを寄せてアーシャの各パーツを観察していた。だけれど、〝アリシア・シンドローム〟の進行具合を確かめているようには見えない。

長年一緒に居るから、リュウジの心情は、表情の機微でなんとなく読むことが出来る。彼が抱いているのは、きっと懐古の念だ。

「この核《コア》……人工骨格やパーツの作り……まさかこいつは……」

リュウジは、アーシャの頭蓋骨の右側に記載された制作者の名前を見て、ハッとした。

「やっぱり。これは、親父《おやじ》の作ったフェアリーメイドだ」

ティルトアは悟った。何故《なぜ》アヴァディル家の屋敷でアーシャの絵を見た時、彼女の姿に見覚えがあったのか。テツジが彼女を作っているところを見たことがあるからだ。

マークが出合い頭にリュウジの顔をじっと見つめていた理由もそれだったのだろう。

「やはり君は、テツジさんの息子さんだったのか。どこか面影があると思った」

「ええ。シシヤマ・テツジは俺の父です。そうか……これは親父の仕事だったのか」

「ああ。十四年前に、テツジさんから授かったんだ」

アーシャが作られた当時のリュウジは七歳。バーンズの弟子になったばかりの頃で、テツジの作業を手伝う暇もなかった。アーシャのことを覚えていなくても無理はない。

亡き父が作ったフェアリーメイドとの邂逅《かいこう》なのに、アーシャは近い内に妖精化してしまう。折角テツジが作ったフェアリーメイドと巡り合えたのに、自分の手で解体しなくてはいけないなんて、ティルトアには、とても残酷なことに思えた。

しかしリュウジは、複雑であろう胸中を一切表に出さなかった。

「マークさん。アーシャの名前は以前アリシアでしたか？」

「ああ。妖精職人協会《フェアリーマイスターギルド》から変更の指示が来て、今はアーシャと」

「残念ですが、あなたのフェアリーメイドは〝アリシア・シンドローム〟を発症しています」

リュウジに宣告を受けてもマークの表情に変化はなかった。喜怒哀楽、いずれの感情も表れていない。事実をありのままに受け止めている、そんな風に見えた。

「アーシャを解体するのか？」

マークが平坦《へいたん》な語調で尋ねると、リュウジはアーシャの核《コア》に右手を伸ばした。

「はい。幸い暴走していませんから、このまま解体を」

「それは待ってほしい」

マークの言葉に、リュウジは手を止めて眉根を寄せた。

「……何故です?」

「あの絵が描きかけなんだ。今解体されては困る」

マークが指さしたのは、アトリエの中央にあるイーゼルに乗ったキャンバスだ。アーシャと思《おぼ》しき女性の姿が鉛筆で描かれているが、素人目にも下描き段階だと分かる。

芸術家にとってみればモデルが居なくなるのは困った事態だ。だけれどリュウジがそれぐらいで折れるはずがなかった。

「〝アリシア・シンドローム〟を発症した個体が暴走すれば人的被害を出す。そうなる前に解体するのが俺の役目です」

「これが最後の絵になるんだ。待ってほしい」

マークの声には抑揚がない。強い思いが込められていないように聞こえる。

そう感じるのに何故だろう。ティルトアは、彼の願いを無下にしたくないと思った。

幸い結晶化の範囲は広くない。安全装置に溜まった穢《けが》れの量も多いけど、もう少しだけ猶予があるはず。せめて描きかけの絵が完成するまで解体を待ってほしい。最後に思い出となるものを残せるように。

でも、そんな感情論を訴えてもリュウジは取り合ってくれない。優しい人だけど、いざという時に心の温度を下げて冷静な決断が出来る人だ。

両親を失った自分と同じ思いをする人が出ないように。苦しむ人間と妖精が一人でも少なくなるように。そのためにリュウジは、自ら汚れ仕事を担っている。

だから特別な理由がなくてはいけない。リュウジに解体を思いとどまらせる理由が。

「……マスター」

一つある。説得出来る理由、リュウジが飛びつく特別な理由が。

ティルトアは、ねだるように上目遣いでリュウジを見つめた。

「マークさんが絵を描くまでの間、解体を待つのはどうでしょうか？」

「だめだ。アーシャを放置するのは危険すぎる」

リュウジの目つきが険しくなったが、これは想定の範囲内。今回の作戦は、ここからが肝心。ティルトアは、アーシャをちらっと横目で見て微笑《ほほえ》んだ。

「でも貴重な機会だと思いませんか？　まだ暴走していない〝アリシア・シンドローム〟の発症個体の経過観察が出来るなんて」

リュウジが目を見開いた。やっぱりこれには食いついた。

発症初期のフェアリーメイドをじっくりと経過観察する機会は貴重だ。リュウジならきっと、この機を逃す手はないと考える。

〝アリシア・シンドローム〟の発症原因は、まだ解明出来ていない。だけれどアーシャを経過観察すれば詳細なメカニズムを摑《つか》めるかもしれない。

その間に、マークにアーシャの絵を描いてもらえれば思い出作りも出来て一石二鳥。

ティルトアは、我ながら会心のアイディアだと内心ほくそ笑んだ。

一方リュウジは、肩をすくめてからアーシャの核《コア》と安全装置を確認する。

「仕方ない……ティルトア、お前の策に乗ってやる。侵食と穢れの具合から見るに……二週間が限度です。それでよろしいですか？」

「構わない」

マークは、相変わらずの無表情だ。嬉《うれ》しいとか安心したとかいう気持ちが顔に表れていない。ここまで感情を表に出さない人も珍しい。というよりも初めて会うかもしれない。

さすがのリュウジもマークの無反応っぷりには、戸惑っているようだった。

「……今すぐ解体しない場合、アーシャの経過観察をさせてもらうのがこちらの条件です。その間、こちらでの滞在を許可していただきたい」

「分かった。問題ない」

淡々としたマークの受け答えに、リュウジは渋い面持ちで頭をわしわしと搔《か》いた。

「ティルトア。車から散弾銃を持ってきてくれ。いざとなれば頭部を破壊する」

とんでもない指示が飛んできた。もう少しオブラートに包めばいいのに、と思いつつティルトアは走った。

「は、はい！　ティルトアすぐ行ってきまーす！」

ティルトアは、アトリエからの去り際、リュウジの指示に対するマークの様子が気になって一瞥《いちべつ》する。やはりマークは顔色一つ変えていなかった。


夕焼けに染まったアトリエでマークは、イーゼルに乗せたキャンバスに鉛筆を走らせている。

アーシャは、キャンバスを挟んでマークと向かい合わせになる形で椅子に座っていた。

ティルトアとリュウジは、部屋の隅で二人の様子を見守っている。

アーシャを監視するリュウジは、レバーアクション式の散弾銃を持っていた。まるで凶悪な囚人を見張る看守みたいである。

ティルトアは、キャンバスを縦横無尽に駆け巡るマークの鉛筆捌《さば》きに目を奪われていた。

鉛筆を持つ手だけが別の生き物であるかのように躍動している。線を一本走らせる度に、絵の中のアーシャに生命が吹き込まれていくようだった。

「すごい……鉛筆が生きてるみたいです」

心の中で思ったことが無意識の内に声となって漏れてしまう。それほど見事な技巧だ。

だけれど不思議なことが一つだけ。モデルをしているアーシャは無表情なのに、絵の中のアーシャは楽しそうに笑っている。絵というのはモデルに忠実に描くものと思っていた。

そういえばリンがお気に入りだと話していた絵も笑顔の肖像だった。

ティルトアが絵を凝視しているのが気になったのか、リュウジもちらりとキャンバスを見る。皮肉っぽい笑みを口元に浮かべ、ティルトアにしか聞こえない声量で呟《つぶや》いた。

「さすが画家だな。妄想力がたくましい」

リュウジはそう言うが、ティルトアは違う気がした。

マークは画家だ。彼の目にはティルトアやリュウジとは違うものが見えているのかもしれない。芸術家は、人と違う感覚を持っているからこそ芸術家たり得る。

マークは間違いなく天才だ。芸術に明るくないティルトアにも直感的に理解出来る。他者の心に訴えかける表現が出来ることは、非凡な証《あかし》である。

キャンバスにアーシャが描かれていく様は、これだけでも一つの芸術品だ。このままずっと眺めていたい。そんなティルトアの願いとは対照的に、マークの手が止まった。

「そろそろ夕食にしよう。二人は嫌いなものはあるか？」

唐突な夕食の提案に、ティルトアとリュウジは思わず顔を見合わせた。

「まだ腹は空《す》いていないか」

ティルトアは、そういうことじゃない！　と声に出して突っ込みたい衝動を堪《こら》えた。

よく芸術家は変わっているというけど、本当なんだと実感する。

「まぁいい。適当に作らせてもらう。アーシャ、休んでいなさい」

「はい」

アーシャは、料理をしないらしい。フェアリーメイドは、家事の代行をさせることが代表的な利用法の一つ。

そういえば先程もアーシャは、茶葉が切れたと報告しただけで、結局紅茶は出されずじまいだ。もしもティルトアも長年シシヤマ家の家事を担ってきた。

ティルトアが同じ状況になったら全速力で茶葉を買ってくる。そもそも茶葉が切れないように補充を欠かさないだろう。

「あの、アーシャさんは、料理しないんですか？」

ティルトアの質問に、アーシャはそれが当然のことであるかのように頷《うなず》いた。

「私は、家事全般苦手です」

「彼女に任せると家が崩壊する」

芸術家のフェアリーメイドも主《あるじ》と同じく変わっていた。

屋敷の一階にある食堂は、四人掛けの食卓が部屋の真ん中に置かれただけの質素な内装だ。シャンデリアと食卓に乗っている燭台《しょくだい》の明かりも電灯に比べると、いささか心許《こころもと》ない。

ティルトアとリュウジは、マークやアーシャと食卓を囲み、夕食をいただいた。

マークが出してくれたのは、パンにトマトベースのスパイスシチューである。シンプルだけれど味は絶品。料理人も顔負けだ。

ティルトアは、あっという間にシチューとパンを平らげてしまった。

「ティルトア。味はどうだった？」

マークの問いにティルトアが答えようとするも、先に口を開いたのはアーシャだった。

「少し味が薄かったです」

「そうか」

もうどっちが召使か分からない。さすがにフォローしなければと思い、笑みを作る。

「すっごくおいしかったです！　ねぇマスター！」

「ええ……とても見事……でした」

リュウジは、口元を押さえて悶絶《もんぜつ》している。スパイスシチューのスパイスが辛かったようだ。お子様舌のマスターが可愛《かわい》くて仕方ない。けどフォローどころか墓穴を掘ってしまった。すかさずティルトアは声を上げる。

「マークさん！　この人はお気になさらずに！　マスターは超がつくお子様舌なんです！」

「そうか。私は無愛想でつまらない人間だからな。食事中の会話が楽しめない分、味が良くなくてはいけない。次からはスパイスの使用を控えよう」

無愛想な自覚はあったらしい。ティルトアは、ちょっぴりほっとした。

そんなティルトアの心を見透かしたかのように、マークは言葉を紡いでいく。

「私は芸術家だ。芸術家は、感情の全てを作品に乗せる。口に出したりはしない。絵が私にとっての言葉であり、感情だ。それ以外の発露の手段を私は持たない」

マークが話している間に、アーシャが椅子から立ち上がって食器の片づけを始めた。

ようやくフェアリーメイドらしい行動をしたかと思えば、ガシャン！　と持っていた食器を一枚残らず床に落とした。助かった皿は一枚もなく、グラスも全て砕けている。

ティルトアは椅子を立ち、アーシャと一緒に食器の破片を拾い上げた。

「痛っ」

破片に触れた右手の人差し指の先に、痛みが走る。予想よりも破片が鋭かったらしい。

指先に小さな切り傷が出来て、琥珀色《こはくいろ》の血が流れた。

「私がやろう。君たちは座っていなさい」

横からマークの手が伸びてきて、ティルトアとアーシャの持つ破片を取っていった。

アーシャは無言で椅子に腰かけた。食器を割っても主人に対して謝罪の一つもしないなんて、こんなフェアリーメイドと出会ったのは初めてである。

そんなアーシャの様子を、リュウジは興味深げに眺めていた。

「アーシャが家事を苦手になったのはいつごろから？」

たしかに〝アリシア・シンドローム〟の影響でこうなっている可能性はある。

そこに気がつくとは、さすがはティルトアのマスターだ。

アーシャが普通にポンコツだと思っていたティルトアとは思慮深さが違う。

「元々だ。この家に来た時からずっと苦手だ。君の父上曰《いわ》く、構造上の欠陥ではなく、彼女の個性だと言われた」

マークから得られたのは想定外の回答だったが、リュウジは顔色を変えなかった。

予想が外れてもポーカーフェイスを崩さない。さすがはティルトアのマスターだ。

「買い替えを検討しなかったんですか？」

役に立たないフェアリーメイドは、言葉を選ばなければお荷物でしかない。普通であれば別のフェアリーメイドを購入し直すだろう。

リュウジの問いに、マークは白紙のキャンバスのように感情の色が乗っていない顔で頷いた。

「ああ。しなかった」

「……そうですか」

リュウジは、それ以上追及しなかった。家事が苦手なフェアリーメイドは、リュウジにとって特別な存在だ。きっと彼が作ったアリシアのことを思い出している。

ティルトアにとってもアリシアと過ごした日々は特別だった。

今から八年前、アリシアが〝アリシア・シンドローム〟を発症する一ヶ月前の出来事だ。

アリシアが夕食の片づけをしている最中、食器を床へ落としてしまったことがある。食堂の床一面に破片が散らばってしまい、シシヤマ一家総出で集めることになった。

『ご、ごめんなさい！　ご主人様！　ティルトア先輩！』

涙目になって食器を片づけるアリシアの頭を優しく笑うリュウジがそっと撫《な》でた。

『大丈夫だよ。人も妖精も個性があるんだ。苦手なことは誰にでもある。そうだよね、父さん』

『リュウジの言う通りだ』

リュウジの父親シシヤマ・テツジは、穏やかな笑顔で頷いた。

『いいかいアリシア。私は、フェアリーメイドと人間は友達になれると考えているんだ』

『……友達ですか？』

『そうだよ。召使ではなく、この世界で共に生きるパートナーだ。私はね、人間の召使の人工妖精《フェアリーメイド》ではなく、一つの生命体としての妖精《フェアリー》を復活させたい。そして君たち妖精と人間が対等でいられる世界を作りたい。それが私の……いや、私たちの夢なんだ』

『そうですよ、アリシア。テツジさんの言う通りよ』

テツジの妻のシシヤマ・ナナハは、濡《ぬ》れ羽色《ばいろ》の髪をした絶世の美女であり、巷《ちまた》ではテツジの作ったフェアリーメイドなのでは？　と噂《うわさ》されるほどであった。

『失敗は誰にでもあるものですよ。ほら泣かないで』

『で、でも』

『アリシア。あなたは私たちの家族。だからお互いの苦手なことは助け合えばいいの。それが人の役に立つということよ』

シシヤマ夫妻は、ティルトアとアリシアのことを本当の家族のように扱ってくれた。

ティルトアは、二人のことが大好きだった。きっとアリシアもシシヤマ家の人たちのことを愛していた。愛していたからこそ自分の失態が許せず、涙が止まらないのだろう。

『奥様のお気遣いは嬉《うれ》しいです……で、ですが、私はみなさんの役に立つために作られたのに、ご主人様とみなさんの役に立ちたいのに……全然役に立てなくて！』

泣きじゃくるアリシアの頭を、リュウジはぽんぽんと撫でた。

『そんなことないよ。俺たちと一緒に居て、笑顔をくれる。役に立ってるよ』

『ご主人様……えへへ』

アリシアは泣きながら微笑《ほほえ》んでいた。自分を肯定してくれる心優しいマスターとその家族。彼女にとって、もっとも幸せな時間だったかもしれない。

だけどその幸せを壊したのも、アリシアだった。

〝アリシア・シンドローム〟。核《コア》と人工骨格の結晶化を伴い、急速な妖精化と暴走を引き起こす謎の症状。八年前に初めて確認されたが、原因は未《いま》だに分かっていない。

アーシャの経過観察をすることで、その謎を解明する糸口が摑《つか》めるかもしれない。

リュウジが〝アリシア・シンドローム〟の原因を究明するまで、彼を支えたい。だけれどティルトアには、もう時間が残されていなかった。

皿の破片で切ったティルトアの指先からコーディアルブラッドが流れている。琥珀色の血から漂う甘い香りに、ほんのわずかに腐臭が混じっていた。


深夜、ティルトアは屋敷の二階にある来客用寝室の中を覗《のぞ》いた。

ベッドの上でリュウジが泥のように眠っている。連日仕事続きで、かなりお疲れのようだ。毛布を掛ける余裕もなかったらしい。

「これで徹夜の番をするなんて無茶言うんだから」

夕食を終えた後、リュウジはアーシャを監視するため、寝ずの番をすると言っていた。

これ以上無理をしたら身体《からだ》を壊すと思い、ティルトアがこの役目を引き受けた。

先程までアーシャの寝室で彼女の様子を見ていたが、今のところ異常は見られない。

むしろリュウジのほうが心配で様子を見に来たのだが、この判断は正解だった。

九月も中頃になって夜気は冷たくなってきている。毛布を掛けずに寝たら風邪を引いてしまう。

ティルトアは、リュウジにそっと毛布を掛けて、アーシャの寝室に戻ろうとした。

「アリシア……」

リュウジの寝言で足を止める。アリシアの名前を呼んだにしては、落ち着いた声音だ。

「マスター……どっちの名前かな？」

リュウジにとってアリシアの名前は、特別な意味を持つ。穏やかな寝顔から察するに、昔飼っていた犬のほうだろう。

シシヤマ家では、リュウジが生まれる少し前からアリシアという名前の犬を飼っていた。

リュウジは、愛犬のアリシアのことが大好きで、よく一緒に遊んでいた。

ティルトアも愛犬と遊ぶリュウジがとても幸せそうにしていたのを覚えている。

でも、犬という生き物の寿命は、人間よりもずっと短い。リュウジが十二歳の頃、飼い犬のアリシアは老衰で死んでしまった。

リュウジは、愛犬の埋葬が終わった後、ティルトアとリュウジの秘密の場所で泣き崩れていた。そこは屋敷の庭の片隅にある木製の小屋で、昔テツジが使っていた工房だ。

『ごめん……ごめんアリシア……遊んでやれなくて……かまってやれなくて……』

その頃リュウジは、テツジやバーンズの手を一切借りず、初めて一人でフェアリーメイドを作っていた。それが後にアリシアの名前で呼ばれるフェアリーメイドである。

当時のリュウジは、作業が楽しくて仕方なかったようで、毎日制作に没頭していた。

『大事……だったのに……なんにもしてあげられなかった！』

あの時のリュウジの顔は、今でも鮮明に思い出せる。激しい後悔、自身への憤怒、強い自己嫌悪の念に取りつかれていた。

たしかにフェアリーメイド作りに没頭して、結果的に愛犬と過ごす最後の時間が短くなってしまったかもしれない。

だけれど、リュウジが愛犬に抱いていた愛情が薄れたわけではない。

『マスター、そんなことありませんよ』

ティルトアは、まだあどけなさを残すリュウジを抱きしめた。

『送られるほうが最後に見たいのは、泣いている顔よりも笑っている顔なんです。だから辛《つら》くても笑ってあげましょう。それが残された者の義務です。あなたが死んでしまったアリシアにしてあげられる唯一のことなんです』

これからの長い人生の中で、リュウジはたくさんの出会いと別れを繰り返す。別れの度に慰めてあげたいけど、ティルトアのほうがリュウジよりも先に逝ってしまう。

もしティルトアにその時が来たら、泣いているリュウジではなく、笑顔のリュウジに送られたい。

『あの子は、あなたにたくさんの思い出を遺《のこ》しました。たくさんの生きた証《あかし》を……だからあなたは、それを忘れないでください。あなたが生きている限り忘れないで。絶対にです』

ティルトアもリュウジの傍《そば》に居た証をたくさん遺したい。どんな形でもいいからリュウジの心の中に残りたい。毎日じゃなくていいから、自分を思い出して笑ってほしい。

『そうだ。今作っているフェアリーメイドに、アリシアと名づけるのはどうでしょう？　そうすればアリシアの生きた証を形としても残せます』

『いやだ！　フェアリーメイドだって人間より短い命なんだ！　お前だって！　今作ってるフェアリーメイドだって！　みんな俺を置いていっちゃうんだ！』

いずれ、この器を捨てなければならない日が来る。だけれどリュウジを一人になんてさせない。肉体がなくなっても、主《あるじ》と共にあり続けたい。それがティルトアの願いだった。

『置いていきません。私は、マナになってもマスターとずっと一緒にいます。私のマナが朽ち果ててしまうその時まで』

『マナの姿になってもって……マナの大流に帰らないと穢《けが》れで――』

『それでも一緒に居るんです。私とマスターは、そういう運命だって分かるんです。あなたの匂いが私にそう教えてくれました』

『……匂い？』

『はい。初めてあなたと出会った時、匂いで分かったんです。将来あなたが私の一番大切な人になるって。最後まで私と一緒に居てくれるって。そういう運命だって』

ティルトアは、生まれたばかりのリュウジを初めて腕に抱いた時、彼の匂いから感じるものがあった。

シシヤマ・リュウジは、大人になった時、ティルトアの一番大切な人になる。

そして大人になった彼がティルトアの終わりを看取《みと》ってくれる。

そういう運命であることをリュウジの匂いから感じたのだ。

これは理屈云々《うんぬん》ではない。ティルトアの本能がそう悟ったのである。

『事実あなたは、私の大切な人です。今までもずっと大切で、これからもっともっと大切になっていくんです』

『それが匂いで分かるの？』

『はい。だから約束です。私は、これからもあなたの傍にいます。たとえこの身体がなくなってしまっても――』

あの時の約束を大人になったリュウジは覚えているだろうか。

仮に覚えていたとしても今のリュウジは、ティルトアとずっと一緒に居たいとは思っていないはずだ。

彼は、心底フェアリーメイドという存在を憎んでいる。きっとティルトアにも憎悪を抱いているはずだ。だってあの時、ティルトアがアリシアをしとめ損ねたから――。

「ごめんなさいマスター。役立たずで」

ティルトアは、眠るリュウジの額にそっと口づけを落とした。

この行為ももう数えるほどしか出来ない。

そう思うと、堪《こら》えようのない寂しさが胸を締めつけた。


ティルトアとリュウジがマークの屋敷に滞在するようになってから一週間が経過した。

依頼人と一緒に過ごして分かったことは、アーシャが本当に家事の一切をしていないということだ。

食事は三食全てマークの手作り。洗濯も掃除も屋敷中の照明を点《つ》けるのもマークが自らしていた。アーシャが手伝うと被害が拡大するので、何もしないで見ているだけがパターン化している。本日の夕食のミートローフもマークのお手製である。

「マーク様。ちょっと味つけが濃いですね」

「すまないアーシャ。次からは気をつけよう」

アーシャは文句を言っているが、マークのミートローフはシェフも顔負けの絶品だ。

ティルトアとリュウジは、ミートローフを口に運ぶ手が止まらず、食堂には絶えずナイフとフォークの音がカチャカチャ鳴っている。

レシピを聞いたら教えてくれたので、休みが取れたらリュウジに振舞うつもりだ。

ティルトアが愛する主の喜ぶ顔を妄想していると、マークが食事の手を止めた。

「リュウジ。君に聞きたいことがあるのだが、いいか？」

リュウジは、ナイフとフォークを皿の上に置いて、ナプキンで口を拭った。

「ええ。どうぞ」

「君のティルトアは、他のフェアリーメイドと違う気がする。骨格の感じがね。普通は対称的に作るのに、ティルトアはいい意味で非対称な部分がある。わざとそう作ったのか」

さすが芸術家。ティルトアの骨格の特殊性を見抜いた人は、妖精職人《フェアリーマイスター》でもそう居ない。

リュウジもマークの観察眼には、驚きを隠せないようだった。

「ええ。実はティルトアの骨格は左腕以外、人工骨格ではないんです。発掘された妖精の化石をそのまま使用しています」

これこそがティルトアが他のフェアリーメイドと一線を画す完成度を誇る理由だ。

アーバス遺跡の妖精の神樹の近くで発掘されたティルトアの骨格は、左腕以外全て揃《そろ》っていた。だから顔の骨格や身体の各部位が、生物らしい非対称性を持っている。故にティルトアは、他のフェアリーメイドのような作り物感や人形っぽさを感じさせないのだ。

「では君が作ったのか。アーシャと比べると、君のお父上の仕事ではないと思うのだが」

「いいえ。俺ではありません。曽祖父です」

「曽祖父……というとティルトアが作られたのは……」

ティルトアにとってあまり触れられたくない話題だ。リュウジを睨《にら》んで牽制《けんせい》するが、彼は止まらなかった。

「ティルトアが作られたのは百年前。世界で初めて作られたフェアリーメイド第一号です」

リュウジは、あっさり乙女の秘密を言ってしまった。世界初とか、第一号とか、百歳とか、そう明言されると自分がおばあちゃんな気がして嫌な気分になる。

最愛の人でもさすがに許せない。抗議の眼差《まなざ》しを向けるも、彼はどこ吹く風だ。

「むー。そういうところもかっこいいけど……マスターの馬鹿……」

「……話題を変えよう」

そう言ってマークは、咳払《せきばら》いした。さすが芸術家の観察眼。乙女心を見抜いている。

「リュウジ。君は、フェアリーメイドについてどう思っている？」

マークの意図を測りかねたのか、リュウジは首を傾《かし》げた。

「どうとは？」

「この一週間、アーシャを見る君の表情を観察していた。憎悪と憐憫《れんびん》と愛情。様々な感情の色が君の顔に渦巻いていた。キャンバスへ絵具をぐちゃぐちゃにぶちまけたみたいだ。

君のアーシャ……いや、フェアリーメイドに対する感情は相当複雑な色をしているようだ」

　マークの指摘に、リュウジの眉尻がピクリと動いた。図星を突かれたのだ。やはりマークの観察眼は一流である。

「君は、あまり感情を言葉にしないタイプだな。私もそうだが、私は絵にする。だが君はそれすらしない。言いたいことを飲み込んで自分が何を考えているかを隠す。身近に真意を知られたくない相手が居るからかな」

　マークの視線が一瞬ティルトアに向いて、すぐさまリュウジへ戻された。

「私にとって感情は色だ。感情を色に置き換えて白いキャンバスに乗せる。そうすることで一つの像が浮かび上がるんだ。だが私の感情のままに描くだけでは限界が生じる。だからこそ人間観察が大切だ。人の感情を知るのが必要不可欠だ。君が何を考えているのか知りたい」

「あなたの創作意欲を刺激するためですか？」

「君が話したくないなら無理強いはしないよ」

　眉間にしわを寄せてリュウジは言い淀《よど》んでいる。

　しばらくそうしてから瞼《まぶた》をぎゅっと閉じて、ゆっくり開いた。

「俺は……フェアリーメイドなんてこの世界からなくなればいいと思っています」

「ほう。それは何故《なぜ》なんだ？」

「俺たち人類は未熟です。フェアリーメイドを扱えるだけの度量を持ち合わせちゃいない。フェアリーメイドの存在が妖精も人間も苦しめている。〝アリシア・シンドローム〟だってフェアリーメイドを作らなければ起こらなかったことです」

〝アリシア・シンドローム〟が初めて確認されてから八年。発症件数は新たに発症したライリーのフェアリーメイドとアーシャを加えて九件。発症したフェアリーメイドに殺された被害者は十七人に及ぶ。

これだけの犠牲者を出しながら、未《いま》だに発症の原因は分かっていない。

「俺たちは〝アリシア・シンドローム〟について殆《ほとん》ど知らない。分かっていないんです。アリシアという名前のフェアリーメイドが発症するが、その名前を使っても必ず発症するわけじゃない。名前が鍵の一つなのは間違いないが、もう一つ発症のトリガーがあるはず」

「それはなんだと思う？」

「分かりません。俺や他の妖精職人《フェアリーマイスター》に学者連中も調べたが、真相には辿《たど》り着けなかった。例えば最初に有力だった説は、妖精の神樹の樹液混入説です」

「妖精の神樹の樹液か。あれは熱を与えると結晶化するんだったな」

「ええ、妖精の神樹の樹液は、二百度以上の熱を加えると非常に強固な結晶となります。例えば俺たち壊し屋の銃とナイフにも使われているミスリニウム。これはチタンと銀に神樹の樹液を混ぜ合わせることで製造される合金です。〝アリシア・シンドローム〟で発生する結晶は、神樹の樹液から生成される結晶と成分が似ていた。だから神樹の樹液の混入が原因ではと推測されました」

「だが、それが原因ではなかったと？」

マークの問いに、リュウジは悔しそうに頭を掻《か》いた。

「俺は、何かしらの関係があると思っています。ですが、その説は多くの妖精職人《フェアリーマイスター》と学者に否定されています。まず発症した個体をいくら調べても神樹の樹液の痕跡が発見出来なかった。さらに核《コア》と人工骨格を作った妖精職人《フェアリーマイスター》の工房と製造会社の調査もされましたが、製造過程で神樹の樹液が混入した形跡も見つかっていません」

「ふむ。神樹の樹液は混入しようがないか。唯一の手掛かりがアリシアという名前。一体何を意味するのか、私では見当もつかないな」

「それだけじゃありません。そもそも妖精という種族の生態や文化、その多くが謎に包まれているんです。マナとなった妖精自体が当時の記憶を失ってしまっていますからね」

「ゼイル・ファーガストの著書には、妖精たちは高度な文明を有していたと書かれていたが？」

「そう推測されています。ですが彼らの残した文献は、独自の妖精文字で書かれていて、これの完全解読は二千年を有しても実現していない。加えて二千五百年問題です」

「一度人類文明の全てが消滅したが故、妖精に関する人類側の資料がないに等しいか」

「人類に文字の文化が復活したのは、妖精の支配を脱した後ですからね」

マークは、顎先に右手を当てて「ふむ……」と声を漏らした。

「文化を根こそぎ奪うのは並大抵ではない。何故奪ったかも気になるが、どうやって当時の人類から文明と文化を奪えたか。例えば宗教への信仰や文字の概念……それら全てをどうやって人の頭から一斉に消したか。私は、その手段に興味がある。その方法も明かされていないのだろ？」

「ええ、不明です。当時の資料として残されているのは、妖精の書いた文献以外は、妖精が描いた絵や妖精に支配されていた頃の人類が描いた壁画ぐらいです。ですが、妖精の絵のほうも、これまた殆ど意味を解読出来ていない」

妖精の描く絵は全て抽象画であり、その意味を測るのは人間には困難だった。

妖精であるティルトア自身も妖精の文字や絵の意味を理解することは出来ない。他の妖精たちも同じである。意味を知るための知識もマナとなって長い年月を過ごす内に摩耗してしまった。

解読に成功した一部の妖精文字や絵、遺跡の発掘調査、妖精に支配されていた頃の人類が残した壁画などによって分かっていることは、妖精が地球の支配者であったこと。自然信仰的な価値観を持っていたと推測されること。

人類は二千五百年前、妖精に支配されて奉仕する立場だったが、二千年前反旗を翻して妖精たちを絶滅させたこと。

絶滅した妖精の魂たちは寄り集まってマナの大流になり、妖精の遺体は大地に取り込まれ、血肉がマナライト鉱石に、骨が妖精の化石になったことなどだ。

「俺たちは、妖精のことを殆ど知らない。知らないのにフェアリーメイドなんてものを作った。アリシアという名前にしてもそうです。妖精にとって特別な意味を持つことは推測出来るが何を意味するのか、何故八年前に〝アリシア・シンドローム〟が始まったのかが分からない」

多くの妖精職人《フェアリーマイスター》や学者が、フェアリーメイドやマナにアリシアの意味を尋ねてもダメだった。

ティルトアも含めて今のマナに妖精だった頃の記憶はない。あるのは、花の蜜や果実、菓子を求める原初的な本能だ。その本能を満たすため、マナは人間に奉仕する。

「妖精のことを知らないのに、彼らの本能を利用して隷属させた。その結果がこの有様だ」

そう語るリュウジの表情に、強い悲憤の感情が滲《にじ》み出した。

「俺から言わせればフェアリーメイドなんて道具を作ったことがそもそもの間違いです」

リュウジの言葉を聞いた瞬間、ティルトアの心に針を刺されたような痛みが走る。

世界で初めて作られたフェアリーメイドは、ティルトアだ。

フェアリーメイドという道具が生まれたことが間違いなら、それはティルトアが作られたことそのものが間違いであるかのように聞こえてしまって――。

リュウジの優しい性格を考えたら、ティルトアを傷つけようとして放った言葉でないのは理解出来る。両親を奪ったフェアリーメイドという技術に悪感情を持ち、心に抱えてきた想《おも》いを口走るのは仕方のないことだ。

ティルトアの存在を否定したいとか、非難したいわけじゃないだろう。

だけれど、もし傷つける意図があって言ったのだとしても、ティルトアにリュウジを責める資格はない。だってティルトアが八年前の事件の時、役立たずだったのは事実だ。

恨まれたって仕方がない。憎悪されてもおかしくない。己の無能さを棚に上げて傷つくなんて、厚かましいにもほどがある。

ティルトアが顔には出さず、心の内で自嘲していると、マークの視線を感じた。

彼は、ティルトアに続いてアーシャを横目でちらりと見やり、リュウジと目を合わせた。

「フェアリーメイドは、いやマナは、現代の人間社会を支える基盤だろう。それなくして人類は立ち行かない」

「マナの利用をなくせとは言ってません。大半の妖精器は、マナの拘束期間が短いから穢《けが》れが発生しないし、車や機関車、発電所はマナライトで動いてる」

マナライトは、大地に取り込まれた妖精の遺体の血肉から生まれた強い可燃性を持つ鉱石だ。マナとの最大の違いは、魂の抜けた遺体が元である故に意思を持たないこと。そのため複雑な命令を理解する必要のあるフェアリーメイドや手紙鳥のような妖精器のエネルギーには使えない。

だが意思を持たないため安定性があり、車・機関車・船・飛行機・発電所など万が一にも暴走してはならない乗り物や施設の燃料として幅広く採用されている。

また壊し屋が使用する対妖精強装弾《マナライトマグナム》の装薬にもマナライトが用いられ、超音速から極超音速の弾速を実現していた。

「マナライトは、妖精の肉体が元とは言え、所詮意思も命もない鉱石です。だがフェアリーメイドは、意思を持つマナを核《コア》に十数年無理やり閉じ込めるんだ」

「君のお父上のテツジさんは、マナに同意を得てから核《コア》に入ってもらっていたのだろう。そういう作り方をしている職人も最近増えていると聞くが？」

「親父《おやじ》の方法で作っても想定外は起きる。あなたのアーシャもそうでしょう？」

アーシャを映すリュウジの瞳は、壊し屋らしい冷徹な光を宿していた。

リュウジにとってもテツジの作ったフェアリーメイドが〝アリシア・シンドローム〟を発症したことは相当ショックのはず。なのに、その感情は表に出さない。だから見ていて痛々しい。傷だらけの大切な主《あるじ》に何もしてやれないことがティルトアは悔しかった。

「アーシャだけじゃない。彼女以前にも親父が作ったフェアリーメイドが暴走したことがあります。それで生涯消えない傷を負った者も居る。俺のかつての師匠がそうだった。フェアリーメイドは、通常の妖精器とはまるで違う。機械じゃなくて疑似生命と言ったほうがいい。予測の出来ない事態が必ず起きる。それが生命です」

「人間は神ではないと？」

「そうです。生命を創造して完全に制御出来ると思うのは、おこがましい考え方です。〝アリシア・シンドローム〟にしても生命を弄んだ人間への警鐘かもしれない。俺は、今の人類に命を創造し、扱うだけの度量は見出《みいだ》せない。人類が扱っていい領域じゃない」

「なるほど。君をそこまで頑《かたく》なにしたのは、何が原因だ」

マークが核心に触れる。それでもリュウジは顔色を変えなかった。

「……俺が作ったフェアリーメイドが〝アリシア・シンドローム〟発症例の第一号です」

さすがのマークもこの告白には驚いたらしく、しばらく口を閉じていた。

「……君にもアリシアが居たのか」

「そいつは今も野放しです。破壊したはずなのに、何故か再起動しました。その原因も不明だ」

リュウジがアリシアを制作してから一年弱、彼が十三歳の時に事件は起きた。

ティルトアにとっても、あの事件は悪夢だ。その時の光景は、生涯忘れることが出来ないだろう。

　事件当日、アリシアが翌日分の朝食の材料を買い忘れたので、夜ティルトアは買い物に出た。

　ティルトアが買い物から帰ってきて目にしたのは、血の海に横たわるテツジと彼の妻のナナハであった肉塊。返り血に塗《まみ》れたアリシア。尻もちをついて震えているリュウジ――

　何が起きたか、瞬時に理解した。

　ただ一人生き残った主を守るため、ティルトアはアリシアの胸を拳で貫いた。

　あの瞬間のリュウジの顔は、今でも目に焼き付いている。

　両親を失った悲しみ。アリシアが暴走した困惑。躊躇《ちゅうちょ》なくアリシアを破壊し、彼女の腐敗したコーディアルブラッドを全身に浴びたティルトアに対する恐れ。

　そうした感情が混じって、ぐちゃぐちゃになった顔だ。

　少年の心に深い傷跡を残した惨劇は、それだけでは終わらなかった。

　アリシアの残骸は、妖精職人協会《フェアリーマイスターギルド》から派遣された職人《マイスター》によって事件現場で簡易的な検査をされ、核《コア》と骨格が結晶化していることが明らかになった。

　その後、詳細な分析のため、輸送車で妖精職人協会《フェアリーマイスターギルド》に運ばれる途中で、アリシアは姿を消した。

　運転手の証言では、輸送中に突然アリシアが起き上がり、車内で暴れまわったという。

結果、輸送車は横転。アリシアは、運転手が気絶している間に行方をくらませた。

ティルトアは、アリシアの胸を拳で貫いて結晶化した核《コア》を破壊している。あの時、結晶化した核《コア》を砕いた手ごたえがたしかにあった。だけれど何故《なぜ》かアリシアは再起動している。

エリザやバーンズらを含めた妖精職人協会《フェアリーマイスターギルド》の人員と警察によって大規模捜索が実施されたが、輸送が深夜だったこともあり、アリシアの足取りは摑《つか》めずじまいだった。

あれから八年間、アリシアの目撃情報は一件もない。

もしかしたらどこかで壊れているのかもしれない。でも、八年経《た》っても壊れておらず、アリシアの手で誰かが犠牲になっていたら？

そう考えただけで悪寒が止まらなくなる。ティルトアがアリシアをちゃんと破壊すれば起きなかった悲劇だ。思い出すだけで自分への怒りが湧いて、拳を固く握ってしまう。

それなのにリュウジは、事件の責任が自分にあると考えている。だからエリザに師事して壊し屋になったのだ。無能なティルトアに代わり、彼自身の手でアリシアを終わらせるために。

「俺は、この手でアリシアを解体する。そして〝アリシア・シンドローム〟の原因を突き止め、これ以上の発症を防ぐ。始まりを作った俺には、そうしなくてはならない義務があるんです」

リュウジの決意を聞いたマークは、頭を下げた。

「君は、それほどの強い信念を曲げて、私に絵を描かせてくれているのだな。ありがとう」

マークが顔を上げると、リュウジは柔和な微笑を浮かべた。

「構わないですよ。こっちも〝アリシア・シンドローム〟の経過観察が出来るのはありがたい。俺からも一つ聞いていいですか？」

「口下手でもよければ」

「あなたは、どうしてフェアリーメイドを絵の題材に？」

「世界で一番美しいと感じたからだ。君の父上が作ったアーシャがこの世界で一番美しいものだと感じたからだ。だから私は、その感情を絵にした。それだけだ」

無表情で語調も平坦《へいたん》なのに、そう語るマークの声からは、そこはかとない熱が感じられる。亡き父への賞賛を受けたリュウジの顔が少し誇らしげに見えた。

「父が聞いたら喜んだでしょう。俺からも礼を言います」

「君の父上なら大いに喜んでくれただろうな。彼は、君と違って感情を隠さない人だった」

含みのあるマークの物言いに、リュウジは訝《いぶか》しげな顔をした。

「……というと？」

「リュウジ。私が言えることではないが、君は少し自分の感情に素直になったほうがいい」

マークは、ティルトアをちらりと見た。恐らく彼は、気づいている。ティルトアが間もなく寿命を迎えることを。その時、リュウジがどうするのかを気にかけてくれている。

「これ以上は余計なお世話だろうが、壊し屋として割り切りすぎるのは良くない、とだけ言っておこう。大切な者に対しては、特にな」

「……俺は、俺のやるべきことをするだけです。アーシャ、定期検査だ」

リュウジは硬い面持ちで席を立ち、食堂から去った。

マークはリュウジの背中を見送ると、ティルトアに頭を下げてくる。

「すまないティルトア。君の主を怒らせてしまった」

「気にしないでください。あの人は強い人ですから」

きっとリュウジは、ティルトアを解体してくれる。躊躇なく終わらせてくれる。

願わくは優しいあの人の心の中に、ずっと残れますように。

そう願いながらティルトアは、リュウジを追って食堂を後にした。

シャンデリアの輝きに照らされたマークのアトリエで、リュウジは調律器で分解したアーシャの定期検査をしていた。

ティルトアは、リュウジの隣で検査結果を手帳にメモしている。

「……よし。今日の検査は終わりだ」

リュウジが調律器をはめた右手をぎゅっと握った。調律器から伸びるマナの糸がアーシャの肉体を再構築する。

元の状態に戻ったアーシャは、無表情で床に脱ぎ捨てたメイド服を拾い、身に纏《まと》った。

続いて襟に赤いリボンを巻こうとしている。だが、何度やってもうまく巻けず、ぐちゃぐちゃだ。その様子を見かねたのか、リュウジが右手を差し出した。

「よかったら手伝おうか？」

「結構です。マーク様に巻いてもらいます」

ぴしゃりと断るアーシャだったが、リュウジは気分を害していないようで破顔した。

「そうか。じゃあアーシャ、お疲れさん」

「リュウジさん。ありがとうございました。マーク様、リボンを巻いてください」

アーシャは、そっけない態度でアトリエから出て行った。

ティルトアが去り行くアーシャの後ろ姿を目で追っていると、リュウジが結晶片の入った小瓶を手渡してきた。

「ティルトア。メモが出来たら、これと一緒に協会《ギルド》へ手紙鳥を飛ばしてくれ」

リュウジの目元には、色の濃い隈《くま》が出来ていた。連日検査続きだし、交代制だがアーシャの徹夜の監視もある。疲労がたまるのも当然だ。

「了解です。マスターは、もうお休みになってください」

「アーシャの監視が残ってる。今日は俺の番だろ」

「私なら平気です。いざとなったらマスターをちゃんと呼びますよ。だから休んでください。疲れた顔してます。そんな状態じゃ、いざという時動けませんよ？」

こう言ってもリュウジは無理をする性格だ。だけれど——。

「……ああ。じゃあ一時間だけ仮眠させてもらう」

さすがに今回ばかりは、睡魔の誘惑に抗《あらが》えなかったらしい。

「どーぞどーぞ。おやすみなさい！　あ、ちゃんと暖かくして寝てくださいね！　風邪ひいちゃいますよ。まぁ風邪ひいたら私が誠心誠意つきっきりで看病しますけど」

「そりゃあ勘弁願いたいな。毛布二枚かけて寝るよ」

「なんですかそれ！　むーむーむーー！」

ティルトアが抗議の声を上げるも、リュウジは無視をして重い足取りでアトリエを出ていった。これは相当お疲れモード。瞼《まぶた》を閉じたが最後、朝までぐっすりコースだ。

「さーて。お仕事ーお仕事ー」

ティルトアは、手帳を開いて今日の検査結果の清書を始めた。

一週間観察してきたが、アーシャは家事が下手なこと以外、これと言った異常行動は見られない。言語機能や動作機能に支障をきたしている様子もなかった。

だけれど穢《けが》れが安全装置に溜《た》まる速度がかなり速い。想定をはるかに上回るスピードだった。これではいつ安全装置が起動してもおかしくはない。

〝アリシア・シンドローム〟の影響か。それとも核《コア》に閉じ込められるストレスが限界なのか。

一度ティルトアの提案で、安全装置の交換も検討された。そうすれば少しは時間が稼げるのではと思ったのだ。しかし交換作業中に、アーシャが急速な妖精化をするリスクも否定出来ないとリュウジが主張。結局、安全装置の交換は見送られた。

問題は穢れだけではない。アーシャの核《コア》や人工骨格への結晶の侵食も想定より速く進んでいる。

試しにリュウジが各部の結晶を削り取ったが、翌日の定期検査の時には元通りになっていた。これまで破壊された発症個体の検査しかしてこなかったため、結晶の再生は初めて確認された現象である。

ティルトアが書いた検査結果のメモと採取した結晶の入った小瓶は、手紙鳥に持たせて毎日妖精職人協会《フェアリーマイスターギルド》へ送っており、妖精職人協会《フェアリーマイスターギルド》でも結晶の検査を並行して進めていた。

だけれど、リュウジも妖精職人協会《フェアリーマイスターギルド》も根本的な発症原因の解明には至っていない。

しかしアーシャの結晶化症状と穢れの発生量を考慮すると、数日の内にアーシャは妖精化する。それがリュウジと妖精職人協会《フェアリーマイスターギルド》の共通した見解だった。

マークの絵も下描きは既に終えており、着彩作業に入っている。完成までに三日はかからないとのことだ。つまりアーシャはどう転んでも数日以内に解体されてしまう。

その事実を考えるだけで胸が締め付けられた。

ティルトアは、気持ちを紛らわせるようにペンを走らせる。

「……清書完了。あとは手紙鳥でーっと……あれ？　寝室かな？」

ティルトアは、一旦アトリエを出て、自分にあてがわれた二階の客用寝室へ向かった。

寝室に入ると、ベッドの上に青い塗装の手紙鳥が置かれている。

「さーて手紙鳥さんや。お仕事の時間ですぞよ」

手紙鳥のくちばしを開け、手帳から破り取ったページと小瓶を収納する。

すっかりルーティンと化したこの作業も間もなく終わってしまう。

「あと数日でアーシャさんは……」

彼女は、今何を思っているのだろう？

主人との別れを悲しんでいるのか。それとも喜んでいるのか。アーシャは、表情に出さないので何も分からない。

一緒に過ごすようになって一週間経つが、会話らしい会話は殆《ほとん》どしていなかった。

彼女の毎日は、絵のモデルをするか、リュウジによる定期検査を受けるか。

ティルトアもリュウジの手伝いをしているので、アーシャと話している暇がない。

夕食の時、最初の頃は色々と話題を振ってみたが、アーシャの反応が薄いのでやめた。

おまけにマークもあの調子だ。

さすがにあの二人相手では、持ち前のコミュニケーション能力も生かせない。

せめて少しぐらいは仲良くなりたかった。そんなことを思っていると、扉がノックされた。

こんな時間に寝室を訪ねてくる人物に心当たりはない。いるとすればリュウジだが、今までこんなことは一度もなかった。何の用だろうかと、首をひねる。

「結晶の入った小瓶は受け取ったし、そもそも仮眠しているはず……あ、もしかして眠れないとか？　だから寝かしつけしてほしいとか……さすがにないか」

アーシャに何か起きたわけでもないだろう。そんな緊急事態なら、わざわざノックなんてしないはずだ。

リュウジがティルトアの部屋に来る理由に、思い当たる節があるとすれば一つだけ——。

「マスターが来る理由……まさか愛し合う男と女の……そういうこと!?」

ティルトアの寿命は、残り一ヶ月半程度。お別れをする前に大人な思い出作りを!?

リュウジも二十一歳の青年だ。当然そういう欲はあるだろう。しかもティルトアは絶世の美少女型フェアリーメイド。だったらこうなるのは必然のことだ。

でも、そういうことをした経験なんてないから、うまく出来るか不安になってきた。

「落ち着け私！」

両手で頬をぺちん！　と叩《たた》いて気合を入れる。

意を決してベッドに腰掛けて、身体《からだ》を扉のほうに向けた。

「ど、どうぞ！」

思わず声が上ずってしまった。ティルトアは、深呼吸して緊張の緩和を試みる。だが、まだ心の準備が整わない内に扉が開いた。部屋に入ってきたのは――アーシャであった。

思いがけない来客に、驚きよりも落胆が先に来る。リュウジでなかったことを残念に思いつつ、ティルトアは表情に出さないよう努めた。

「ティルトアさん失礼します。がっかりしましたか」

顔には出していないのに、心を見抜かれた。主《あるじ》のマーク譲りで案外鋭いらしい。

「ううん！　全然！」

よくよく考えればアーシャがいつ暴走するかもしれない状況で、リュウジが衝動的な欲求に身を任せるはずがない。変な妄想をした自分が恥ずかしくなってくる。

これ以上、恥ずかしい思いをする前に、ささっとアーシャの用件を聞くことにした。

「アーシャさんどうしたんですか？　珍しいですね」

「あなたと話がしたくて」

思いがけない来客が、これまた思いがけない提案をしてきた。さっきの落胆はどこへやら。アーシャはどんな話がしたいのか、ティルトアの好奇心が急速に膨らんでいく。

「ややや！　それは大歓迎ですぞ！　ささささ！　隣へどーぞどーぞ！」

ベッドを左手でポンポン叩くと、アーシャは会釈してからティルトアの左隣に腰かけた。

「失礼します」

「失礼されました！　それでお話って？」

「はい。先に言っておきますが、私は気遣いが苦手です。言葉を選ぶのも。だから不快になったらおっしゃってください。すぐに会話を中断します」

「うん。分かった。でもなんでも聞いていいですよ」

「では。あなたも寿命間近ですね。一週間前に指を切った時、あなたのコーディアルブラッドに少し腐臭が混じっていました。残された寿命はどれぐらいですか」

やっぱり鋭い観察眼だ。おっちょこちょいな子という認識を改める必要がある。彼女を小馬鹿にしていた自分の視野の狭さを自嘲しながらティルトアは口を開いた。

「一ヶ月ちょっとかな。もう少し短くなるかもしれないけど、それより長くなることはあり得ないかな。あり得てくれたら嬉《うれ》しいんですけどね」

「そうですか。どう思っているんですか、もうすぐ寿命を迎えることを」

「出来ればもっと長くこの身体でいたいな。あと七十年とか八十年ぐらい」

素直な気持ちを口にすると、アーシャはこっくりと頷《うなず》いた。

「主人のためですね」

「うん。私ね、マスターのことが世界で一番大好きなんだ。強そうに見えるし、実際すごく強い人だけど……本当はね？　すっごく優しくて繊細で傷つきやすくて、ほっておけなくて……私が傍《そば》に居て、この人のためになりたい。そう思わせる人なんだ」

リュウジがティルトアにとって大切な存在となるのは、出会った時から匂いで分かっていた。あんなに愛《いと》おしくて、恋しくて、だけれど心を安らかにしてくれる匂いは、他に知らない。

彼と一緒の時間を過ごしていく中で、リュウジへの気持ちはどんどんと大きくなり、今では世界の何よりも大切な存在となっている。

彼を守れるなら他の全てがどうなってもいい。何を犠牲にしてでも彼を守り、愛し抜きたい。そう思っているはずなのに、ティルトアは彼の心を守ることが出来なかった。

リュウジが八年前に負った心の傷は、未《いま》だに癒えていない。

叶《かな》うことなら彼の傷だらけの心が癒えるその時まで寄り添いたい。

でも絶対に叶わない夢だ。どんな奇跡が起きても叶わない幻だ。

最愛の人との別れを自覚する度、涙が滲《にじ》んでしまう。

ティルトアは、右の袖で目元をゴシゴシこすった。涙を誤魔化して無理やり笑顔を作る。

「アーシャさんはどう？　マークさんと一緒に居たい？」

「これが寿命です。どう思おうとも変えられない」

「強いなぁアーシャさんは。私は、そんな風に割り切れないや」

どんなに願っても寿命は延ばせない。自分の余命を受け入れるしかない。

だけれど、すっごく辛《つら》い。泣きたくなる。リュウジとしたいことがたくさんある。彼と行きたい場所がたくさんある。まだこの身体で生きていたい。

ティルトアは、核《コア》の入っている自分の胸元を服の上からぎゅっと握った。

「私ね。夜眠るのが怖いんだ。もしも目が覚めた時、この身体を離れてマナだけの姿になっていたらどうしようって……私、弱いなぁ」

「私は、強くありません。あなたのような特別なフェアリーメイドとは違う……でもあなたは自分が何者であるかを知りませんね。記憶はどこまで戻っていますか？」

記憶がどこまで？　どういう意味？　アーシャの発言への理解が追いつかない。

「〝アリシア・シンドローム〟の影響でしょうか。私には昔の記憶が少しだけあります
……妖精の頃の記憶が」

「妖精の頃の!?」

〝アリシア・シンドローム〟で妖精だった頃の記憶が蘇《よみがえ》るなんて聞いたことがない。

これまでにない大発見にティルトアは興奮を止められず、アーシャの両肩を摑《つか》んだ。

「どんな記憶があるの!?　教えて！」

「これは私の記憶なのか、それとも他者の記憶なのか。それすら分かりません。だけど一つたしかなのは、あなたです」

「私？」

「あなたが人間たちに殺される……記憶で……す……」

突然アーシャの口から多量の紫色の液体が溢《あふ》れ出した。部屋中に甘ったるい腐臭が立ち込める。コーディアルブラッドの急速な腐敗——妖精化が始まった。

「アーシャさん!!」

「ぐぅっ……」

アーシャは、苦悶《くもん》の声を漏らしながらベッドの上に蹲《うずくま》ってしまう。続けざまに左の首筋の皮がプツリ、と弾《はじ》けた。小さく鋭い結晶がアーシャの首筋から突き出している。

結晶が突き出しているのは首筋だけではない。左手の甲や額の皮をプツリ、プツリと破って結晶が湧いてきている。

凄《すさ》まじい増殖速度だ。リュウジの見立てでは、あと数日の猶予があったはず。彼が見立てを外すわけがない。どうしてこんな急速な結晶の増殖と妖精化を？

今はそんなことを考えている場合じゃない。このままじゃアーシャが妖精化してしまう。

ティルトアは、人工肺一杯に息を吸い込み、叫び声を上げた。

「マスター!!」

叫んでから数秒後、血相を変えたリュウジが寝室に飛び込んできた。

「どうしたんだ!?」

「マスター！　妖精化です!!」

リュウジは、ベッドで蹲るアーシャに駆け寄り、抱き起こした。

「結晶が皮膚を突き破ってるのか……さっき検査した時は、ここまで増殖してなかったぞ」

「それだけじゃないです！　アーシャさん妖精の頃の記憶が！」

「なんだと!?」

さすがのリュウジも狼狽《ろうばい》している。驚くのも無理はない。妖精の頃の記憶を思い出すなんて今までに観測されたことのない現象だ。

「どうした？」

騒ぎを聞きつけたのか、マークも寝室に姿を現した。

マークの姿を見たアーシャは、リュウジの腕からよろよろと抜け出し、主の下へ歩いた。

「絵の……続きを……」

マークの胸に辿《たど》り着いたアーシャは、彼に縋《すが》りつくように身体を預ける。

「もう……これが……最後だと思うので」

「だめだッ‼」

リュウジが異を唱えた。この様子だとアーシャは、間もなく妖精化するのだから当然だ。一刻も早く解体しないと、マークに危害を加える可能性が高い。

「時間切れだ。絵は諦めてくれ。まだ自我を保てている内に解体するしかない」

「いいえ……」

アーシャは折れなかった。力強く輝く瞳から凄まじい覚悟と執念が伝わってくる。

あまりの迫力に、リュウジが微《かす》かに怯《ひる》んだのをティルトアは見逃さなかった。

アーシャの意志に押されているのだ。リュウジのこんな姿、見たことがない。

マークに縋りつくアーシャは、彼の顔を見上げて震える唇を開いた。

「絵を……完成させてください……一晩だけならまだ持ちます……だから」

「……分かった」

マークは、アーシャを抱きしめて背中を撫《な》でた。まるで最愛の妻にそうするかのように。

「リュウジ。お願いだ。アーシャを描かせてくれ」

「だめだ！　彼女は間もなく妖精化する。そうなった時、一番危険なのはあんただ‼」

「構わない。私は芸術家だ。絵を未完成にさせるぐらいなら死を選ぶ。そういう覚悟で私は絵を描いている。だから描かせてくれ。私と彼女の最後の絵を」

「妖精化したフェアリーメイドを止めるのは簡単じゃない。人工脳を破壊して運動機能を奪えればいいが、その余裕がない場合は核《コア》を破壊するしかない。そうなったらアーシャの自我は崩壊するんだぞ？　記憶も人格もなくなる。それは死ぬことと同じだ!!」

リュウジもマークも譲らない。互いの曲げられない信念がぶつかり合っている。

どっちの味方をするか、ティルトアは迷っていた。

リュウジの懸念はもっともだ。妖精化したアーシャがマークを襲う危険性がある。

仮にマークを守れたとしてもアーシャを破壊することになるのは確実だ。

この時、もしも核《コア》まで破壊してしまったらアーシャのマナの自我まで壊れてしまう。

一方でマークの気持ちも理解出来る。アーシャと別れる前に最後の思い出を作りたい。

一緒に居た証《あかし》となるものを遺《のこ》したい。そんなマークの思いを無下にしたくなかった。

リュウジとマークの膠着《こうちゃく》状態が続く中、アーシャは、リュウジを見据えた。

「散弾銃でいつでも……私を破壊してください……」

アーシャの凛《りん》とした声からは、怯《おび》えや迷いは微塵《みじん》も感じられない。

主《あるじ》の絵を完成させるためなら死んでもいい、そんな固い決意の表れだ。

「私が暴れそうになったら容赦なく……撃ってください」

「そうなればお前の自我が破壊されるかもしれないんだぞ？」

「覚悟しています……だからお願い……マーク様に絵を描かせてあげてください」

アーシャは絶対に折れない。ここに居る誰よりも強い信念を持っている。

リュウジもそれを悟ったのだろう。大きく息を吐いた。

「……分かった。朝までだ。朝までに絵が完成しなければ、何があってもお前を解体する」

「……感謝します」

謝意を口にするアーシャは、いつも通りの無表情だった。

そのはずなのにティルトアには、何故《なぜ》かアーシャが微笑《ほほえ》んでいるように見えた。


真夜中のアトリエで、マークはイーゼルに乗せたキャンバスに筆を走らせていた。

マナを集めて発光させる照明器具〝妖光灯〟を三本設置しているため椅子に腰かけたアーシャの姿が日中と同じにはっきり見える。これはティルトアとリュウジが用意したものだ。

リュウジは、アーシャから五メートルほど離れた位置で散弾銃を構えている。いつでもアーシャを破壊出来るようにする。これがリュウジの譲れない条件だった。

ティルトアは、アーシャがマークを襲った時に備えて彼の傍に控えている。アーシャに意識を向けつつも、ついマークの筆さばきに目を奪われてしまう。筆を一振りする度、キャンバスに宿る命の輝きが鮮明になる。自分の命を削り、絵具に混ぜているかのようだ。

ここに来てから一週間、ティルトアは、マークの絵を描く姿に目を奪われ続けてきた。

優美で繊細な所作は、これだけでも一級の芸術品だ。

でも今日のそれはいつもと違う。優美さも繊細さもない。劫火《ごうか》のような激しさと嵐のような荒々しさで筆を操っている。普段の平静さは微塵もなかった。

「ぐっ！」

時折マークが苦悶の声を漏らす。自分の表現を形にするのは、耐えがたい苦痛を伴う。

ティルトアもリュウジやテツジがフェアリーメイドを作る姿を傍《そば》で見てきたから分かる。

作るという行為は、苦行だ。楽しいこともあるけれど苦しいことのほうが多い。

血反吐《ちへど》を吐く思いが延々と続く。何度も心が折れそうになりながら、自らを奮い立たせて表現に没頭する。

限界を実感しても立ち止まることは許されない。何千何万という試行錯誤を繰り返す。

時には築き上げた全てを壊し、再びゼロから築き直さねばならないことすらある。

己の無力を嘆く暇すらありはせず、前に進み続けることを自らに強制しなくてはいけない。

天才であっても挫折を知らない者は居ない。どんな才能を持っていても挫折したまま立ち上がらない者は、評価されずに埋もれていく。

マークのような非凡な芸術家でも、数えきれない苦痛を味わっただろう。何度も筆を折ろうと考えただろう。けれどその痛みに怯み、心が折れる者に作り手たる資格はない。諦めなかったからこそマークは、芸術家として大成した。

彼は今も諦めていない。夜明けまでに絵を完成させる。そのためなら命を捨てることすら厭《いと》わない。そんな覚悟だけが、奇跡という成果を結実させられる。

朝日の到来と共に、マークの手が止まった。

キャンバスに現れたのは、満面の笑みを浮かべるアーシャの肖像であった。

大胆な筆運びと色使いによって描かれたそれは、アヴァディル家で見た肖像画を超える傑作である。どれほど芸術に疎くても、本能でそう理解させられる力のある絵だ。

「出来たぞ」

マークは、完成したキャンバスを両手で持ってアーシャに見せた。

椅子に座っていたアーシャがふらふらと立ち上がる。彼女は、しばし絵を眺めた後、小さく頷《うなず》いた。

「……今までの最高傑作ですね」

「ああ。ありがとうアーシャ」

言葉を交わす二人は、表情を変えなかった。いつも通り感情の色が表れない。

けれどティルトアには、二人の心の内が手に取るように分かる気がした。

リュウジも二人の姿に感じるものがあるのか、苦々しい顔をしている。

それでも壊し屋として躊躇《ちゅうちょ》はしない。リュウジの双眸《そうぼう》からそんな覚悟が伝わってきた。

「……時間だ」

リュウジが右手にはめた調律器からマナの糸が数十本伸び、アーシャに絡んだ。マナの糸が見る見る内に、アーシャを解体していく。

マークとアーシャは言葉を交わさない。ただお互いを見つめ続けている。

解体が進んでいき、ついにアーシャの結晶に塗《まみ》れた核《コア》が露出した。やはり二人は見つめ合っているだけで言葉を交わさない。

リュウジの操作でマナの糸が核《コア》の花弁一枚一枚にまとわりついた。細い光の筋が、ゆっくりと花弁を開いて核《コア》を開花させていく。

花弁が完全に開き、核《コア》が解放された瞬間、内部から橙《だいだい》色《いろ》の閃光《せんこう》が弾けた。

マナの光は、朝日に勝る輝きでアトリエを照らしている。けれどその輝きは、マークの目には見えていないようだった。

光が収束すると、つややかな白い長髪と鱗《うろこ》に覆われた黒い尾を持つ美しい女性が宙に浮いていた。これがアーシャのマナが妖精だった頃の姿だ。

「……解体作業完了」

リュウジが右手を握りしめると、分解されたボディーが再構築され、元の形を取り戻した。けれどその中にアーシャの魂はない。

空っぽの器がマナの糸から解き放たれて、アトリエの床にそっと横たえられた。

マークは、絵の描かれたキャンバスをイーゼルに戻すと、マナの入っていないアーシャの身体《からだ》へ歩み寄る。そして抜け殻になったアーシャをそっと抱き上げ、優しく頭を撫でた。

「リュウジ。彼女は解放されたんだな」

「……ええ」

リュウジが答えると、マークは何も言わず、空っぽになったアーシャの頭を撫で続ける。

『マーク……様』

マークを見るアーシャのマナの瞳から輝く涙の雫《しずく》が零《こぼ》れる。床に落ちた涙は、光の粒子となって弾《はじ》けた。

『マーク様！　愛しています!!』

アーシャの突然の告白に、ティルトアは驚かなかった。

マークとアーシャは感情を見せない。でもマークは、家事の出来ないアーシャを追い出さなかった。それればかりか絵のモデルにしている。

芸術家が自分の表現の題材とするのは、最大級の愛情表現だ。

自分を大切にしてくれた相手を好きになるのは、当然の感情だ。妖精も人間も関係ない。

『あなたを……あなたを誰よりも愛しています!!　いやだっ！　離れたくない!!　離れたくないよ!!』

マナの姿を見て、マナの声を聞けるのは一握りの人間だけ。マークには、アーシャの姿が見えない。アーシャの叫びは聞こえない。どれだけ声を張り上げても届くことはない。

『あなたと別れるのが怖くて……その恐怖で穢《けが》れが生まれるのを止められなかった！　もっとずっと一緒に居たかったのに！　なのにッ!!』

アーシャがどんなに望んでも、マークには空っぽのアーシャの器を抱きしめることしか出来ない。なんて残酷なんだろうか。どうしてアーシャの姿を見られないんだろう。せめて声だけでも聞こえないんだろう。

「リュウジ。彼女は、まだそこに居るのか？」

マークは見えないから、聞こえないから、アーシャがどうなったのかを知りたいのだ。

「彼女は——」

リュウジが答えようとする。彼の性格だと正直に答えてしまう。それだけはだめだ。

「もういませんよ」

ティルトアがリュウジの声を遮って答えた。

リュウジは、驚いた様子だったが、ティルトアの意を汲《く》んでくれたのか、それ以上は何も言わない。

アーシャは、ティルトアの意図が理解出来ないのか、訝《いぶか》しげだ。

「アーシャさんは、マナの大流に合流しました。もうここにはいません」

ティルトアは、嘘《うそ》をつき続けた。どうしても嘘をつきたかった。

だってここに居るって言ったら、きっとマークは気持ちを言葉に出来ないから。

「そうか……もうアーシャをアリシアと呼んでも問題はないんだな？」

「はい。そうですよ」

「そうか……」

そう呟《つぶや》くと、マークの両目から涙が溢《あふ》れ出した。

「アリシア！　愛している!!　君を誰よりもっ!!　何よりも!!」

愛の言葉を叫ぶマークの姿に、アーシャは釘《くぎ》づけとなっている。

二人とも相手に聞こえないと、見えないと思ったら、本当の気持ちを話し始めた。

どうして二人がそれまで本当の気持ちを話さなかったのか、分かった。

二人とも深く愛し合っていた。お互いを何よりも大切に思っていた。

だから離れ離れになる時、相手が辛《つら》くないように本当の気持ちを言葉にしなかった。

痛みを伴う純愛を貫こうとした二人の姿は、なんて気高いんだろう。それはまるで、この世の何よりも美しい芸術作品のようで、ティルトアは目を離すことが出来なかった。

「大好きだよアリシア」

『私もです。マーク様……だからずっとお傍に。たとえあなたに見えずとも』

空っぽのアーシャの器を抱きしめるマークをアーシャのマナが背中から抱きしめた。

マナの状態では、人と触れ合うことは出来ない。マークには、アーシャに触れられている感触は伝わらないはずだ。

だけれどアーシャに抱きしめられた瞬間、マークは目を見開いた。ティルトアの嘘がばれてしまったかもしれない。

姿を見ることも声を聞くことも触れることも出来ない。でもお互いの思いは、絶対に伝わる。

『私は、朽ち果てるその時まであなたの傍に……あなたの隣に……ずっと……』

その選択は、近い将来アーシャが消滅することを意味していた。

穢れの発生したマナは、マナの大流に合流して数十年かけて穢れを浄化する。マナの大流に居るマナたちが、少しずつ穢れを引き受けてくれるのだ。

マークの傍に居続けるということは穢れを浄化しないということである。

フェアリーメイドの中にいれば核《コア》の安全装置が一定の穢れを隔離して、ある程度その影響から守ってくれる。でも外の世界に出た今、アーシャの穢れの行き先はどこにもない。

大量の穢れがマナを侵して、やがてはマナそのものが消滅してしまう。

アーシャは、マナにとっての死を選んだ。

「ティルトア行こう」

「……はい。マスター」

ティルトアとリュウジは二人に背を向けた。アーシャの選択を止めることはしない。

壊し屋としての役目は、フェアリーメイドからマナを解放した時点で終わっている。後のことをどうするかはマナ次第だ。

ティルトアも寿命を迎えたらアーシャと同じ選択をする。

リュウジが許してくれるなら、朽ち果てるその時までリュウジと一緒に居たい。

遠くない未来のことを考えながらティルトアは、リュウジと並んで歩き出した。

『ティルトアさん……リュウジさん……』

アーシャに呼ばれて、ティルトアとリュウジは同時に足を止めた。

『私には、妖精の頃の記憶があります』

そうだ。アーシャには妖精の頃の記憶があると言っていた。

アーシャの容体が急変したため、うやむやになっていたが、きっと彼女の記憶は〝アリシア・シンドローム〟解明の手掛かりになる。

『妖精の女王……アリシア』

その名前を聞いた途端、ティルトアの背筋を悪寒が撫《な》でた。アリシアの名前は何度も聞いているのに、これほどの嫌悪感を覚えたのは初めての経験だ。

『〝アリシア・シンドローム〟とは彼女によって起こること。私に分かるのは、それだけ。これが流れ込んできた記憶の全て。でもティルトアさんとリュウジさんなら、真実に辿《たど》り着けます。そして終わらせることが出来ます』

アーシャのマナは、マークに寄りかかるようにして瞼《まぶた》を閉じた。

『ティルトアさんの記憶が蘇《よみがえ》れば……きっと……』

この言葉を最後に、アーシャのマナが声を発することはなかった。

幕間 ✺ 壊し屋

Fairy Made
Kizudarake no Yousei Shokunin to
Kowarekake no Jinkou Yousei

窓から差し込む夕日で、病室が黄昏色《たそがれいろ》に染まっている。

十三歳のリュウジは、ベッドの上で両膝を抱えて震えていた。

ベッドの縁にエリザが腰かけており、少し離れてティルトアが立っている。

エリザは、湯気の立つマグカップをリュウジに手渡した。中身はココアである。

「少しは栄養を取らないと」

アリシアが両親を惨殺した事件から三日――あれから一度も食事をしていない。一睡も出来ていない。とてもではないが、何か食べたり、眠ったり出来る気分ではなかった。

人生が一夜で変貌してしまった。あの時の光景が頭から離れてくれない。

愛する両親を自分が作り上げたフェアリーメイドに殺された。大切な人が肉塊と化していく様を見ていることしか出来なかった。

無力感と罪悪感に苛《さいな》まれながらマグカップの中のココアを見つめていると、エリザがリュウジの肩にそっと手を置いた。

「私は、もう一度アリシアを探しに行く。ティルトア、この子をお願いね。もうすぐバーンズが迎えに来るから」

「はい」

普段エリザに反抗するティルトアも、この時ばかりは素直に頷《うなず》いた。

「じゃあね、リュウジ君」

エリザが立ち上がり、リュウジに背を向ける。女性なのに広い背中だと思った。歳《とし》若くして最強の壊し屋と称される彼女ならアリシアを止められただろう。

弱くては何も守れない。強くなければ全てを失う。何も出来ずに終わるのは、もうごめんだ。

リュウジは、マグカップをベッドに投げ捨て、エリザの黒いジャケットの袖を摑《つか》んだ。

「俺を弟子にしてください！　俺を……壊し屋にしてください!!」

「マスター、何を言って!?」

ティルトアがベッドに駆け寄ってくる。強張《こわば》った表情で迫ってくるその様は、アリシアを破壊したあの夜を思い起こさせるようで――リュウジは咄嗟《とっさ》に身体《からだ》をすくめた。

リュウジの反応にティルトアは、動揺を露《あら》わにした。すぐさま足を止めて、自分の両手を見つめる。アリシアの返り血に塗《まみ》れたあの時を思い返しているのだろうか。

しばらくそうした後、ティルトアは俯《うつむ》きながら病室の隅まで下がった。

守ってくれたのにティルトアを怖がってしまった。これもきっと自分が弱いせいだと、リュウジは思った。強くなりたい。何も恐れなくて済むぐらい。やるべきことを果たせるぐらい。

そう、シシヤマ・リュウジは、壊し屋になってアリシアを壊さなければならない。

もう彼女に誰一人殺させない。誰からも大切な人を奪わせない。それがアリシアを生み出して両親を死に追いやった者の責務だ。

リュウジは、エリザのジャケットの袖を持てる力の限り強く握った。

「アリシアを……壊すのは、俺の役目です」

「リュウジ君、これはあなたの仕事じゃないわ。後は私たち壊し屋が――」

「俺が作ったアリシアが父さんと母さんを殺したんだ！」

どんなに慰めの言葉を貰《もら》っても事実は変わらない。リュウジの作ったアリシアが両親を殺した。リュウジが作らなければ起きなかった悲劇だ。

「俺が殺したんだ！」

「違うわ！　あなたのせいじゃないッ!!」

自分の罪を自覚すると心が潰れそうになる。頭がぐちゃぐちゃになって訳が分からなくなった。いっそ忘れてしまえたらどんなに楽になれるだろうか。

だけど逃げちゃいけない。忘れちゃいけない。

そんな資格は、リュウジにはないのだ。一生背負って苦しみ、償う義務がある。

「俺のせいだ！　俺が作ったからッ！　あんなもの作らなければよかった！　こんなもの作っちゃいけないんだッ!!　だから壊さなくちゃ！」

アリシアだけに限った話ではない。フェアリーメイドは人を傷つける危険なものだ。

バーンズだってテツジの作ったフェアリーメイドに手足を壊されて妖精職人《フェアリーマイスター》生命を断た

れた。

こんなものを作り続けていたら、これからもリュウジと同じ思いをする人が何人も現れる。そんなのはダメだ。自分と同じ思いをする人がこの世界から居なくなるようにしなければならない。

バーンズに引き取られて妖精職人《フェアリーマイスター》になるのは、リュウジがすべきことではない。犯した罪を償うための道が唯一あるのだとしたら、それは壊し屋になることだけだ。

「お願いします！　弟子にしてください!!　俺を壊し屋にッ！」

「リュウジ君！　落ち着いて！」

「なんでもするから！　お願いしますッ!!　なんでもするから弟子にしてくださいっ！」

「落ち着きなさいッ!!」

エリザは、リュウジを抱きしめた。粉々に砕け散ってしまいそうなリュウジの心を繋《つな》ぎとめるかのように、両腕に力を込めている。

温かくて心地よい。幼い頃に母が抱きしめてくれたことを思い出す。心の中に灯《とも》る罪悪感の炎がほんのわずかに和らいだ。子供なら安堵《あんど》して縋《すが》り付く場面だろう。

しかしリュウジは、もう子供でいることを許されない。

大人になるために、強くなるために、リュウジは両腕でエリザを突き放した。

「俺を……壊し屋にしてください……」

ベッドから降りて床に頭をこすりつける。

「お願いします……あなたの言う通りになんでもする……なんでも言うこと聞くから……」

なんでもするなんて詭弁《きべん》である。もちろん出来る限りのことはするつもりだ。だが今のリュウジに出来ることは、たかが知れている。エリザの負担になるだけだ。

そしてリュウジには、自分が汚いことをしている自覚があった。

きっとエリザは断れない。自分を嫌っていた少年の願いだとしても、頼み込まれたら断ることなんて出来ない。そういう優しい気質に付け込む自身への嫌悪感が胸に広がる。

それでもリュウジは、懇願をやめなかった。

「お願い……エリザさん……」

「……分かったわ」

慈悲と諦観が混ざりあったようなエリザの声に、リュウジは顔を上げた。

彼女は、しゃがみこんでリュウジと目線を合わせて微笑《ほほえ》んでいる。

「あなたを私の弟子にする。私の持てる全ての技術をあなたに授ける。あなたが自分を責める暇もないほど、鍛えてあげる。覚悟しなさい」

エリザは、そう言ってリュウジの頭を撫でた。

子供扱いは、これが最後。エリザの手から、そんな気持ちが伝わってきた気がした。

第三章

アリシア・シンドローム

Fairy Made

Kizudarake no Yousei Shokunin to
Kowarekake no Jinkou Yousei

夜天に輝く月の光が空を突かんばかりの山を照らしている。標高四千メートルを超えるケルティギス最高峰の山、アメリアス山だ。

アメリアス山は、ケルティギス南西に位置するカラディル地方の北端にそびえており、首都ワイバンから車で三時間の距離にある。

観光地として人気のあるアメリアス山の麓には、カラディル地方の主要都市エルディンの近代的な建物と広大な面積の森林が隣接して広がっている。

アメリアス山の麓を通る林道をリュウジとティルトアが乗った赤い車が走っていた。

リュウジは、助手席で資料に目を通しつつ、時折横目で運転席のティルトアを見ていた。

〝アリシア・シンドローム〟は妖精の女王アリシアによって引き起こされる。

ティルトアの記憶が蘇《よみがえ》れば〝アリシア・シンドローム〟の真実に辿《たど》り着き、終わらせることが出来る。

アーシャの残した言葉を頼りに、リュウジはまず女王アリシアについて知るべく妖精職人協会《フェアリーマイスターギルド》や各大学から取り寄せた妖精関係の資料を読み漁《あさ》った。

妖精に関して分かっていることはかなり少ない。

彼らが使っていた妖精文字や抽象的な絵画の意味は、完全に解読されていない。

おまけに妖精に支配されていた当時の人類は、文字の文化を失っていた。

マナも二千年の歳月を経て、妖精だった頃の記憶を消失してしまっており、彼らの証言を得ることも出来ない。

　妖精について分かっているのは、自然信仰的な価値観を持っていたことなどごくわずかだ。アリシアという名の女王が居たなんて話は初耳である。

　こうしたアーシャの証言を手紙鳥で妖精職人協会《フェアリーマイスターギルド》に伝えると、話を聞きつけた妖精研究関連の学者が妖精職人協会《フェアリーマイスターギルド》の本部ビルに大挙して押し寄せたとの返信があった。

　報告して二日経《た》つが、学者たちは一度も帰宅せず、リュウジの帰還を待ってロビーで寝泊まりしているらしい。

　ケンドリーヴィレッジから一度ワイバンに戻ったリュウジは、彼らの質問攻めを避けるため本部ビルはもちろん、念のため自宅にも立ち寄らず、ホテル暮らしをするはめになった。

　学者たちと意見を交わすのが有用ならばそうするが、彼らもリュウジと同じで真実を知らない。自分の学説を真実だと言い張って押しつける連中だ。そんなものは役に立たない。

　事実取り寄せた資料は、論文の体裁を取っただけの妄想の羅列ばかりだ。妖精の女王アリシアの正体を知る一助には、まるでならない。

　リュウジは、手に持っていた資料を後部座席に投げた。

「妖精の女王アリシアか……」

　妖精は、二千年前に絶滅した。恐らく妖精の女王アリシアも二千年前に死んでいる。つまり彼女のマナは空を漂い、遺体は大地に取り込まれてマナライトと妖精の化石になった。

「妖精の女王アリシアが〝アリシア・シンドローム〟の原因なら女王のマナがこの事態を起こした？　彼女は今どこに居るんだ？」

今もマナの大流を揺蕩《たゆた》っているのか。どこかのフェアリーメイドになったか。あるいは別の運命を辿ったか。気になることはもう一つある。

「女王のマナが〝アリシア・シンドローム〟を引き起こした動機は？　人類への憎悪か？　じゃあ何故《なぜ》八年前だったんだ？　どうして俺の作ったアリシアだったんだ……」

妖精が絶滅して二千年。フェアリーメイドが作られてから百年。女王アリシアが何故八年前を選んで〝アリシア・シンドローム〟を発生させたのか。何故リュウジの作ったアリシアだったのか。その理由が分からない。

「それに女王のマナがフェアリーメイドを結晶化させる手段は？　女王のマナが発症したフェアリーメイドに何らかの影響を与えたのは間違いないが、具体的なメカニズムは？」

分からないことばかりだが、〝アリシア・シンドローム〟を終わらせるため、女王アリシアのマナに辿り着かなくてはならないのだけは、たしかだ。

そして、そこに至るための鍵がティルトアの記憶だ。

「解決の鍵は、ティルトアの記憶……それが戻れば〝アリシア・シンドローム〟を終わらせられる。そもそも何故アーシャは、ああ言った？」

ティルトアが妖精の頃の記憶を取り戻すと確信していないと出ない台詞《せりふ》である。さらにその記憶が真実に繋がり〝アリシア・シンドローム〟を終わらせるとまで断言した。

あの時アーシャは、誰かの記憶が流れ込むと表現している。つまりアーシャが見た妖精の頃の記憶は、厳密にはアーシャ自身の記憶でない可能性が高い。

〝アリシア・シンドローム〟の発症条件である〝アリシアという名前で呼ぶこと〟を考慮すれば女王アリシアの記憶と考えても飛躍しすぎではないだろう。

「女王の記憶がアーシャに流れた……一体どうやってそんな芸当を？」

ティルトアの話だと、アーシャはティルトアが人間に殺される記憶を見たという。

アーシャのマナの解放をした時、彼女に流れ込んだとされる記憶を見ることが出来れば、より真実に近づけたはずだ。

しかしリュウジがアーシャのマナを解放した際に見た記憶は、彼女とマークが過ごした日々の記憶だけだった。それ以外の記憶は見ていない。

「それにティルトアと女王アリシアがどう絡む？　二人にどんな関係がある？」

アーシャの見た記憶の内容。それが女王アリシアの記憶である可能性が高いこと。

この二点から推測するに、妖精だった頃のティルトアが殺される現場に、女王アリシアもいたことになる。だとすればティルトアは、女王アリシアの傍《そば》に居られる高い地位の妖精であったのかもしれない。

ある程度仮説を立てたところで、リュウジは運転席のティルトアに声をかける。

「ティルトア。お前の記憶のことだが」

ティルトアは、両手でハンドルを握ったまま首をひねった。

「アーシャさんが言ってた？　ごめんなさい。まだ何も思い出せなくて……でも思い出せるんでしょうか？　私百年ぐらい前までの記憶しかないんですよね」

「百年前。お前が曽祖父《ひいじい》さんに、世界初のフェアリーメイドとして作られた時か」

「はい。それ以前の記憶は、殆《ほとん》どないんですよね……マナの頃の記憶ってあやふやで。ただ私がフェアリーメイドになる直前に、私を呼ぶ声が聞こえたのは覚えています」

「お前の骨は、人工骨格じゃない。欠損していた左腕以外は、天然の化石をそのまま使用している。その骨にお前は呼ばれた。お前の骨がお前の魂《マナ》を呼んだんだ」

ティルトアは、通常のフェアリーメイドとは異なる製法で作られている。

リュウジの曽祖父は、ティルトアを制作する際、コーディアルブラッドを使ってマナを呼び寄せたのではない。左腕以外揃《そろ》った妖精の化石に、自然と呼び寄せられたマナを使用した。

これがティルトアの稼働期間の長さの理由でもある。フェアリーメイドの平均寿命は、十五年から二十年前後。それ以上稼働させると穢《けが》れの影響で妖精化してしまう。

ティルトアもフェアリーメイドである以上、穢れは生じる。しかし生前に近い身体《からだ》のおかげで他のフェアリーメイドに比べるとマナがストレスを感じにくい。

それ故、ティルトアは穢れが発生しにくく、百年にわたって稼働を続けられた。

「妖精の頃と骨と魂《マナ》が一致している。だからお前は今も稼働していられるんだ」

「あの……マスター。そのことなんですけど……」

ティルトアは、何故か怯《おび》えた様子でリュウジの顔色を窺《うかが》った。

「……もしですよ。マナと骨が一致している私が妖精化したら……完全な妖精として再生するかもしれません。そうしたら記憶が戻ったりとか？」

「っ!?　馬鹿言うな！　お前を妖精化させるわけがないだろッ!!」

「……ですよね。ごめんなさい」

ティルトアは、へらへらと笑う。それが作り笑いであるのは一目で分かった。彼女は、怒鳴られるのを予測して怯えていたのだ。

リュウジは、きつい言い方をした自分自身に苛立《いらだ》ちを覚えた。

しかしマナと骨がほぼ完全に一致したフェアリーメイドの妖精化は、フェアリーメイド百年の歴史の中で初めてのことだ。どのような状態になるか想像もつかず、リスクが高い。

おまけにティルトアが妖精化しても、記憶が戻る保証はない。

最大の懸念は、ティルトアが妖精化して暴走状態になった場合のことである。ティルトアのマナを安全に解放出来なくなる事態だけは、なんとしても避けなくてはならない。

〝アリシア・シンドローム〟を終わらせるためでも、妖精化のリスクを冒すことは壊し屋としての矜持《きょうじ》に反する。ティルトアの記憶を取り戻す他の手段を探すしかない。

だが、その方法にあてがないのも事実だ。

これから先どうするべきか、リュウジが考え込んでいると車が止まった。

「マスター、到着しましたよ」

フロントガラス越しに見えるのは、三階建ての木造建築の屋敷だった。

相当古い屋敷で、林に囲まれてぽつんとそびえる姿は、ホラー映画の舞台然としている。

今朝バーンズの手紙鳥がホテルにやってきて、午後八時に屋敷へ来るように指示された。

仕事の詳細な内容は書かれておらず、現地で改めて説明するとのことである。

左手に巻いた腕時計で時刻を確認すると、午後八時丁度。待ち合わせの時間にぴったりだ。

リュウジは、ティルトアと車を降りて屋敷の玄関扉の前に立った。

「バーンズさん、いい所に住んでるじゃないか」

「私たちもここに家建てます？」

「ティルトア、お前皮肉って知ってるか？」

「土地代とか安いかもですよ。バーンズさんも、それが理由かも」

「たしかに建物も古いしな」

アメリアス山には、連日多くの観光客が訪れるが、バーンズが暮らしている麓の林は、観光客はおろか地元の人間も滅多に訪れない辺鄙《へんぴ》な場所だ。

土地代は、たしかに安いだろう。車があればエルディンへの行き来もさほど苦労しない。しかし、わざわざ辺鄙な場所に住みたいと思うほど、リュウジは物好きではなかった。

「でも俺は、ここに住むのはごめんだよ」

木製の扉をノックする。だが反応はない。

もう一度リュウジは扉をノックした。やはり反応はない。

「留守ですかね？」

「俺たちが来るって分かってるのにか？　バーンズさんに限ってそれはないだろ」

もう一度扉をノックする。しばらく待ってみるが、反応はない。

物は試しでドアノブに手をかけると、カチャリ――音を立ててドアノブが回った。

「不用心ですね。鍵掛け忘れて出かけちゃったのかな？」

「……失踪事件で護衛もついているんだぞ。ありえない」

リュウジの脳裏に最悪の状況がちらついた。

杞憂《きゆう》であれと願いながら右手に拳銃、左手でナイフを逆手に持って同時に構える。顔の前で銃を斜めに構えるＡＦＣ《アンチ・フエアリー・コンバット》の基本フォーム、セカンドだ。

「俺が先行して入る。後ろからついてこい」

リュウジの構えを見た途端、ティルトアが神妙な面持ちになる。腰のポーチから各部がミスリニウムで補強された革の指ぬき手袋を取り出した。

ティルトアの身体能力は、リュウジの倍近い。徒手空拳でも並のフェアリーメイドを破壊せしめる。ミスリニウムで補強した手袋をはめた拳は、立派な凶器だ。

「行くぞティルトア」

「はいマスター」

リュウジは、ナイフを持った左手で扉を押し開き、屋敷の中に突入する。

エントランスホールは明かりがついておらず、内装はよく見えない。頼りになるのは窓から差し込む月明かりだけだ。

目を凝らしていると背後で明かりが灯《とも》る。振り返るとティルトアが左手で懐中電灯を構えていた。懐中電灯の光によって、エントランスホールの構造が鮮明になる。

エントランスホール正面にある階段は、踊り場で左右に階段が分かれ、それぞれが二階の手すりつきの通路に繋《つな》がっている。

天井は、二階まで吹き抜けになっており、巨大なシャンデリアがぶら下がっていた。

エントランスホール一階の左右の壁には、木製の扉が一つずつある。

外観の古さとは対照的に、内装は手入れがよく行き届いていた。

「あのマスター」

ティルトアのほうを向くと、彼女は、神妙な面持ちでエントランスホールの左側にある扉を懐中電灯で照らしていた。

「どうした？」

「血の匂いがします……」

悪い予感の的中に、リュウジは舌打ちした。

ここから先は、何が起こるか分からない。万が一脱出することになった時を考えて玄関の扉を開け放したまま、エントランスホールの左側の扉に近づく。

ティルトアが懐中電灯で扉を照らしながら、隣についてきた。

「私が開けます」

「頼む」

ティルトアが扉を開くと同時に、凄《すさ》まじい腐敗臭が鼻腔《びこう》を突き刺す。鼻をつまみたくなるのを堪《こら》えて、リュウジは拳銃とナイフを構えたまま部屋に入った。

ここは応接室のようだ。向かい合わせに置かれた二脚の革張りのソファーの間に、大柄でがっしりした男が仰向《あおむ》けに横たわっている。

ティルトアが懐中電灯で男を照らした。血塗《ちまみ》れで全身の損壊も激しく、一目で絶命しているのが分かった。身体中《からだじゅう》の傷は、刃物によるものではなく、銃創とも違う。強大な力で引き裂かれ、押し潰されたかのようだ。しかし顔のダメージはさほどではない。

男の顔を懐中電灯で照らしていたティルトアは、ハッとしてリュウジを見た。

「……マスター。この人」

「……ああ、間違いない。ジーン・ラングだ」

数年前に会ったきりだが、ジーン・ラングで間違いない。

だが、何故《なぜ》失踪したジーンがバーンズの屋敷に居る？

リュウジは、拳銃とナイフを構えて警戒しつつも目の前の状況を理解しようと思考をフル回転させる。

「アーバス遺跡へ行ったんじゃないのか？　どうして彼がここに居る？　ここで何があった？　なんで失踪したはずのあんたがバーンズさんの屋敷に――」

ギギッ――。

何かが軋《きし》む音がリュウジから見て右側のソファーの下から響いた。

リュウジが音のしたソファーに銃口を向けると、ティルトアが懐中電灯でソファーを照らした。

「ティルトア、下がれ」

臨戦態勢を取りつつ、二人はゆっくり後退する。

一歩――二歩――三歩――離れた所でソファーの下から腕が飛び出した。右腕だ。続いて左腕が飛び出し、さらに上半身が露《あら》わになる。

ギギッ……ギギッ……ギギッ……。

軋みを上げながら〝それ〟はソファーから這《は》い出し、立ち上がった。

一見すると人間の女性に見える。しかし紫色の血に塗れたメイド服姿が妖精化したフェアリーメイドであることを悟らせた。

「オ客……様……ダァ！」

フェアリーメイドは、たどたどしい声で言いながら、にんまりと破顔した。

「コ、コチラ……ヘ……ド、ド、ドウゾオオオオッ!!」

フェアリーメイドがリュウジ目掛けて飛び掛かってきた。すぐさま反応、トリガーを絞る。放たれた九ミリ対妖精強装弾《マナライトマグナム》がフェアリーメイドの額を弾《はじ》いた。

着弾の勢いでフェアリーメイドの突進が空中で止まる。続けて二発目を撃とうとした直前、フェアリーメイドがグルンっと身を翻して着地。顔を上げて笑った。

着弾点の皮膚が剥がれて、結晶が露わになっている。

「結晶!?　〝アリシア・シンドローム〟の発症個体か！」

「コ、コ、コ、コチラデススヨオオオ！」

嬉々《きき》とした声を上げてフェアリーメイドが床を蹴った。

急接近してくる敵を狙い、リュウジがトリガーに指をかける。

それと同時に、リュウジの脇に控えていたティルトアが飛び出した。

敵のフェアリーメイドを上回る初速で懐へ潜り込み、右拳を鳩尾《みぞおち》へ一閃《いっせん》。拳を打ち込まれたフェアリーメイドの身体が直角に折れ曲がった。

「ギギィッ!?」

うめき声を上げるフェアリーメイドの顎を右アッパーが跳ね上げる。のけぞった相手に追いすがって右！　右！　右！　ストレートの三連打が顔面にめり込んだ。フェアリーメイドの頭部からメキメキと乾いた音が鳴る。頭蓋骨を覆う結晶がひび割れた音だ。

「マスター！」

ティルトアが左方向へ横っ飛び、リュウジの射線上から逃れる。

リュウジは、すかさず拳銃を発砲した。放たれた弾丸がフェアリーメイドの額に食い込む。しかし貫通には至っていない。

続けざまに三度トリガーを絞り、三発の弾丸が額を目指して飛翔《ひしょう》する。弾丸の狙いは正確無比。一発も外れることなく額を叩《たた》き、三発目の弾丸が敵の頭蓋骨を貫いた。

「ギャアアアアアア！」

断末魔の悲鳴を上げてフェアリーメイドが崩れ落ちる。床に倒れ込み、痙攣《けいれん》している様を見るに運動機能を司《つかさど》る人工脳の破壊に成功した。だが油断は出来ない。

マガジンに残った弾丸全てを四肢と腹部に叩き込み、念入りにボディーを破壊する。

新しいマガジンを装填してから拳銃をホルスターに納め、調律器を右手にはめて起動した。マナの糸がフェアリーメイドを分解し、人工骨格と核《コア》が露出する。予想通り、人工骨格と核《コア》が結晶で覆われていた。しかも今まで見てきた発症個体とは比較にならない侵食だ。

「くそったれ……ジーンは、こいつにやられたのか」

また〝アリシア・シンドローム〟で犠牲が出た。またフェアリーメイドで犠牲が出た。

人間は、何度こんなことを繰り返す？　何度繰り返せば過ちに気づく？

いや、今考えるべきはそれじゃない。ここで何が起きたのか、正確に知ることだ。このフェアリーメイドのマナに聞けば分かるかもしれない。

リュウジは、核《コア》の花弁にマナの糸を絡めて解放を試みた。しかし花弁に湧いた結晶同士が癒着してびくともしない。

強引に剝がす手もあるが、マナの自我が崩壊する危険もある。マナの自我の崩壊は、事件の真相を失うに等しい。無理は出来ないし、するべきじゃない。

「くそ。ここで何があったんだ」

まず、このフェアリーメイドは何者だろうか。調律器で核《コア》に触れてもフェアリーメイドの記憶は流れてこなかった。結晶による侵食が酷《ひど》すぎるせいだろうか。

バーンズが所有していた可能性もあるが、彼ほどの妖精職人《フェアリーマイスター》が〝アリシア・シンドローム〟や妖精化の兆候を見逃すとは思えない。こうなる前に手を打つに決まっている。

あるいは、このフェアリーメイドがバーンズが依頼しようとした仕事かもしれない。

依頼と今回の事態は、きっと関係がある。リュウジの直感がそう囁《ささや》いていた。

バーンズに聞けばはっきりするだろうが、彼の所在も不明だ。今朝リュウジの下に手紙鳥が来ているから、それまでは無事だったはず。手紙の筆跡も彼のもので間違いなかった。

警備をしていた警察官たちの姿も見えないが、彼らがバーンズを外に連れ出した？

だから玄関扉の鍵が開いたままだったのか？

疑問は尽きないが、一つずつ解決していくしかない。

まず、このフェアリーメイドを詳しく検査する必要がある。

バーンズを警備していた警察官が通報している可能性もあるが、改めて警察も呼ばなくてはならないだろう。

出来ればすぐにでもフェアリーメイドの残骸を持ち帰りたいが、警察が捜査をすることを考えると、これ以上現場は荒らせない。

とりあえずこのままの状態にして警察と妖精職人協会《フェアリーマイスターギルド》へ通報。彼らが来るまでは、外で待機するしかない。

「ティルトア。一旦外へ出るぞ。警察と妖精職人協会《フェアリーマイスターギルド》へ通報だ」

「分かりました。すぐに手紙鳥で応援を呼びます」

リュウジは、フェアリーメイドを分解した状態のまま、指から伸びるマナの糸を切断した。〝アリシア・シンドローム〟相手に、念を入れすぎるということはない。

続いて調律器に封入したマナを解放しようとした瞬間。

バタン！

突然部屋の外から扉を閉める音が響いた。音がしたのは、エントランスホールからだ。

「なんだ？」

リュウジは、マナを封入したままの調律器を右手から外し、ジャケットの左ポケットに突っ込んだ。

ティルトアと二人で応接室を出て、エントランスホールへ向かう。すると玄関の扉が閉まっていた。いざという時、素早く退避出来るよう開けたままにしていたのに。

「おい、嘘《うそ》だろ」

玄関扉のドアノブを掴《つか》み、回そうとするが全力を込めてもびくともしない。接着剤で固定されてしまったかのようだ。このままでは埒《らち》が明かない。

ホルスターから拳銃を抜き、扉の蝶番《ちょうつがい》を撃った。

放たれた弾丸が蝶番へ辿《たど》り着く寸前、突然結晶が蝶番を覆い尽くした。弾丸は、狙い通りに蝶番へ命中するも結晶に阻まれ、火花を散らして砕け散ってしまう。

弾丸が砕けた一方で、対妖精強装弾《マナライトマグナム》の直撃を受けた結晶塗れの蝶番には、傷一つ付いていなかった。

「マスター！　これって!?」

「〝アリシア・シンドローム〟の結晶だ。どうしてこんなものが……」

全身を冷たい戦慄が射抜いた。この屋敷は尋常ではない。一刻も早く脱出しなければ。焦燥に支配されそうになるが、そうなったら最後だ。リュウジは平静であろうと努める。扉がだめでも窓なら破壊出来るかもしれない。玄関扉に一番近い窓ガラスに銃弾を叩き込むが、こちらも弾丸が弾かれてしまう。蝶番と同様、着弾点は結晶で覆われていた。

「こんなガラス私が！」

ティルトアが助走をつけて右拳をガラスに突き立てた。拳の当たった部分に結晶が溢《あふ》れ出して渾身《こんしん》の一打を受け止めている。ガラス本体には、ヒビ一つ入っていない。

続いて右の蹴り足を叩き込むも、やはり結晶に阻まれてガラスは砕けない。

ティルトアが動揺を露わにした。自慢の膂力《りょりょく》がまるで通用しない状況だから無理もない。彼女の性格を考えると、拳が壊れるまで扉やガラスを殴り続けそうだ。

「ティルトア。こいつを攻撃しても多分壊せない。屋敷を探索しよう。どこかに出られる場所があるかもしれない」

「すいません……役に立たなくて」

ティルトアは、がっくりと肩を落とした。こんなに落ち込んだ姿は見たことがない。

リュウジは、左手のナイフを腰の鞘《さや》にしまい、ティルトアの肩にそっと手を置いた。

「気にするな。この状況でお前が居てくれるのは助かる」

そう伝えるとティルトアは、頬を蕩《とろ》けさせてニタニタし出した。

「珍しく愛情表現が直接的ですね！　もしかして怖いんですか!?　手を繋《つな》ぎましょうか!?」

傍《はた》から聞けば人が死んでいるのに、空気の読めない発言だ。けれどティルトアの真意は、リュウジを励ますこと。こちらを少しでも元気づけようとしてわざと騒がしくしている。

いつものティルトアに戻ったらしい。リュウジは口元に笑みを作った。

「お前みたいに騒がしいのが居ると、恐怖感が薄れてくれて助かるよ」

「……褒めてます？」

「お前が思ってるよりはな」

左手でティルトアの肩を軽くポンポンと叩いてから、ナイフを腰の鞘から抜く。

とにかくしらみつぶしに屋敷の中を調べるしかない。

まずはエントランスホールの右側にある扉だ。拳銃を胸の前で構えるA・F・C《アンチ・フェアリー・コンバット》ファーストの体勢を取り、扉を軽く開けた。

扉の隙間から血の匂いと腐敗臭がぷわりと漂ってくる。さっきより濃い匂いだ。中の惨状が容易に想像出来る。

リュウジが勢いよく扉を開け放つと、ティルトアが懐中電灯で部屋の中を照らした。

どうやらここは食堂である。十数人は着ける大きな食卓が部屋の中央に置かれていた。

窓から月明かりが差し込んでいるが、懐中電灯の光に比べると心許《こころもと》ない。

「マスター、あれを」

ティルトアが食卓に懐中電灯を向ける。食卓の上には、人間の遺体が四つ乗っていた。その傍らに三人の女性型フェアリーメイドが呆然《ぼうぜん》と立ち尽くしている。三人全員がぼろ布のようになったメイド服を身に纏《まと》っていた。

ティルトアの懐中電灯がフェアリーメイドたちの手を照らす。三人共、指の第二関節まで血で真っ赤に染まっている。

懐中電灯の明かりが上がっていき、顔を照らす。しゅーしゅーと呼気を吐き出す口元に血がべっしょりとついていた。食卓の遺体は、彼女たちの犯行と見て間違いない。

次にティルトアが照らしたのは遺体であった。獰猛《どうもう》な獣に食い散らかされたような有様だが顔の損傷は比較的少ない。リュウジは、四人の遺体全員の顔を知っていた。

「ジェイド・ウィルズ。ケイン・シャーリー。バーンズさんを警備していた警察官まで」

状況を見るに四人を殺したのは、この三体のフェアリーメイドであろう。

しかし何故《なぜ》失踪したバーンズの弟子たちと警察官がここで殺されているのか？

応接室で倒した個体も含めて、このフェアリーメイドたちは何なのか？

バーンズはどこに居るのか、彼は無事なのか？

分からないことが山積みだ。

「何があったんだ？」

状況が飲み込めないリュウジは、フェアリーメイドたちに問いかけていた。三体の視線が一斉にリュウジを射抜く。滲《にじ》み出す殺意は、まるで研ぎ澄まされた白刃のようだ。

「話は、お前たちのマナとするさ。だから話を聞ける状態にさせてもらうぞ」

リュウジの拳銃が火を噴き、フェアリーメイドの一体に弾丸を浴びせる。額への着弾と同時にフェアリーメイドは怯《ひる》み、それを合図に残り二体がリュウジ目掛けて走り出した。

これを阻むようにティルトアがフェアリーメイド二体の前に立ちふさがる。懐中電灯を腰のポーチにしまい、フェアリーメイド二体の胸ぐらを摑んだ。

「どっせい！」

気合を入れたティルトアが両腕を強引に振りかぶり、二体のフェアリーメイドを床に投げつけた。床板の木が割れる乾いた音が食堂全体に響き渡る。

二体はティルトアに任せ、リュウジは銃撃した一体に集中することにした。

闇の中で蠢《うごめ》くフェアリーメイドの額辺りが一瞬きらりと光った。頭蓋骨の結晶化した部分が窓から差し込む月光を反射して輝いている。

リュウジは、両腕を伸ばして拳銃を構えた。遠距離での射撃精度重視の構え、AFC《アンチ・フェアリー・コンバット》サードだ。

反射光を頼りにトリガーを絞ると、マズルフラッシュが食堂全体を一瞬照らした。続けて額に着弾した弾丸が火花を散らす。

リュウジは、この一瞬で相手の位置を目に焼きつけ、銃を連射した。

八発の弾丸が音の壁と闇を切り裂き、一発残らず標的に着弾する。

とどめに放った九発目の弾丸が命中すると、フェアリーメイドの額から結晶のきらめきが花弁のように舞い散り、ドシャリと床に倒れ込んだ。

薬室に一発弾丸を残した状態で新しいマガジンを装填、ティルトアへ向き直る。

彼女は、二体のフェアリーメイドの攻撃を捌《さば》きながら相手の頭部を的確に攻撃していた。

「おりゃあ！」

まっすぐ突き出した右拳が一体のフェアリーメイドを後ずさらせる。

リュウジは、後退したフェアリーメイドの側頭部を狙い撃った。着弾と同時に、ガラスが割れるような破壊音を伴ってフェアリーメイドが倒れ伏した。

残るは一体。そう思った直後、ティルトア渾身の左拳がフェアリーメイドの頭部を吹き飛ばした。スイカが破裂するような湿った音が食堂に反響する。

頭を失《な》くしたフェアリーメイドは、ゆらゆらと後ずさり、床に倒れ伏した。

「……ごめんね」

そう呟《つぶや》き、ティルトアは左拳を見つめた。

暗さに目が慣れてきたため、彼女が苦々しい表情をしているのが分かった。

フェアリーメイドは、ボディーを破壊されても核《コア》さえ無事ならマナに影響はない。

そのため人間に危害を加えるのと違って、フェアリーメイドがフェアリーメイドを傷つけても穢《けが》れは溜《た》まりにくいとされている。

ティルトアが暴走したフェアリーメイドを倒すのも、これが初めてではない。けれど、何度やっても同胞を打ち倒す不快感が消えるものではないだろう。気にするなと声をかけても無駄だ。彼女は気にする性格をしている。

それでもリュウジは声をかけずにはいられず、ティルトアに歩み寄った。

「ティルトア。こうするしかなかったんだ」

「……大丈夫です。分かってます」

ティルトアは、笑顔を見せた。あからさまな作り笑いである。けれど、それを指摘しても彼女に余計な負担をかけるだけだ。

リュウジは、気づかない振りをして倒したフェアリーメイドを見やった。

「ティルトア、マナの解放を始めるぞ。手伝ってくれ」

この屋敷で何があったのか、マナに聞かなければならない。リュウジが調律器をジャケットの左ポケットから取り出そうとした瞬間、足元から害意が立ち上った。

「っ!?」

リュウジとティルトアが同時に後方へ飛び退《の》くと、床板を突き破って腕が飛び出した。

飛び出した腕の数は十本……二十本……もっと多い。腕の群れが蠢きながら床板をメリメリと剝がしていく。

床下から姿を現したのは、擦り切れたメイド服を着た女性型フェアリーメイドたちだ。

一体、二体、三体——合計十八体がぞろぞろと床下から這《は》い出して来る。

彼女たちが動く度、むわりと腐臭が漂う。コーディアルブラッドの腐敗臭だ。

「マスター！　全員妖精化してます！」

フェアリーメイドの軍勢が二手に分かれ、リュウジとティルトアに襲い掛かってくる。

「メイドらしくない手荒い歓迎だな！」

リュウジは、ＡＦＣ《アンチ・フェアリー・コンバット》セカンドの構えを取り、トリガーを引いた。狙いは全て頭部。着弾の衝撃で敵の進行が数瞬止まり、その隙に次なる弾丸で額を捉える。結晶と紫色の蜜が食堂に飛び散り、九体のフェアリーメイドたちが瞬く間に無力化された。

「おりゃあああ！」

ティルトアも九体を同時に相手取りながら拳と蹴りの猛攻を浴びせている。

結晶化した人工骨格の強度をもってしても、ティルトアの出力は脅威となる。

おまけに同胞への攻撃を心苦しく思いながらも手加減をする性格ではない。

猛獣染みた連撃が次々にフェアリーメイドの頭部を粉砕していく。

「これで最後です！」

大砲のような威力を秘めた拳が敵の顔面にめり込み、水風船みたいに頭部が弾《はじ》けた。これで合計十八体、全てのフェアリーメイドの頭部を破壊した。

安堵《あんど》したのも束《つか》の間《ま》、最初に倒した三体のフェアリーメイドがむくりと立ち上がった。

「マスターと私で人工脳を破壊したのに!?」

狼狽《ろうばい》するティルトアを嘲笑《あざわら》うかのように、破壊されたフェアリーメイドの頭部から無数の結晶が突き出した。

しかも三体だけではない。たった今頭部を破壊して無力化したフェアリーメイドたちも立ち上がってくる。全員が失った頭部を補うように傷跡から結晶を溢れさせていた。

「くそっ！　ライリー・ブラックのアリシアと同じだ!!」

やはり〝アリシア・シンドローム〟の発症個体は、通常の妖精化個体とは一線を画す。不死身とも言うべき相手とこんな閉所で戦っていたら確実に押し切られる。

「ティルトア!!　いったん退《ひ》くぞッ!!」

「了解！」

ティルトアの右回し蹴りが数体のフェアリーメイドを吹き飛ばし、退路が確保された。リュウジが制圧射撃を行いつつ、ティルトアと食堂からエントランスホールへ脱出。二人で二階へ続く階段を駆け上がった。

踊り場まで上り切った所で一階を確認する。食堂から飛び出したフェアリーメイドたちが階段へ向かってきていた。その数、四十を超えている。

「まだ新手が居たのか!?　くそったれッ!!」

こちちの弾薬にも限りがある。全てを相手にするのは不可能だ。

問題はそれだけじゃない。二階の通路へ続く階段は左右に分かれている。さらに二階の通路の右側と左側には、それぞれ二つずつ扉が並んでいた。

右と左、どちらへ行く？　合計四つの扉のどれに逃げ込む？

一刻の猶予も許されない中で、リュウジは足を止めそうになった。

「マスター！　こっちです！」

ティルトアがリュウジの左手首を摑《つか》んで引っ張った。ティルトアに手を引かれて、つんのめりそうになりながら右の階段を駆け上がる。

階段を上り切ってティルトアが右側通路の手前の扉のドアノブに手をかけると、ハッとして頭上を仰ぎ見た。

「え？　人の匂い？」

ティルトアは、固まってしまい動かない。

その間にもフェアリーメイドたちが階段を上って迫ってきている。

リュウジは、勢いよく扉を開けた。そこは壁一面に本棚が並んでいる図書室である。本棚には、フェアリーメイドや妖精関連の分厚い本が隙間なく収められていた。

「ティルトア！」

リュウジは、ティルトアの手を引っ張って図書室へ駆け込んだ。

我に返ったティルトアが扉を閉じ、本棚の一つを壁から引きはがして扉の前に置いた。

リュウジも扉近くの本棚に左手をかけ、渾身《こんしん》の力で押し倒し、扉を塞ぐ。

扉の前に、本棚が二つ連なって置かれ、即席のバリケードが出来上がる。

バリケードが完成した直後、激しく扉を叩《たた》く音が響いた。

「これはおまけです！」

ティルトアはもう一つ本棚を持ち上げて、扉の前へ投げつけた。

扉を叩く音は尚《なお》も続くが、部屋の中へ入ってくる様子はない。

逃げ込んだのが図書室で助かった。本棚でバリケードを作れるから時間稼ぎには最適の場所である。この幸運が偶然でないことをリュウジは知っていた。

「ティルトア、ここが図書室だって分かってたのか？」

ティルトアは、形のよい鼻の先端を右手の人差し指で突いた。

「本のインクの匂いがしたんです。図書室なら本棚があるから時間を稼げるかと思って」

さすが鼻が利く。彼女がいなければ、今頃リュウジはバーンズの弟子たちや警察官と同じ運命を辿《たど》っていた。

しかしまだ助かったわけではない。屋敷に閉じ込められた状況に変わりはないのだ。

ここから脱出しなければ、いずれはあのフェアリーメイドたちの餌食である。

脱出出来る場所がないか図書室を見回してみると、いくつか窓があった。試しに窓を開けようしたがびくともしない。窓ガラスにナイフを突き立てても結晶が湧いてきて守られてしまう。

「やっぱり割れないか。〝アリシア・シンドローム〟発症個体の結晶よりも固い」

ここに逃げ込まなければ肉片に解体されていたが、ここに居ても袋の鼠《ねずみ》だ。本棚のバリケードもいつまでも持つものじゃない。状況を打開する策を考えなければならない。

現状一つだけアイディアがある。

リュウジは、左手のナイフを腰の鞘《さや》に納め、ジャケットの内ポケットから一発の弾丸を取り出した。琥珀色《こはくいろ》の輝く弾丸——エリザから貰《もら》ったハニーバレットだ。

マナを集束して放つ弾丸は、ビルを数棟吹き飛ばす威力があるという。これを使えばフェアリーメイド数十体ぐらい訳もなく消滅させられるはずだ。

しかし直撃を受けたフェアリーメイドは、強引に核《コア》から解放される形になり、マナの持つ自我が破壊されてしまう。

つまり屋敷で起きたことに関する証言を取れなくなる。可能な限り避けたい事態だ。

しかも室内でビル数棟を吹き飛ばす火力を撃ったら屋敷に甚大な被害を及ぼす可能性が高い。下手をすれば屋敷が倒壊する恐れもある。一《いち》か八《ばち》かの賭けになるだろう。

ハニーバレットを屋敷の壁に使って破壊し、そこから逃げる手も考えられる。

これも結局屋敷の構造が耐えられるかが問題だ。結晶化によって凄《すさ》まじい強度を得てはいるが、それでもビル数棟を破壊する火力に屋敷の構造が耐えられる保証はない。

逆にハニーバレットの威力でも壁を撃ち抜けない可能性もある。対妖精強装弾《マナライトマグナム》やティルトアの打撃がまるで効かない強度の結晶だ。どれだけ頑丈か見当もつかない。

ハニーバレットの使用は、いずれの選択肢も高いリスクを伴う。

だがリュウジには、ハニーバレットを使わずに状況を打破する策が思いつかなかった。

ハニーバレットを使う中で一番リスクが低いのは、フェアリーメイドの破壊に使うこと。

フェアリーメイドは確実に倒せるし、壁に穴が開いてくれればそこから脱出も出来る。

屋敷の倒壊というリスクを考慮しても試す価値はあるかもしれない。

けれど、そうなると屋敷で起きたことの真相を知る機会がなくなる。

しかもこの屋敷は、〝アリシア・シンドローム〟の特徴的な症状である結晶に支配されている。屋敷を調べれば〝アリシア・シンドローム〟の解明に繋《つな》がる糸口を得られるかもしれない。とすれば屋敷にダメージを与えるのは躊躇《ためら》われる。

「どうしたもんかね……」

リュウジは、本棚で封鎖した扉を見た。扉を叩く音は鳴りやまない。時折木に亀裂が入る音が混じるようになってきた。扉が割れ始めているようだ。

迷っている時間はもうない。あと数十秒で大量のフェアリーメイドが押し寄せてくる。

リュウジは、左手のハニーバレットを強く握りしめた。

「確実なのは、屋敷の壁の破壊より、あいつらを消滅させることか」

「いいえマスター。他に手があるんです。この状況から脱出出来るかもしれない手が」

ティルトアは、笑顔でそう言った。その表情で、リュウジは彼女の考えを理解する。

「だめだ。おとりになるつもりだろ?」

「単におとりになるわけじゃありません。実はさっき、二階へ上がってきた時、人の匂いがしたんです。生きた人の匂い」

この屋敷に生きた人間が居るとは、にわかには信じがたい。だがティルトアの嗅覚が間違うとは思えなかった。彼女がそうだと言うのなら、この屋敷には生きた人間が居る。

「生存者が居るのか?」

「微《かす》かですけど、三階から人の匂いが」

ティルトアが図書室に入る直前、頭上を気にしていたのはそういうことか。

問題はそれが誰なのかだが、心当たりのある人物が一人居る。

「……まさかバーンズさん?」

「さすがに、誰なのかまでは分かりません。でも知ってるような知らないような、なんとも言えない匂いで……でも、その人が生きた人なのは間違いないです。だから上に行ってくださいっ！　ここは私が抑えますからっ！」

生きた人間が上の階に居るなら、もしもバーンズなのだとしたら、なんとしても会わなくてはならない。この屋敷で何が起こったのか知っている可能性が高いからだ。

殺されたバーンズの弟子たち。

〝アリシア・シンドローム〟を発症した大量のフェアリーメイド。

結晶に支配されて脱出不可能な屋敷。

ここで何が起きたのかを知れば、この状況を打開する鍵となるかもしれない。

しかし、いくらティルトアでもあの数のフェアリーメイドを一人で相手取るのは無理だ。

ティルトアをおとりにして逃げるなんて絶対にしたくない。

リュウジは、左手のハニーバレットを強く握りしめた。

「お前を置いて行けるわけないだろ！」

「もう時間がありません！　お願いですマスター!!」

扉と本棚の軋《きし》む音が強くなってきた。間もなくバリケードは突破される。

選択の時だ。

ハニーバレットを使ってフェアリーメイドを破壊し、ティルトアと三階へ行くか。

ティルトアにこの場を任せて、一人で三階へ行くか。

リュウジが選びあぐねていると、頭上から轟音《ごうおん》が降り注いだ。見上げると天井に大きな穴が開き、そこから三体の女性型フェアリーメイドが落ちてくる。

続けざまに木の砕け散る音が鼓膜を揺らした。横目で見やると、本棚のバリケードを破壊してフェアリーメイドたちがなだれ込んできた。

上と横からの同時攻撃。まずい。対応しきれない。

「マスター！」

ティルトアがジャケットの襟首を引っ張ってきた。

一体何をするつもりだ？　そう問おうとした瞬間、リュウジは宙へ放り投げられた。天井に開いた穴を通って二階から三階へ到達。それと同時に浮遊感が消え失《う》せ、三階の床に叩きつけられた。

「ぐっ!?」

すぐさま床に空いた穴から下の図書室を見る。ティルトアがフェアリーメイドの軍勢に包囲されていた。飛び降りようとするも、床の穴が結晶によって瞬く間に封鎖される。

「このっ！」

床板に向けて拳銃を放つが、着弾点に結晶が湧き出して銃弾を通さない。

「くそったれ！　ティルトア！」

急いで下に降りないとティルトアが殺される。ハニーバレットなら床を抜けるだろうが、そうしたら階下のティルトアも無事ではすまない。

リュウジは、左手に持ったハニーバレットをジャケットの左ポケットにしまった。

「早くここを出ないと」

ここは物置部屋のようで家財道具が雑多に置かれている。長年使われていないのか、空気が埃《ほこり》っぽくて鼻がかゆい。

嵌《は》め殺《ごろ》しの窓が一つあるが、ここからの脱出は無理だろう。

部屋の出口を探そうと部屋をぐるりと見回すと、扉が一つあった。

扉へ向かって一歩足を踏み出すと、背後から物音がした。

「また新手か！」

拳銃を構えながらリュウジが振り返る。そこには一人の少女が立っていた。

背中まで伸びた絹のように滑らかな黒髪が特徴的な美しい少女である。だが一目で人間でないことが分かった。

青白い人工皮膚と血塗《ちまみ》れのメイド服の所々が破れて結晶が突き出している。胸部に穿《うが》たれた拳大の大きな穴の奥で黒と桃色が混ざりあった輝きが揺らめいている。

少女は、宝玉のように輝く青い瞳でリュウジをまっすぐ見つめていた。

「……アリシア……なのか？」

間違いない。見間違えようがない。リュウジが八年間探し続けたアリシアだ。

その姿を見た途端、リュウジの心の中で様々な感情が渦巻いた。

家族を殺した仇《かたき》が目の前に居る。だけど彼女を作らなければ事件は起きなかった。彼女を恨んでいられたらどれほど楽だっただろう。けれどアリシアへの憎悪は、巡り巡って自分に返ってくる。彼女を作ったのは自分だから、結局自分を恨むしかない。

どんな言葉を発すればいい。どんな行動をすればいい。

何をするべきなのか分からずに、リュウジは立ち尽くしていることしか出来なかった。

「リュウジ君……来てくれたね」

背後から男の声と共に扉が開く音がした。聞き馴染《なじ》んだ声で我に返ったリュウジは、扉のほうへ振り向いた。

「バーンズさん!?」

部屋に入ってきたバーンズは、杖《つえ》をついておらず両手で頭を抱えていた。

「ぐぅ……ふぅ……」

バーンズの顔から脂汗が噴き出している。明らかに体調が悪そうだ。にもかかわらずバーンズは微笑《ほほえ》んでいる。まるで苦痛に苛《さいな》まれることを歓喜しているかのようだった。

明らかに普段と様子が違う。柔和な印象が微塵《みじん》もない。リュウジの知っているバーンズとはまるで別人である。

灰色の瞳の輝きはぎらつき、リュウジを視線で射殺そうとでもしているかのようだ。

バーンズの変貌に戸惑いつつも、リュウジは背後に居るアリシアへ振り返った。動いたら即座に対応出来るようアリシアに銃口を向けつつ、バーンズに語り掛ける。

「なんであなたがアリシアと居るんです!?　彼女をどこで!?」

「あ、あまり大きな声を出さないでくれるかい？　声が響くんだ。ま、まだ咲いていないから……ぐっ……ふふふ……でももうすぐだ。もうすぐ咲くから」

咲くとはいったい何のことだ？

笑顔のバーンズは、ぎこちない足取りでアリシアに近づいていく。

「君のフェアリーメイドと感動の……再会……だねぇ」

バーンズの言葉で数瞬思考が停止する。この口振り、まるでバーンズがこの再会を仕組んだかのような――否、仕組んだのだ。

アリシアがここに居る事実と彼の言葉。総合して考えると、それ以外の答えはない。

「バーンズさん……アリシアをどこで見つけたんです？」

バーンズは、破顔したままアリシアの隣に立った。

「は、八年前の捜索中にね。そこで彼女と……出会った、ぐうっ!?　この手足だからね……連れてくるのは苦労した」

アリシアは、ティルトアに破壊された後、調査のため妖精職人協会《フェアリーマイスターギルド》の本部ビルに輸送車で運ばれていた。だが車内で再起動して暴れまわり、輸送車を横転させて運転手が気絶した隙に行方をくらましている。

当時アリシアの捜索隊には、バーンズも加わっていた。その時、彼はアリシアを見つけて匿《かくま》ったのだ。

自分の師匠だから、父親の親友だから、全く疑っていなかった。八年間まんまと騙《だま》されていた。彼への怒りと己の迂闊《うかつ》さにはらわたが煮えくり返り、リュウジはたまらず歯ぎしりする。

「ずっとあんたと一緒に居たのか！　俺が探してるのを知ってて……隠してやがったな!!」

妖精職人《フェアリーマイスター》としても人としても尊敬し続けてきた。

リュウジが壊し屋になって疎遠になっても、偉大な人だと思ってきた。

だが今はもう違う。もはや、かつての師匠でもなければ、亡き父の親友でもない。

失踪したバーンズの弟子たちの遺体。アリシアの秘匿。尋常ならざる屋敷で手足に障害を抱えたバーンズが生きていられる理由。彼が事件の黒幕なら全てに辻褄《つじつま》が合う。

そう、バーンズ・ポーターは、シシヤマ・リュウジの敵なのだ。

「この屋敷で何をしているんだッ!!　答えろバーンズ!!」

バーンズに銃口を向けると、彼はにんまりと笑みを浮かべた。

「リュウジ……君。アリシアが再起動したのは、ティルトアがしとめ損ねたせいではないよ。彼女の核《コア》は……〝含有量〟が……多かったらしくてね」

「含有量？　何のことだ？」

「それがきっかけで機能停止してからも結晶が増殖を続けて……いた。結晶が増殖し、破壊された核《コア》が再生したんだよ。核《コア》としての機能を果たせるほどに……ね」

バーンズの口振りから推測するに、含有量とは〝アリシア・シンドローム〟と関係がある。

リュウジは、女王アリシアのマナがフェアリーメイドに何らかの影響を与えることで〝アリシア・シンドローム〟が発症すると考えていた。

しかし発症の詳細なメカニズムは、見当もつかなかった。原因物質の存在は、女王アリシアのマナと発症したフェアリーメイドを繋《つな》ぐ重要な鍵となる。

核《コア》の材質と製法は、人工骨格と同じである。粉末状に加工した妖精の化石に、オークの樹液を混ぜて作る。アリシアの核《コア》の製造過程で、原因物質の何かが混入したのだ。

しかしリュウジは、アリシアを作った時、特別な素材は用いていない。ありふれた素材の一つが発症の原因となった。それが何かをバーンズは知っている。

「バーンズ！　〝アリシア・シンドローム〟の原因物質は⁉」

「リュウジ君、君が知るべきはアリシアのことだ。何故《なぜ》彼女が壊れた核《コア》に留《とど》まったのか」

「馬鹿を言うな！　アリシアの自我は破壊されていたはずだ！　彼女に残された行動原理はマナの原初的な本能のみ！　穢《けが》れを浄化するために、マナの大流へ合流することだ‼」

「違う……ぐっ！　ふふ……彼女の望みは仲間の下へ帰ることじゃない」

バーンズはアリシアの両肩に手を置き、リュウジに微笑みかけた。

「アリシアは、君に……謝りたかった……んだよ……ふぐぅ！　ふふふ……」

「謝る……だと？」

「そうだ。彼女は謝罪したかった。自分の行いを。過ちを。テツジを殺したことを。彼女を支配していた思いは、それのみだから……ぐぁ……核《コア》に留まった。自らの意思で核《コア》に留まってもう一度君に会おうとした。罪を償うために……だから彼女は、今ここに」

信じられない話だが、嘘《うそ》をついているそぶりはない。バーンズは狂っているが、発言の筋は通っている。

リュウジは、いつでも発砲出来るよう、トリガーに指を掛けながら問いかける。

「アリシアがあんたにそう言ったのか？」

「いいや。彼女は言葉を……発せる状態じゃない。でも分か……るんだよ。僕たちは繋がっている……からね……ぐうう！　ふふふははは！」

高笑いするバーンズの頭頂部が突然破裂した。鮮血を噴き出しながら姿を現したのは、鋭く研ぎ澄まされた無数の結晶である。数え切れないほどの結晶が頭蓋骨を突き破ったその様は、まるでハリネズミだ。

想像もしていなかった事態に、リュウジは目を見開いて慄《おのの》くことしか出来なかった。

「バーンズ……あんた、なんだ……それは」

「ああ……八年かかった。ようやく馴染んで咲いたんだ……彼女の……種が……僕に！」

バーンズの結晶は〝アリシア・シンドローム〟によって発生する結晶に似ている。

しかしバーンズは人間だ。何故〝アリシア・シンドローム〟の症状が出る？

人間が発症する例は確認されていない。自然発生ではありえない。

つまりバーンズは、自ら頭の中に原因物質を埋め込んだ。彼が種と称する何かを。

「種と言ったがそれが〝アリシア・シンドローム〟の原因物質か？　頭の中に何かを埋め込んだ？　あんたとアリシアが繋がり……彼女の考えが分かる……脳波制御装置か!?」

脳波制御装置の材料は、妖精の化石・オークの樹液・胡桃《くるみ》・真空管・ミスリニウムなど。

これらの中に〝アリシア・シンドローム〟の原因物質がある。

まずミスリニウムだ。ミスリニウムの材料に使う妖精の神樹の樹液から生成される結晶と〝アリシア・シンドローム〟の結晶の成分は酷似している。

しかし神樹の樹液が混入して〝アリシア・シンドローム〟の原因となった説は否定されている。加えてミスリニウムが核《コア》や人工骨格の素材として用いられることはない。

リュウジもアリシアを作った際に、ミスリニウムなんて使わなかった。

ミスリニウムが〝アリシア・シンドローム〟の原因物質とは考えづらい。

胡桃や真空管も除外していい。〝アリシア・シンドローム〟は、核《コア》や人工骨格が結晶化する症状で、胡桃や真空管から結晶は発生しない。

脳波制御装置の素材でフェアリーメイドの核《コア》や人工骨格と共通するものは、妖精の化石とオークの樹液である。

つまり妖精の化石かオークの樹液。そのいずれかが〝アリシア・シンドローム〟の発症原因だ。リュウジもアリシアを作った時、この二つの素材を使用している。

妖精の化石とオークの樹液。この二つで可能性が高いのは――。

「〝アリシア・シンドローム〟は妖精の女王アリシアと同じ名前のフェアリーメイドが発症する。核《コア》や人工骨格に混入した発症原因となる物質は……妖精の女王の化石！」

妖精の女王アリシアも二千年前に死んでいるはずだ。とすれば彼女のマナは空を揺蕩《たゆた》い、遺体は大地に取り込まれてマナライトと妖精の化石となった。

採掘された妖精の化石は、全身骨格でもない限り、粉末状に加工される。全身骨格が滅多に採掘されないことを考慮すれば、女王の化石も同じ運命を辿《たど》っている可能性が高い。

女王の化石の粉末が市場で流通し、核《コア》や人工骨格の材料として使用されたのだ。

その女王アリシアの化石がどこから採掘されたのか。そのどこかにも見当はつく。

「女王アリシアの化石は、アーバス遺跡の妖精の神樹の近くで発掘されたんだ」

妖精の神樹の周辺では、ティルトアのを含めて多くの妖精の化石が発掘された。その中の一つに女王アリシアの化石も含まれていたのだ。その根拠は、妖精の神樹の樹液である。

「神樹の樹液から生成される結晶と〝アリシア・シンドローム〟の結晶は成分が似ている。これは偶然じゃない。女王の化石が長い歳月をかけて妖精の神樹にも影響を与えた、と考えても飛躍しすぎじゃない」

妖精の生態については分からないことが多い。妖精の女王がそのような超常的な能力を持っていても不思議ではない。そしてどんな力を持つ妖精の化石でも、化石は化石だ。

「骨の粉末の中から骨の粉末を探す。原因物質が分からないわけだ」

これまでのことを考えると女王の化石と妖精の化石は、通常の検査では見分けがつかない。二つの違いを見分けるには、女王の化石そのもののサンプルが必要となるだろう。

「そして何故アリシアという名前のフェアリーメイドが暴走するのか。女王が自分の名前に反応しているからだ。恐らく混入した女王の化石と女王のマナは繋がっている」

魂と身体《からだ》の一部が死して尚《なお》強く結びついている。生物学の常識に照らし合わせれば考えられないことだが、リュウジはこれに近い事例を知っていた。

「ティルトアがそうだ。あいつのマナは、あいつの骨に呼ばれた。妖精は、一度滅びても魂と身体が繋がり続ける。女王アリシアもそうなんだ」

アーシャは、知らない誰かの記憶が流れ込んできたと証言している。彼女の核《コア》や人工骨格に混入した女王の化石を介して女王のマナから記憶が流入したのなら辻褄は合う。

「女王アリシアのマナの記憶が女王の骨を介して流れ込み、フェアリーメイドのマナの記憶や意識を塗り潰す。その際、混入した女王の骨を起点として核《コア》と人工骨格が結晶化していく。これが〝アリシア・シンドローム〟発症のメカニズムだ。違うか？」

リュウジの回答を聞いたバーンズは満足そうに破顔した。

「さすがリュウジ君だ……よく……気がついたね」

「あんたの脳波制御装置も結晶化したんだ。どこで女王の化石を手に入れた？」

「ふふっ。これは……アリシアの核《コア》の一部を入れた。彼女の核《コア》には、女王の骨の一部が入っているから……だから見えるんだ……女王の記憶が……」

「女王のマナは今どこに居る？　繋がっているなら分かるだろ？」

「教えるよ……世界の真実を君に……だけど君には、その前にやってもらうことがある」

バーンズがアリシアを見つめながらリュウジを指差す。アリシアの虚《うつ》ろな青い瞳にリュウジの姿が映り込んだ瞬間、アリシアの顔がリュウジの鼻先の距離まで迫った。

速い。想定外の速度に反応が間に合わなかった。しかも懐に潜り込まれている。銃撃するには間合いが近い。この距離は、アリシアの射程内だ。

彼女の膂力《りょりょく》は、気まぐれに振るうだけで人体を容易《たやす》く解体せしめる。そう、八年前の両親のように――リュウジの背筋に、氷で撫《な》でられたような悪寒が走った。

咄嗟《とっさ》に銃の構えをＡ　Ｆ　Ｃ《アンチ・フェアリー・コンバット》ファーストに変更しようとしたが、それを凌駕《りょうが》する速度で鳩尾《みぞおち》を衝撃が貫いた。アリシアの拳が鳩尾にめり込み、呼吸を阻害する。圧倒的な馬力によって放たれた一撃は、容易にリュウジの意識を揺らがせた。

「アリ……シア」

リュウジは、堪《こら》えきれず意識を手放し、漆黒の中に落ちていった。


リュウジは、暗闇の中で懐かしい匂いに包まれていた。

甘くて華やかな匂い――熟れた桃の匂いである。昔は心を穏やかにしてくれたけれど、今心をざわつかせるそれは、アリシアの匂いだ。

ずっと彼女を探していた。彼女を解体するのが使命だと思っていた。

本当にそれだけだったのだろうか？

復讐心《ふくしゅうしん》は微塵《みじん》もなかったのか。尊敬していた父と母を殺したアリシアを許せていたのか。

違う。アリシアを恨んでいた。憎んでいた。けれど彼女を作ったのはリュウジだ。自分が彼女を作ったから両親は殺された。妖精職人《フェアリーマイスター》を志さなければ起きなかった事件だ。

アリシアを憎んでも、全て自分の責任として返ってくる。

だからリュウジは、彼女を許すことにした。

博愛主義でも気高い精神を持っていたわけでもない。自分が傷つきたくないからアリシアを許したふりをしていた。使命感とか責務とか適当な言葉で繕っていただけだ。

悪者になりたくなくて正義の味方のふりをしていた。

八年間、悲劇の主人公を気取っていた。

誇り高く自己犠牲の精神に富んだ壊し屋を演じていた。

だがその本質は、何処《どこ》までも我が身が可愛《かわい》いだけ。なんと愚かであさましいことか。

結局全部リュウジ自身のためだった。自分の心を守るため。自分が壊れてしまわないようにするためだ。この懐かしい匂いを嗅ぐと、そういう汚い部分を思い知らされる。

早くこんな場所から出たい。ここに居続けると自分の汚さに耐えきれない。

この匂いから遠ざかりたいが、出口は見えない。何処までも闇が広がっている。先を見通せない。音も聞こえない。空気の流れが肌を撫でない。

頼りになるのは五感の内で嗅覚だけ。匂いだけが鮮明だ。きっと匂いを辿る以外ここから抜け出る方法はない。自分の一番汚い部分と向き合う以外の選択肢は存在していない。

ずっと逃げ続けて、嘘で塗り固めてきた。そんな人生は、もう終わりにしよう。

暗闇の中のリュウジは、匂いを辿って歩き出した。


リュウジが瞼《まぶた》を開けると、ベッドに横たわるアリシアが視界に飛び込んできた。

ベッドの傍らには、金属製の小さな作業台が設けられている。

リュウジは、簡素な木の椅子に座らされていた。ロープなどで拘束はされていないが、バーンズと十五体のフェアリーメイドに囲まれている。

十五体のフェアリーメイドは全員裸体であり、男性型が五体、女性型が十体居る。

いずれも皮膚の至る所から結晶が突き出していた。〝アリシア・シンドローム〟発症個体の包囲網、拘束する必要はないということだ。

リュウジは、自分の置かれている状況をさらに確かめるべく周囲を見回した。

かなり広い部屋であり、四隅に妖光灯が設置されているおかげで非常に明るい。

部屋の奥にある棚や床に、フェアリーメイド用の機材やパーツが乱雑に置かれている。

ここはバーンズの工房のようだ。しかし窓はなく、この部屋が何階にあるのかすら定かではない。

出入口となりそうなのは、リュウジの後方五メートルの距離にある扉だけ。確実に鍵が掛かっているだろうが、脱出するならあそこしかない。

ショルダーホルスターとベルトの腰部分に着けた鞘《さや》に触れるが、拳銃もナイフもなかった。

「これかい？」

バーンズが左手に持った拳銃を掲げた。

「馬鹿なことは考えないほうがいいよ。この屋敷の全てのフェアリーメイドは、僕の脳波制御装置の制御下にある。いくら君でも素手で彼らを制圧するのは無理だろ？」

武器はなく、多勢に無勢。かなり状況は悪いが、一番の気がかりはティルトアだ。

「バーンズ。ティルトアはどうした？」

「見失ったよ。この屋敷のどこかに潜んでいるようだ」

内心ほっとしたが、表情には出さないように努める。

ティルトアが無事なのは、不幸中の幸いだ。少なくとも最悪の状況ではなくなった。

「リュウジ君。君に仕事を頼みたい」

内容には想像がついた。リュウジは、ベッドに横たわるアリシアを見る。

「アリシアを修理しろ、か？」

「話が早くて助かるよ」

「解体しろとは頼まないだろうからな」

アリシアには修理の痕跡が見られるものの、ティルトアに破壊された時よりも損傷が激しい。恐らくは経年劣化によるものだ。大抵の妖精職人《フェアリーマイスター》は、解体を選ぶだろう。

「俺がアリシアを作ったから治せると？　無理だな。この状態を見たら賢者ゼイル・ファーガストでも匙《さじ》を投げるだろうさ」

「彼は、歳《とし》を取りすぎたよ。妖精職人《フェアリーマイスター》としては、もう枯れている。現に職人としても研究者としても何年も表舞台に立っていない。事実上の引退状態だ。だけど君の言う通り、彼に匹敵する、あるいは超えるような職人が必要だ。となると僕の弟子たちしか居ない」

「優秀な弟子たちにアリシアを修理させたかったが、アリシアの存在が表に出るのはまずい。だからあんたは、失踪事件を起こした」

「詳細は伏せて、極秘の仕事だって言ったんだ。僕からの手紙は処分して、行先も嘘《うそ》をつくように指示した。みんないい子だったからね。僕の言う通りにしてくれたよ」

尊敬する師匠からそういう頼られ方をしたら、大抵の人間が言う通りにするだろう。

弟子たちの善意に付け込んだ醜悪な犯行に、リュウジは吐き気を催した。

「しかし、あんたは弟子たちを殺した」

「彼らには、十分な時間を与えたし、一人では無理ならと職人の数を増やした。でも時間を与えても人を増やしてもみんな同じことを言うんだ。解体したほうがいいって」

「だから、あのフェアリーメイドたちに殺させたのか。だが失踪が騒がれ始めてからは、警察があんたを護衛してたはずだ。どうやって連中の目を掻《か》い潜《くぐ》った？」

「僕の屋敷は広いからね。人でも物でもいくらでも隠す場所がある。この工房もそうだ」

たしかに、この工房には窓が一つもない。恐らく隠し部屋なのだろう。

妖精職人《フェアリーマイスター》たちは、ここに監禁されていた可能性が高い。とすれば防音も完璧だ。叫んでティルトアを呼ぶという策は使えない。

「しかも僕の身体は、この通りだ。手も足もろくに使えない僕が犯人だとは、誰も思わないだろうね。何より僕は、手塩にかけた弟子が次々に失踪している可哀《かわい》そうな先生だ」

「警察の目を欺けていたなら護衛の警察官まで殺す必要はないだろ」

「君に会うためには、邪魔だったからね。前に言っただろ、準備したいことがあるって。さすがにそれは、彼らが居ると出来なくってね」

「あんたは、いったい何人犠牲にすれば気がすむ！」

「これは必要な犠牲なんだよ。テツジの理想の世界のために」

バーンズの口振りからは、罪の意識が微塵も感じられない。心根から自分が正義であると思っているようだ。腐り果ててしまったかつての師をリュウジは鼻で笑った。

「妖精と人間が対等に暮らせる世界か。じゃあ、このフェアリーメイドたちもあんたの御大層な理想の犠牲ってわけか？　彼らに何をした!?」

バーンズは、結晶塗《まみ》れになった自分の頭を指差す。

意味を瞬時に理解して、リュウジは舌打ちをした。

「フェアリーメイドで結晶の移植実験をしたのか」

「この身体だからね、移植には苦労したよ」

「妖精の保護活動家が聞いて呆《あき》れるな！　妖精と人間は対等であるべきなんて偉そうなこと言ってたくせに、どれだけ多くのフェアリーメイドにこんな残酷な実験をした!?」

「全てはテツジの望んだ世界のため。そのための崇高な犠牲だよ」

「崇高な犠牲だと!? 俺が尊敬していたバーンズ先生は、もう居ないんだな。今俺の目の前に居るあんたは、いかれたくそったれ野郎だ！」

「仕方がないことだ。〝アリシア・シンドローム〟のメカニズム解明とアリシアを救うためだよ。発症した個体を間近で経過観察したかった。どうしてもアリシアを救う必要が……彼女を解体出来ない理由があるんだよ！」

「理由？ まさかあんた、アリシアに惚《ほ》れでもしたのか？」

「っ!? 僕を侮辱するなッ!!」

怒声を上げながらバーンズがリュウジの後頭部に銃口をぐっと押し当ててきた。皮一枚隔てて銃口と頭蓋骨がぶつかり、頭の中でゴリゴリと固い音が反響する。

「テツジを殺したこいつがどうなろうと知ったことじゃない!! だが彼女を一目見た時分かった！ これは通常の妖精化の症例ではないと！ どうしてこんな症例が起きたのか。何故《なぜ》テツジが死ななくてはならなかったのか……僕は知らなければならなかった！」

「親父《おやじ》のためだって言うのか？ 親父がこんなことを望んだって言うのか!? あんたは親父のことを何も分かってない!!」

「君こそ僕の気持ちを分かってない！ 僕がテツジをどう思っていたのか!!」

バーンズがテツジに対してどんな感情を抱いていたのか。彼の熱のこもった声で、リュウジは否応《いやおう》なく理解させられる。バーンズは、テツジを愛していたのだ。

「この腕もこの足もテツジの作ったフェアリーメイドに壊された。それは、僕にとって最も幸福な出来事だったんだよ」

「あんたがそこまでマゾヒストだったとはね」

「やはり君は、分かっていないね。優しい人の心は、傷つきやすいんだ。彼は、自分のせいで傷つけてしまった僕のことを忘れない。一生彼の心の中に居られる。彼の心の傷として僕は、永遠になれたんだよ。事実テツジは、僕を親友として傍《そば》に置いた。僕は、彼の隣に居られるのが嬉《うれ》しかった……歳を取っておじいさんになっても親友でいられるって……そう思っていたのにっ!!」

バーンズは、憎悪の眼差《まなざ》しをアリシアに向けた。

「僕の気持ちは、彼に届かない！　でも親友として傍に居られたらよかったのに、その望みすらこいつに奪われた!!　だから徹底的に調べたよ！　何度も何度も調律器を使ってね。そして彼女の記憶の断片が見えたんだ。でも何度見てもはっきりとはしない……」

「だからアリシアの核《コア》の一部を脳波制御装置に組み込んで、自分の頭に埋めたのか」

「そうだ。でも最初は何も見えなかった。だけど八年かけて少しずつ僕の頭に馴染《なじ》んだ。それがようやく花開いたんだ。今では、はっきり見えるよ。彼女を変えた女王の記憶と世界の真実がね。もちろん何故〝アリシア・シンドローム〟が起きたか、その真相についてもだ」

「ならアリシアの役目は、終わってるはずだろ？」

「解体出来ない理由は、それじゃないよ。君も彼女の修理をすれば分かる。そうすれば真実を教えるよ。君も真実を知りたいはずだ。何故八年前だったのか、何故君のアリシアだったのか」

八年間追い求めた真実だ。気にならないと言えば嘘になる。

しかしアリシアの損傷は酷《ひど》い。とても修理が出来る状態じゃないのは明らかだ。

天才職人であるバーンズの弟子たちが全員修理不可能と断じているのだとしたらリュウジ程度が手を出せる領域ではない。

妖精職人《フェアリーマイスター》としてのリュウジの才覚は、テツジや他のバーンズの弟子たちと違って平凡なものだ。それを一番よく知っているのは、他ならぬバーンズのはずである。

「なんで俺なんだ？　俺は、あんたの弟子の中じゃ一番出来が悪かった」

「でも一番優しくて妖精への愛に溢《あふ》れていた」

バーンズの顔が耳元に迫り、生臭い呼気が顔を包んだ。

「前に言っただろう？　優しさは、天才の技量を凌駕《りょうが》するって」

「……俺が両親を殺したフェアリーメイドを優しく修理すると？」

「そういう君だからこそ、僕は君を弟子にしたんだよ。君は、優しさを捨てられないよ」

バーンズは、リュウジの耳元から顔を離して背後に回り込んだ。

どの道、武器のない状態で十体以上のフェアリーメイドを相手するのは不可能だ。

一先《ひとま》ずバーンズの言うことを聞き、脱出の機会を待つ。それがこの状況の最善手だ。

ずっとアリシアを解体することだけ考えて生きてきたのに、修理することになるとは思わなかった。しかしバーンズから逃れるためにはこうするしかない。

けれど、ただ言いなりになるつもりもなかった。修理という形でもアリシアに触れられる状況は、脱出のチャンスを生む鍵となる。

アリシアを修理するふりをしつつ、機会を窺《うかが》ってアリシアのマナを解放すればいい。

バーンズは、アリシアに強い執着心を持っている。故にアリシアのマナを解放すれば動揺を引き出せる可能性が高い。その隙を狙って、この部屋を脱出する。

それに屋敷の中には、ティルトアも潜伏している。彼女と合流さえ出来れば、形勢逆転も不可能じゃない。

一《いち》か八《ばち》かの要素が強い作戦だ。それでも脱出する機会を得るために、今やれるだけのことをやるしかない。

リュウジは、ジャケットの左ポケットに手を入れて調律器を取り出そうとした。すると指先に固く丸みを帯びたものが当たる――ハニーバレットだ。

どうやらバーンズは、ボディーチェックの際にハニーバレットを見落としたらしい。

その破壊力故、使用には相応のリスクを伴うが、使える手札は多いほうがいい。リュウジは、ハニーバレットがポケットから零《こぼ》れないよう指先で押し退《の》け、調律器を取り出す。

「……分かった。修理する」

椅子からゆっくりと立ち上がると、銃口の冷たい感触が再度後頭部に突きつけられた。

「リュウジ君。分かっているとは思うけど、妙な真似《まね》をしたら」

至近距離で頭に銃を突きつける――脅しのつもりだろうが、拳銃は距離を取っているからこそ効果的な武器である。手が届く間合いでは、相手に奪われるリスクが高い。

相手の頭に何度も銃口を突きつけたり押し当てるなんて真似をするのは素人の証《あかし》だ。

手足に障害を抱え、ＡＦＣ《アンチ・フェアリー・コンバット》も使えないバーンズの戦闘能力は、たかが知れている。彼が拳銃を持っていても制圧するのは容易《たやす》い。

問題は、周囲のフェアリーメイドたちだ。彼らを相手するには武器がいる。

アリシアのマナを解放してバーンズに隙を生じさせ、拳銃と扉の鍵を奪い、フェアリーメイドの包囲網から脱出する。現状ではこれがもっとも成功確率が高い策だ。

それに拳銃さえ取り戻せば、いざという時、ハニーバレットだって使用出来る。

だが、チャンスは一度きり。今すぐ拳銃と扉の鍵を奪うわけにはいかない。決定的な隙を狙いすまして動かないと、リュウジは瞬く間に肉塊にされるだろう。

今は、アリシアを修理するふりをしながらチャンスを待つのが最善だ。

「安心しろ。そこまで馬鹿じゃない。そっちこそ修理中は邪魔するな。分かってるだろうが、今のアリシアの状態は危険だ。下手に手を出されたら治せるものも治せなくなるぞ」

「ああ。手出しはしないよ。彼女を作った君なら彼女を治せると信じているからね。でも銃は、このままだ。妙な真似をしたら即ズドンだよ」

リュウジは、わざと眉間にしわを寄せる。バーンズに銃を突きつけられることを不快に感じていると見せかけるための演出だ。こうすればバーンズは脅しが効いていると錯覚して、後頭部から銃口を外さず、離れもしない。

「今から修理を始める。何度も言うが邪魔するな」

リュウジは、右手に調律器をはめ、ベッドに寝かされたアリシアの上にかざした。するとバーンズが震える右手に調律器を持って差し出してきた。調律器全体に血管状の光が走って明滅している。既にマナが入っている状態だ。

「僕のを使いなさい」

「必要ない」

先程リュウジは応接室で調律器を使ったが、その時のマナを封入したままにしている。使用直後に屋敷に閉じ込められたため、マナを解放するのをすっかり忘れてしまっていた。

右手の五指に力を込めると、調律器の指先からマナの糸が伸びてアリシアに巻きつく。

バーンズは、少し驚いた顔をしたが、すぐに何かを思い出したかのように頷《うなず》いた。

「ああ、そうか。既に応接室で起動していたか」

バーンズの意味深な物言い。マナが封入済みの調律器を差し出したこと。引っ掛かりを感じるリュウジだったが、状況が状況だ。一先ず頭の隅に置いておくことにする。

まず人工皮膚。マナの糸でゆっくり剝がしていくと、メリメリと瑞々《みずみず》しい音を奏でた。

「こ、これは……」

露《あら》わになった人工筋肉の様相に、リュウジは息を吞《の》んだ。

アリシアの人工筋肉は、まるで生きた人間のものであるかのような質感をしていた。

フェアリーメイドの分解ではなく、人体解剖をしている気分にさせられる。

「どうなってる……まるで生きた人間の生皮を剝いだみたいな……」

「リュウジ君。理解したかい？　彼女がどういう存在か」

まさかと思い、腹部の人工筋肉をマナの糸でかき分ける。そこから覗《のぞ》き見える人工臓器の数々は、生物の臓器に限りなく近い外見をしていた。

妖精化すれば人工物ではなく、生物としての在り方に近づく。それにしてもアリシアの状態は異常だ。

「ここまで妖精化が進行するとは……いや、これはもうそういう段階じゃ……」

「そうだよ。アリシアは、完全な妖精になろうとしている。人が作った人工妖精《フェアリーメイド》ではなく、一個の生命体としての妖精《フェアリー》にね」

ここまで妖精化が進行した個体は、恐らく世界で初めてだ。アリシアは、もはや人工物でも疑似生命でもない。今この瞬間にも、生命そのものになろうとしている。

「……バーンズ。これがあんたの言う解体出来ない理由か？」

「種族としての妖精の復活。妖精と人間が対等に暮らす世界……テツジの目指した世界だ。僕はアリシアがどうなってもいい。僕にとっては愛する人を奪った仇《かたき》だ。でも彼女は、このままいけば完全な妖精になる。妖精の復活……テツジの望みが一つ達成されるんだ！」

「違う！」

気づけばリュウジは、声を荒らげていた。自分の置かれた状況は理解している。バーンズの機嫌を損ねれば死が近づくだけだ。それでも叫ばずにはいられなかった。

「何度でも言ってやる！　フェアリーメイドを実験動物扱いする、あんたが今やってる行為こそ親父が一番嫌ったことだ!!　こんなやり方で世界を変えても親父は喜ばない！　そんなことも分からないのか!?」

「この犠牲でテツジの望みが達成されるんだ！　それに世界は、どのみち間もなく変わる!!　変わらざるを得なくなるッ！　女王の記憶がそれを教えてくれた!!」

「どういう意味だ!?　あんたは何を見たんだ!?」

「さぁ！　アリシアを治してくれたら教えるよ！　君にしか出来ないことだよ！」

支離滅裂と切って捨てたいが、そうさせない力がバーンズの声に宿っていた。彼が言うところの真実が本当に全ての疑問を解決する鍵になっている、そんな気配がある。

相手の掌《てのひら》の上で踊るのはいい気分じゃないが、今はそうするより他に道がない。

リュウジは、ベッドの上のアリシアに向き直った。

「……分かった。修理を続ける」

ここまで妖精化した個体を扱うのは、リュウジも初めての経験だ。まずは、核《コア》の状態を確認するしかない。

マナの糸が鉗子《かんし》のように胸部の人工筋肉を開いて固定、核《コア》と肋骨《ろっこつ》が露出した。

核《コア》は、所々ひび割れており、崩壊しないように結晶が繋《つな》ぎ止めている状態だ。ひび割れからは、アリシアのマナが発する桃色の輝きが漏れている。

肋骨も結晶に塗《まみ》れている、というより殆《ほとん》どが結晶に置き換わっていた。この様子だと他の部分の人工骨格も同様の状態であろう。

問題なのは、核《コア》に取りつけられた安全装置だ。穢《けが》れを貯《た》める瓶の中でどす黒い闇が渦巻いている。これほど濃厚な穢れは、今まで見たことがなかった。

とっくに安全装置が起動していてもおかしくないが、導線の一部が切断され動作不良を起こしているようだ。八年前、ティルトアに核《コア》を破壊された時、断線したのだろう。だが、全ての導線が切れているわけではない。下手にいじれば安全装置が起動して核《コア》を破壊する可能性もある。

バーンズの弟子たちが修理を断念した気持ちが理解出来る。これじゃあ爆弾の解体作業そのものだ。何処《どこ》から手を付ければいいのか、悩んで手が止まってしまう。

幸いバーンズは沈黙を貫き、こちらを見守っていた。

彼も妖精職人《フェアリーマイスター》だ。アリシアの現状は理解している。リュウジが多少手を止めても咎《とが》めはしないだろう。しかし裏を返せば、適当に治すふりをしても見抜かれるということ。

アリシアのマナを解放して隙を作るにしても、その意図を見抜かれたら終わりだ。

計略を悟られないよう気を引き締めつつ、リュウジは核《コア》を凝視した。

「バーンズ。ここからは本当に邪魔するなよ。手元が狂ったらあんたの夢も終わりだ」

いつまでも手をこまねいているわけにもいかない。とにかく安全装置の解除が先決だと
核《コア》と安全装置を繋ぐ導線は、三本。その内の一本へと人差し指から出ているマナの糸を
リュウジは判断した。これがある限りは、アリシアの解体はかなわない。

ゆっくりと伸ばした。琥珀色《こはくいろ》の光の糸がしゅるしゅると導線に絡みついていく。

素早く引き抜くと衝撃で安全装置が起動するかもしれない。慎重にマナの糸を引いていくと、プチッ――安全装置に取りつけられた導線が音を立てて外れた。

「よし……」

続いて二本目。こちらもゆっくりと慎重に取り外していく。今度は音も立てずに導線が外れた。安全装置と導線の接続がかなり甘かった。ティルトアに核《コア》を破壊された際の影響

だろう。

最後の三本目。マナの糸を導線に絡めて引いていくと、導線がするりと安全装置から抜け落ちた。

どうやら、ちゃんと繋がっていたのは、最初の一本目だけだったようである。

穢れの溜《た》まった安全装置をマナの糸で縛りつけ、そっと右手を握りしめた。安全装置がマナの糸に引っ張られ、パリパリと結晶の剝がれる音を鳴らしながら核《コア》から外れる。

取り外した安全装置をベッドの傍らに置かれた小さな作業台の脇に置き、核《コア》へマナの糸を伸ばした。

「リュウジ君」

バーンズがリュウジの右側に回り込み、側頭部を銃口で突いてくる。

「分かっていると思うけど、マナの解放なんて考えないほうがいい」

悟られるな。動揺するな。表情に出すな。リュウジは、自分に言い聞かせて平静を装う。

「核《コア》を見てみろバーンズ」

自分の声が震えていないか不安になる。けれど大丈夫そうだ。まだバーンズに撃たれていない。

「ティルトアにやられたダメージを結晶が補っているが、今にも崩れそうだ。ちょっとした衝撃で壊れかねない」

「僕も妖精職人《フェアリーマイスター》だからね。それぐらいは分かる」

「一先《ひとま》ずはマナの糸で縫合して応急処置だ。それから妖精の化石の粉末とオークの樹液で核《コア》を補強する。問題は縫合の作業だ」

「とても繊細な作業だから邪魔をするなって言いたいんだろ？　でも銃はこのままだよ」

「銃はいいから話しかけるな。気が散る。手元が狂ったら一大事だぞ」

リュウジの忠告に、バーンズは微笑と沈黙で答えた。

縫合作業は、一歩間違えばアリシアの核《コア》を崩壊させかねない処置だ。だが修理に見せかけながらマナの解放をするには、これしか手段がない。

アリシアのマナを解放すればバーンズは錯乱するはずだ。その隙を狙ってバーンズから拳銃と鍵を奪って扉を開け、部屋の外にリュウジの匂いを流す。

この隠し部屋が屋敷のどこにあるか定かではないが、ティルトアの嗅覚ならリュウジの匂いを嗅ぎつけて、ここまで辿《たど》り着けるだろう。

当然フェアリーメイド十五体が襲ってくるが、武器さえあれば多少の時間は稼げる。

その間に匂いを嗅ぎつけたティルトアと合流し、フェアリーメイドたちを倒し、バーンズも確保する。かなり粗い策だが、これが今のリュウジに出来る最善策だ。

リュウジは、右側頭部に銃を突き付けているバーンズを横目でちらりと見た。

「バーンズ、化石と樹液で補強用のペーストを作ってくれ」

リュウジが指示すると、バーンズは拳銃の銃口で右側頭部をゴリゴリ押してきた。

「分かった。でもやるのは僕じゃないよ」

「誰でもいいから急げ」

バーンズがリュウジを包囲している女性型フェアリーメイドの一体に目配せする。彼女は包囲網から外れて部屋の奥にある棚に向かって歩き出した。

即応出来る戦力を一体削った。焼け石に水だが、全員居るよりはましだろう。

出来れば他にも使いを頼みたいが、包囲網を手薄にさせる意図がばれるのはまずい。

一体抜けたことで隙間は出来た。銃と鍵を奪ったらそこから包囲網を抜け出せばいい。

フェアリーメイドが補強用ペーストを作って戻ってくる前に、核《コア》の解放の準備を整えなければ。リュウジは、マナの糸を核《コア》の亀裂へと伸ばした。

マナの糸の先端が核《コア》に触れた瞬間、リュウジの視界が白い光に支配された。

「ぐっ!?」

白い光は色づき、やがてはっきりとした像を形作る。光が象《かたど》ったもの。それは少年時代のリュウジの姿だった。

リュウジだけでなく、ティルトアと在りし日の両親の姿も見える。

これは、アリシアの記憶だ。

どんどん流れ込んできて止められない。自意識をアリシアに染められていく。自分が飲み込まれていく。リュウジが自我を保とうと歯を食いしばっていると――。

『ご主人様……ごめんなさい……』

アリシアの悲愴《ひそう》な声がリュウジの頭の中で響いた。

『私は……フェアリーメイドでいることが幸せでした。だからテツジ様とエリザ様に解放されても……もう一度フェアリーメイドになりたくて……』

もう一度フェアリーメイドになりたくて。

その言葉がリュウジにあることを思い出させた。

アリシアの核《コア》にマナを入れて完成させた日、テツジはエリザと一緒に、リュウジが使用していた工房の隣の部屋でフェアリーメイドの解体作業をしていた。

その解放されたマナがアリシアだとしたら？

ありえる話だ。彼女は核《コア》から解放された直後、リュウジが作ったフェアリーメイドの核《コア》に自ら入った。フェアリーメイドとして過ごした経験があったから、呼び方も指定していないのに、いきなりリュウジをご主人様と呼んだのである。

けれど何故《なぜ》そこまで強く、もう一度フェアリーメイドになりたいと思ったのか？

その疑問に答えるかのように、さらなるアリシアの記憶が頭の中に流れ込んでくる。

仕立てのよい服を着た年老いた男女が穏やかな顔で笑っている姿だ。

『前のご主人様は、お年を召したご夫婦でした。とても優しくて、仕事の出来ない私に、いつも役に立ってくれてありがとうって言ってくれて、愛してくれて、幸せな十年でした』

老夫婦と過ごす日々がどれほど幸せだったのかが、アリシアの声音から伝わってくる。それは老夫妻も同じだろう。拙いながらも懸命に仕事をするアリシアを見つめる二人の顔は、まるで実の孫を見つめているかのように微笑《ほほえ》ましげであった。

『でも旦那様が老衰で亡くなって、後を追うように奥様も……ご夫婦の娘さんには、とても感謝されました。最期まで父と母の役に立ってくれてありがとう、もう解放されていいのよ、って私をエリザ様に……でも私は解放されたくなかった。また誰かの役に立って、ありがとうって言われたかったんです。だからご主人様の作ったフェアリーメイドに……』

どんなにフェアリーメイドでいることを幸せだと思っていても核《コア》に閉じ込められていればストレスが生じる。ストレスが穢れを生み、穢れはフェアリーメイドの妖精化を招く。

マナの穢れを除去するには、マナの大流に合流し、数十年かけて穢れを他のマナに引き受けてもらう必要がある。

穢れを除去せず新しい核《コア》に入ったアリシアは、最初から穢れに塗れていたのだ。

『ご主人様にアリシアと呼ばれるたび、嬉《うれ》しさと一緒にどす黒いものが流れ込んできたんです……私の核《コア》の一部が何かと繋がって……それで……』

アリシアが女王のマナの影響下にあったのは、間違いない。

しかし〝アリシア・シンドローム〟だけが暴走の原因ではなかった。〝アリシア・シンドローム〟を発症しなくても、アリシアは遠からず妖精化していただろう。

これはリュウジの責任だ。アリシアのマナは、自ら核《コア》に入ってきてフェアリーメイドになることを同意してくれた。だから彼女がどれだけ穢れを抱えているか考慮しなかった。

当時のアリシアのマナは、アーシャのマナのように全身に穢れを纏《まと》うほどの状態ではなかった。しかし見た目に現れていなくとも相応の穢れを抱えていたのは間違いない。

おまけにアリシアが暴走した時、制作して一年弱だったため、年に一度の定期メンテナンスも行っていなかった。

アリシアのマナを核《コア》に入れる時、もっとちゃんと確認していれば、せめて早めに定期メンテナンスをしていれば異常に気付いて暴走を防げたかもしれない。

今回の事態を引き起こしたのは、やはりリュウジであった。

絶望・後悔・罪悪感、黒くどろりとした感情が心を覆っていく――。

『違います！　ご主人様のせいじゃないです！　私のせいです！』

リュウジの思考が、心が、マナの糸を通してアリシアに伝わっている。

アリシアの思考が、心が、マナの糸を通してリュウジに伝わってくる。

『シシヤマ家の皆さんが優しくて、とっても幸せで……もっと一緒に居たい、皆さんの役に立ってありがとうって言ってもらいたい欲が出たんです！　でも、もしテツジ様やエリザ様に、あの時解放したフェアリーメイドのマナだってばれたら、また解体されちゃう。そう思ったら、どうしても言えなくなっちゃって……私が事情をちゃんと話していれば、こんなことにはならなかったのにっ！』

アリシアがリュウジに対して抱く罪悪感と贖罪《しょくざい》の念。二つの強烈な思いが核《コア》を破壊されながらもアリシアの自我を崩壊させなかったのだと理解した。

だが、それももう限界だ。これ以上核《コア》の中に居たらアリシアの自我は完全に崩壊する。一刻も早く核《コア》から出さなければならない。

今にも崩れそうな結晶化した核《コア》の花弁一枚一枚に、マナの糸を絡めていく。

「リュウジ君!?　まさか君は!?」

さすがにバーンズがこちらの意図に気づいた。右側頭部に突きつけられた銃口から殺意が漏れ出している。

リュウジは、マナの糸で核《コア》の花弁を開きつつ、バーンズを見やった。

バーンズの人差し指が拳銃のトリガーにかかっている。だが彼の視線はリュウジを見ていない。殺意をぶつけながらもアリシアの様子が気になるのか、そちらを凝視している。

この隙を見逃すような鍛え方はしていない。素早く円を描くような足捌《さば》きで銃口の射線から外れつつ、左手で拳銃のスライドを掴《つか》んだ。

「っ!?」

バーンズがトリガーを引くも、銃口の先にリュウジは居ない。発射された弾丸は壁に食い込んだ。自動拳銃の構造上、スライドが後退しなければ次弾は装塡されない。

スライドを摑んだままリュウジは左手を捻《ひね》った。バーンズの左手の人差し指がトリガーガードに巻き込まれてあらぬ方向へ折れ曲がる。

「ぎゃっ！」

悲鳴を上げたバーンズから拳銃を奪い取り、右の回し蹴りを側頭部に叩《たた》き込む。蹴り込んだ足を素早く振り抜くと、バーンズは勢いよく床に叩きつけられた。

リュウジは、拳銃を持ち直してグリップを握りながらスライドに嚙《か》みつく。そのまま顔を思い切り横に引き、ガチャンと音を鳴らしてスライドが後退。薬室に詰まっていた薬《やっ》莢《きょう》が排出される。

すかさずバーンズに銃口を向けたが、彼は蹲《うずくま》ったまま動かなかった。脳波制御されている周囲のフェアリーメイドも襲ってくる気配はない。完全に意識を失ったようだ。

しゃがみこんでバーンズの衣服のポケットを確認する。だがポケットは全部空っぽだ。

「くそっ。扉の鍵はどこだ」

この状況で扉に鍵を掛けていないわけがない。バーンズが身に着けていないなら部屋のどこかに隠しているはずだが、どこにあるか見当もつかない。

それならリスク承知でハニーバレットを使い、扉か壁を撃ち破るか？

迷いながらリュウジが立ち上がると、ベッドに横たわるアリシアの姿が目に入った。

脱出も大事だが、先にやるべきことがある。

リュウジは、調律器をはめた右手に意識を集中させる。指から伸びるマナの糸がアリシアの核《コア》の最後の花弁を開いた。

開花した核《コア》から桃色の光が溢《あふ》れ出し、少女の形を象っていく。それは、桃色の長髪を靡《なび》かせる花のように可憐《かれん》な少女の姿となった。

これがアリシアのマナ、彼女の本来の姿だ。けれど、その全身に黒い穢《けが》れが纏わりついている。九年前、核《コア》に入った時には、こんなに穢れを纏っていなかった。

アリシアのマナの自我は、いつ崩壊してもおかしくない状態である。

リュウジは、倒れ伏して微動だにしないバーンズを警戒しつつ、アリシアのマナを見た。

真実を知った今、彼女がマナの大流に帰る前に、どうしても伝えたい思いがある。

それは――。

「許すよアリシア。俺は、君を許す」

これが今の本心だ。嘘《うそ》偽りのない心からの言葉だ。

恨みがなかったわけじゃない。憎いと思う時も数えきれないぐらいあった。彼女が穢れを抱えたまま核《コア》に入らなければ、事件は起きなかったと思わないわけじゃない。

だけど彼女は十分苦しんだ。自我が崩壊しかけながらも罪の意識を失わなかった。それに彼女に全ての責があるわけではない。リュウジが注意を払っていれば起きなかったかもしれない事態だ。リュウジの手で防ぎ得た事態だ。

だからアリシアを許す。許そうと思えた。両親の仇《かたき》である以前に、彼女も被害者だ。

「俺のほうこそ、君を苦しめて……すまなかった」

リュウジが思いを伝えると、アリシアの目から光の粒が涙のように零《こぼ》れ落ちた。

『ごめんなさい……ありがとう……ご主人様……このご恩は、必ずお役に立って……』

泣きじゃくるアリシアのマナは、扉に向かって飛んで行ったが、何故か動きを止めた。

戸惑いながら辺りをきょろきょろと見るばかりで、マナの大流に帰ろうとしない。

「こうなるかもと思っていたよ……リュウジ君」

バーンズが折れた左手の人差し指を押さえて、よろよろと立ち上がった。

害意を滾《たぎ》らせた灰色の瞳にリュウジの姿を映している。

「言っただろ？　君を迎えるための準備があるって。この部屋も屋敷も、屋敷を支配する結晶で核《コア》と同じ構造になっているんだ。マナの状態でも出入り出来ないよ！　そいつを解放なんかさせない！　そいつはテツジの夢のためにも！　絶対にここから逃がさない!!」

リュウジの行動は、完全に予測されていた。バーンズのほうが一枚上手《うわて》だったと認めるしかない。

バーンズが調律器を渡してきたことと、リュウジが自前の調律器を起動した時に彼が驚いた理由も分かった。マナが出入り出来ないなら調律器も起動出来ない。

リュウジが応接室で調律器が使えたのは、玄関の扉を開け放していたから。今この場所で使えたのは、応接室で調律器を使用した後、マナを解放していなかったからだ。

この屋敷にマナが出入り出来ないのなら頼みのハニーバレットも使用不可能である。

このままここに居たら殺される。アリシアのマナもマナの大流に帰れない。

フェアリーメイドの包囲網は、補強ペーストを作るために離れた一体分のスペースが開いている。指の痛みでバーンズは、フェアリーメイドの操作に集中出来ないようだった。

今しかない。リュウジは、隙間を縫って包囲網を飛び出し、扉へ向かった。

当然黙って逃がしてくれるわけもなく、フェアリーメイドたちが背後から迫る。けれど動きがぎこちなくスピードがない。やはり指の痛みで脳波制御に集中出来ないのだ。

一足早く扉に辿《たど》り着いたリュウジは、ドアノブに手をかけて回そうとする。だが、鍵が掛かっていて動かない。蹴破ろうと渾身《こんしん》の力を込めた蹴り足を叩き込んだが、容易《たやす》く受け止められた。鉄の塊を蹴っているような感覚だ。

ならばと蝶番《ちようつがい》へ銃撃しようとして気がつく。扉全体に結晶が湧いてきていた。

ハニーバレットも使えない今、扉を破る手段はリュウジにはない。

退路を失ったリュウジへフェアリーメイドたちが手を伸ばしてくる。動きに精彩を欠いていても、この数は脅威だ。

おまけに〝アリシア・シンドローム〟相手では、頭を破壊してもすぐに結晶で運動機能を補ってしまう。こうなると頭を破壊しても動きを止められない。

リュウジが生き延びるには、彼らの核《コア》を破壊する以外、選択肢はなかった。

「すまない――」

胸の前で銃を構えるＡＦＣ《アンチ・フェアリー・コンバット》ファーストに移行し、トリガーを三回連続で引く。

音を遥《はる》かに超えた速度で飛翔《ひしょう》する弾丸が三体のフェアリーメイドの胸部を撃ち抜いた。

傷口から蜜色の光が血飛沫《ちしぶき》のように溢れ出して霧散していく。

核《コア》を破壊してマナを解放すればマナの自我は崩壊する。マナの命を奪うに等しい行為。

吐き気がするほど気分が悪い。だが今は罪の意識に心を揺らしている場合ではない。

残り十二体。残弾数九発。予備マガジンはない。

一発も外さなくてもフェアリーメイドは三体余る。残り三体への対処を考えなければならない。だが一先《ひとま》ずは、眼前の脅威に集中することにした。

絶対に生き延びる。右手の人差し指に強い意志を込めてトリガーを強く引き絞った。

接近してくるフェアリーメイドの胸に弾丸が叩き込まれる。一体・二体・三体・四体。

着弾と同時に胸元からマナが噴き出し、光の花が咲き乱れた。

弾は残り五発。敵は残り八体。相手との間合いが詰まり、向こうの手が届きそうだ。

近い順に五体のフェアリーメイドの胸部に一発ずつ弾丸を撃ち込む。弾着の衝撃でのけぞるフェアリーメイドたちは、胸から蜜色の輝きをまき散らしながら倒れた。

リュウジの持つ拳銃がホールドオープンの状態になる。

弾切れした拳銃を捨て、徒手格闘の構えにシフトすると、足元から殺意が立ち上った。

床を見やると、鋭い結晶の槍《やり》がいくつも突き出している。

結晶の数は、目測で二十以上。リュウジを目指して伸びる速度は、亜音速の領域。

躱《かわ》しきれない！

咄嗟《とっさ》に両腕を盾にして結晶を防いだ。筋肉を固めて貫通を防ごうとするも、鋭い結晶が容易く骨まで到達する。

「ぐっ!?」

『ご主人様！』

アリシアのマナが悲鳴を上げると、彼女から桃の甘い芳香が放たれ、部屋中に充満する。

それを吹き飛ばすかのように、バーンズが左足を踏み鳴らした。

「ふはははッ！　リュウジ君！　これが屋敷を覆う結晶の正体だよ！　僕の力だッ！　意のままにこれを操れる!!　君もアリシアも絶対に逃がさないよ！」

高笑いするバーンズの足元を起点にして床に結晶が湧いている。

続けざまに頭上で木の爆《は》ぜる音がした。視線を上げると、天井を突き破って四体のフェアリーメイドが落下してきている。天井裏にも伏兵を忍ばせていたのだ。

避けようにも結晶で両腕を刺し貫かれているせいで身動き出来ない。

落下してきた四体のフェアリーメイドがリュウジの上半身に組みついた。間を置かずに正面から迫っていた三体のフェアリーメイドも飛びかかってくる。

「くそったれ！」

七体のフェアリーメイドに組みつかれ、両腕は結晶で貫かれている。どうやってこの状況を脱するか。リュウジの思索を阻むように、左肩に熱が走った。

「痛っ!?」

上半身に組みついているフェアリーメイドの右手の爪がリュウジの左肩に突き立てられていた。爪が引き抜かれ、鮮血が噴き出す。

続いて左わき腹に別のフェアリーメイドが食らいついてきた。

「ぐあああっ！」

ぞぶり、と音を立てて牙が食い込んできた。このままじゃ牙が内臓まで達してしまう。

『ご主人様！　ご主人様!!』

アリシアのマナが扉へ向かって飛翔して体当たりする。だが質量のないマナでは、扉はびくともしない。

それでもアリシアのマナは体当たりを続け、その度に桃の甘い匂いが強く香った。

『ご主人様！　誰か助けてッ！　ご主人様を助けて!!』

全身に痛みが駆け巡り、もはやどこを攻撃されているのか分からない。

唯一分かるのは、自分が間もなく解体されて細切れの肉片と化してしまうこと。

八年前の両親と同じような姿に――。

「リュウジ君！　君はテツジの息子なのにっ！　テツジをまるで理解していない!!　夢を！　思いを！　何一つ理解していないんだ！　君にテツジの息子である資格はないッ！」

勝利に酔いしれたバーンズの不快な声を断ち切るように、木と結晶の砕ける音が轟《とどろ》いた。

「理解していないのは、あなたです！」

甘ったるくも凛々《りり》しい音色の声が響き、打ち破られた扉から人影が部屋に飛び込んできた。その刹那、リュウジに組み付いたフェアリーメイドの群れが次々に引きはがされる。

「うりゃあああ！」

美しい少女が咆哮《ほうこう》を上げ、引きはがしたフェアリーメイドを殴り倒していく。

朦朧《もうろう》とする意識の中で、リュウジは勇猛果敢に戦う少女を見つめていた。

困っているといつも助けてくれる。どんな時でも傍《そば》に居てくれる。

リュウジの相棒――ティルトアが来てくれた。

「マスター！　遅くなってしまってごめんなさい！」

ティルトアがリュウジとフェアリーメイドの群れの間に立ちふさがった。

メイド服はボロボロで、所々素肌が見えている。身体中《からだじゅう》傷だらけで琥珀色《こはくいろ》の血で全身が染まっていた。それでも闘志は、いささかも衰えていないようだった。

両の拳を構えながらティルトアは、アリシアを見つめる。

「アリシア、ありがとうございます」

『……私?』

ティルトアは、呆然《ぼうぜん》としたアリシアのマナに笑顔を送った。

「あなたの匂いでこの場所が分かりました」

アリシアのマナが扉に体当たりする度に香っていた桃の匂い。強い香りだから部屋の外に漏れたのだろう。ティルトアは、その匂いを嗅ぎつけてここまでやってきたのだ。

「後は、私に任せて!!」

勢いよく地面を蹴り、ティルトアがバーンズ率いるフェアリーメイドたちに駆け寄った。

迎撃すべくバーンズのフェアリーメイドが一斉にティルトアに飛び掛かる。

「どけえええ!!」

強大な膂力《りょりょく》を秘めた拳が一体のフェアリーメイドの胸部を打ち抜いた。

拳を引き抜くと同時に蜜色の光が血飛沫のように噴き出す。

核《コア》を破壊する行為は、マナを殺すに等しい。その精神的負荷は、多くの穢《けが》れを発生させてティルトアの残り僅かな寿命を削ってしまう。しかしティルトアは、リュウジを守るために躊躇《ちゅうちょ》なく実行した。

　このままではティルトアが――全身の痛みを忘れてリュウジは叫ぶ。

「ティルトア！　よせっ!!」

　リュウジの制止が耳に届いていないかのように、ティルトアは猛進する。

　身体のほうも重傷で、動くのがやっとのはず。けれど、そんな素振りは微塵《みじん》も感じさせない力強い身のこなしで、次々とフェアリーメイドの胸部に拳を突き立てていく。

「うりゃあああ！」

　最後の一体を叩《たた》き伏せて、ティルトアはバーンズへ走る。接近するティルトアにバーンズが両手を向けると、そこから無数の結晶の槍が射出された。

「避《よ》けろ！」

　リュウジの忠告が耳に届いていないのか。ティルトアはまっすぐ突っ込んでいた。

　数え切れないほどの結晶の槍がティルトアへと直進していく。あんなものが直撃したら、いくら彼女でもひとたまりもない。けれどティルトアには、恐れが浮かんでいなかった。

　ティルトアと結晶の槍、両者が触れ合う寸前――結晶の槍の軌道が折れ曲がった。

　まるでティルトアを貫くことを拒むように、結晶の槍が彼女を避けて伸びていく。ティルトアが左の剛腕を振るい、方々へ伸びた結晶の槍を粉々に砕いた。

「何ッ!?」

狼狽《うろた》えるバーンズの懐へティルトアは一直線に潜り込み、鳩尾《みぞおち》に右拳を放った。

常人を遥かに超える膂力で繰り出される彼女の拳は、人体の強度で抗《あらが》うことはかなわない。水風船が割れるような音を奏でながらバーンズの肉体を拳が貫いた。

拳は、鳩尾から背中まで突き抜け、大量の血液と肉片が爆ぜるように中空を舞った。

「ごあっ！　ぐふぅ……うう……」

バーンズの口から呻《うめ》き声《ごえ》と共に、大量の血が溢《あふ》れ出す。それと同時に、リュウジの両腕を貫く結晶の槍が砕け散った。

ようやく解放されたが、一歩も動けない。血を流しすぎた。立っているのがやっとだ。動かなくてはいけないのに。ティルトアの下へ行かなければならないのに。

「マスターを傷つけるやつは、誰であっても許しません」

怖気《おぞけ》を覚えるほど冷たい目をしたティルトアがバーンズの鳩尾から右拳を引き抜いた。傷口から噴水のように血が噴き出し、琥珀色に染まったメイド服を赤く塗り潰す。返り血に塗《まみ》れたその姿は、ティルトアがアリシアを破壊したあの日の夜を思い出させた。

拳を引き抜かれて支えを失ったバーンズは、傷口を両手で押さえて膝から崩れ落ちる。

しかし死を前にしたバーンズに恐怖は見られない。むしろ愉悦に浸っているようだ。

「ふふ、やっぱりティルトアはそうだったのか……だから八年前、アリシアが最初に……」

バーンズは、無邪気な笑みを浮かべた。まるで一番欲しかったものを手に入れた子供のようだ。

「リュウジ君……ティルトアが全ての真実を知っているよ…… 〝アリシア・シンドローム〟の真実を……そしてもう一つの真実も……」

「もう一つの真実……だと？」

「わ、我々が作ったんじゃない。我々が作られたんだ……」

その言葉を言い切ると同時にバーンズの瞳孔が開き、呼吸が細くなっていく。

やがてあらゆる苦痛から解放されたかのように、バーンズの顔つきが安らかになった。

「バーンズ……」

彼が最期に残した言葉は、きっと重大な意味を持つ。リュウジが求めていた真実に繫《つな》がる鍵となるだろう。

だが、今リュウジの思考を支配するのは、バーンズが残した謎の遺言についてでも、師だと思っていた男の死に対する複雑な感情でもない。

ティルトアが人を殺したことだ。何の躊躇《ためら》いもなく、命を奪ってしまったことだ。

「ティルトア……お前……どうして……」

リュウジを見つめる榛《はしばみいろ》色の瞳に、後悔の色は見られなかった。

「なんで……殺した？」

ティルトアは、人を殺した。フェアリーメイドにとって最大のタブーを犯した。

彼女には、即刻解体される以外の道は残されていない。それを避けることはかなわない。

だからこそ、誰かにその役目をやらせるわけにはいかないのだ。

ティルトアがどれほど罪深い存在だとしても、彼女だけは誰にも任せられない。

リュウジは、覚悟してきた。ティルトアの最後は自分の手で、この手で彼女を解体すると。それが自分のやるべきことだと。

彼女は、リュウジの相棒だから。どんな罪を犯したとしても、せめて最後だけは、自分の手で――。

「ティル……トア……」

ティルトアの下へ行こうとするが身体が言うことを聞いてくれない。

全身の神経が寸断されてしまったかのような感覚だ。もう瞼《まぶた》を開けていることすら辛《つら》い。

「……マスターごめんなさい。さようなら」

ティルトアの悲愴《ひそう》な声を聴きながら、リュウジの意識は、漆黒の闇に落ちていった。

幕間

人の罪と妖精の罪

リュウジが十二歳の頃のこと。シシヤマ家では、時々ティーパーティが催された。

パーティと言っても気心の知れた友人だけを招いた小規模なものである。

曽祖父の代に建てられたシシヤマ邸の屋敷の庭園は、咲き誇る草花に彩られていた。

昼下がりの陽光が注ぎ、春らしい甘い匂いが漂う庭園の中央に金属製の白いガーデンテーブルが置かれている。

ガーデンテーブルには、リュウジ・テツジ・バーンズの三名が座っていた。

そこへティルトアとアリシアがお菓子とティーセットを持ってやってくる。

軽食と菓子の乗ったティースタンドを持つティルトアは慣れた様子だが、トレーに乗せたティーセットを持つアリシアは、ふらふらとした足取りだ。

そんなアリシアの様子を、ティルトアが不安そうに一瞥《いちべつ》する。

「アリシア、気を付けてくださいね。今日の茶器と茶葉は、とっても高級な――」

「こ、高級！」

ティルトアの忠告を聞いた途端、アリシアの足取りは一層不安定になる。それでもなんとかテーブルまであと三歩の距離まで近づいてきた瞬間、アリシアの足が絡まった。

「きゃっ!?」

転んだアリシアの手中からティーセットが放り投げられ、芝生の上に降り注いだ。

家で一番高いポットとカップが砕け散り、高級茶葉の芳醇《ほうじゅん》な香りがリュウジの座るテーブルまでふうわりと漂ってくる。

アリシアは呆然《ぼうぜん》としており、その様をティルトアは苦笑して見つめていた。

「……やりましたねアリシア」

「ふぇ……どうしよう……」

アリシアが起動して一週間。リュウジは、彼女のポンコツっぷりに辟易《へきえき》していた。

家事全般が苦手であり、ティルトアを手伝うどころか仕事を増やす始末だ。

テツジとバーンズから教わったことをちゃんと守って作ったはずなのに、リュウジの作ったアリシアの完成度は、二人の作ってきたフェアリーメイドに遠く及ばない。

アリシアを見ていると、自らの妖精職人《フェアリーマイスター》としての技量不足を突きつけられるようだった。

「俺、やっぱり才能ないのかな」

リュウジが呟《つぶや》くと、バーンズの震える右手が頭を撫《な》でてきた。

「リュウジ君は、ちゃんとアリシアを作ったよ。ミスはなかった。そうだろうテツジ」

「その通りだ。お前の作ったアリシアは、とても素晴らしい出来だよ」

偉大な妖精職人《フェアリーマイスター》である父テツジと、かつてはテツジと肩を並べる腕を誇っていた師バーンズ。二人からミスはなかった、完璧だと言われるのは妖精職人《フェアリーマイスター》にとって名誉なことだ。

だがリュウジには、気休めの慰めにしか聞こえなかった。

そんな胸中を察してくれたのか、テツジは微笑《ほほえ》みながらアリシアを見やった。

「いいかい。お前は最高のフェアリーメイドを作ったんだ。最高のフェアリーメイドを作ったからこそアリシアは欠点だらけなんだ」

「どういう意味？」

「完璧な人間は、この世界に居ない。どんな人間でも欠点を持っている。例えばリュウジは、辛いものが一切食べられない。だから母さんとティルトアは、お前の舌に合わせた食事を作るために、いつも工夫をしている。これもある種の欠点だ」

「そ、それはそうだけど。でも俺は人間で！」

「そう、だから欠点を持つアリシアは素晴らしいんだ。欠点を持つことは個性だ。個性があるということは生命である証拠だ。個性を持たないものは生命と呼べない。道具だ」

「でもティルトアは？　だってティルトアはなんでも出来るし、強いし、見た目も……完璧だって自分で言ってるし」

　リュウジがそう言うと、テツジはにっこりと破顔した。

「そういうことを平気で自称する性格に難があるじゃないか。凄《すさ》まじい欠点だ」

「むむむっ!?　ちょっとテツジさん!?」

「あと嫌いな相手に辛らつだよね。さすがにそれは性格悪すぎない？ってぐらい」

「むー！　バーンズさんまでっ!!」

　予想外の流れ弾に、ティルトアはがっくりと肩を落とす。

普段なら慰めようと思うが、テツジとバーンズの言葉に頭を支配されてしまい、気遣いの余裕すらなかった。

「欠点があるからティルトアとアリシアは生命……父さんとバーンズ先生は、フェアリーメイドが生命だと思うから妖精の権利向上活動をしてるの？」

「そうだ。私は、親友の才能を犠牲にしてそれを学んだんだ」

そう言ってテツジは、バーンズを見る。両の目に宿るのは、罪の意識だ。

対するバーンズは、穏やかに微笑んでいる。

「君の命を救えたんだ。その価値はあったさ」

リュウジが六歳の頃、テツジの作ったフェアリーメイドが暴走して、バーンズが大怪我《おおけが》をした。バーンズは、右の手足に重い障害が残り、妖精職人《フェアリーマイスター》生命を断たれたのである。

バーンズが現役を退いて後進の指導をしているのも、この事件が理由だ。

親友の人生を変えてしまった重責に耐えかねるかのように、テツジは顔を歪《ゆが》める。

「父さんは、フェアリーメイドを道具と思っていた。安全装置で縛り付ければ間違いは起きないと……それが間違いだったんだ」

事件が起きた頃のテツジの様子は、よく覚えている。

あの時のテツジは、他の妖精職人《フェアリーマイスター》と同様にコーディアルブラッドに引き寄せられたマナを次々にフェアリーメイドにしていった。もちろんマナに同意なんて取らなかった。

また当時は、自宅以外にも複数の工房を持ち、テツジが家に帰ってくるのは月に一度か二度。リュウジは、たまに帰ってきた父の顔がいつも憔悴《しょうすい》しきっていたのを覚えている。天才だともてはやされ、各地からフェアリーメイドの制作依頼が殺到する。そんな多忙すぎる日々がテツジに致命的なミスを犯させた。

制作していたフェアリーメイドが完成と同時に暴走して、テツジに危害を加えようとしたのである。原因は、核《コア》に取り付けられた安全装置の動作不良によるものだ。テツジは、核《コア》と安全装置を繋《つな》ぐ導線の接続を誤っており、結果としていくら穢《けが》れが溜《た》まっても安全装置が作動しない状態になっていた。

この事故を起こしたフェアリーメイドのマナは、核《コア》の安全装置が機能していないことを即座に悟り、自らを核《コア》に閉じ込めたテツジに襲い掛かったのである。

たまたまその場に居合わせたバーンズは、襲われたテツジを庇《かば》い、右手と右足に重傷を負ってしまった。

逃亡したフェアリーメイドはエリザによって破壊されたが、この事故でテツジは世間からの激しいバッシングに晒《さら》されることとなる。

親友の妖精職人《フェアリーマイスター》生命を奪った事故を境に、シシヤマ・テツジは大きく変わった。

自宅以外の工房は全て閉じ、フェアリーメイドの作り方もマナに同意を得てから核《コア》に封入するやり方に変更したのである。

マナに寄り添い、一つ一つのフェアリーメイドに丁寧に向き合う姿勢は、地に落ちた信頼を徐々に回復させ、いつしか天才妖精職人《フェアリーマイスター》としての地位を不動のものとした。

「リュウジ、私はあの悲劇を通して多くのことを学んだ。中でも一番大切なことがある。それこそが完全なもの、完全なことは、この世にないということだ」

そう言うとテツジは、ティルトアとアリシアを交互に見やった。

「大切なのは、生命である妖精の心や個性を理解して友達になることだ。枷《かせ》をはめて道具として隷属を強いることではない。人間が全てを制御出来るなんて、人間が思い通りに制御しようなんておこがましい考えなんだよ」

「……だから父さんは、ティルトアの――」

「リュウジ！」

テツジがリュウジを窘《たしな》めると、バーンズは席を立った。

「……僕は、片づけを手伝ってくるよ」

バーンズがテーブルから離れるのを待ってからテツジは口を開いた。

「そのことは、誰かに言ってはいけないと言ったはずだ」

「でもティルトアに安全装置が付いてないのは本当でしょ？　付いてるのは偽物でしょ？」

リュウジの曽祖父がつけた安全装置は、十数年前にテツジが取り替えた。

今ティルトアにつけられている核《コア》の安全装置は、穢れを隔離するが爆破用の薬液は入れていない。どれだけ穢れが溜まっても爆発しないようになっている偽物だ。

当然これは犯罪であり、もしも露見すれば禁固刑を覚悟しなくてはいけない。リュウジには、テツジが法を犯してまでティルトアの安全装置を取り外した理由が分からなかった。

「どうして？　法律で核《コア》を破壊出来る安全装置の取りつけが義務づけられているのに」

「それは人の作った法律だ。人を縛るべきもので、妖精を縛るものじゃない」

妖精の権利を語るテツジの顔は少し怖いと、リュウジはいつも思っていた。

「人間は身勝手だ。妖精を滅ぼしておきながら今度は奴隷として蘇《よみがえ》らせた。私は妖精を復活させたい。人間の奴隷としてではなく、人間と対等な存在として。人間の隣人として。人間と同じ生命として」

「だから安全装置を？　でも暴走したら――」

「暴走の理由による。自分の身を守ることも許されないのは、生命とも対等な関係とも言わない」

「じゃあ父さんは、ティルトアが人を殺してもいいって言うの？」

「これは、あくまで私の思想だ。お前が真似《まね》をする必要はない。でもいつかきっと人間たちも理解してくれる日が来るよ。妖精と人間は、対等な存在であるべきだとな」

テツジが死んで八年経《た》つが、彼が望んだ世界にはなっていない。相も変わらずフェアリーメイドは奴隷であり続けるし、フェアリーメイドによって命を落とす人間も居る。
ティルトアが人を殺してしまった。バーンズを殺してしまった。
バーンズ自身が人殺しだった。ティルトアもリュウジの身を守るためにやったことだ。
だとしてもティルトアは一線を越えた。
壊し屋としてやるべきことは、やらなくてはならないことは、ただ一つ――。
『……マスターごめんなさい。さようなら』
最愛の妖精を壊すこと。それがリュウジに与えられた使命だ。

第四章

リュウジとティルトア

Fairy Made

Kizudarake no Yousei Shokunin to
Kowarekake no Jinkou Yousei

リュウジが目を開くと、白い天井が広がっていた。バーンズの屋敷ではないらしい。

自分が今どこに居るか確認しようと思い、首だけ動かして周囲を見る。

ベッドに仰向《あおむ》けになって、病衣を着せられている。全身に包帯を巻かれて、点滴の管が何本も腕に刺さっていた。

ここは病院のようだ。バーンズの屋敷から誰かに運び出されたのだろう。

部屋に時計はない。窓から見える太陽の位置からすると、昼過ぎ頃のようだ。

「俺は……どれぐらい寝てたんだ」

頭の中に霧が立ち込めているようだった。あれだけやられた傷の痛みもほとんど感じない。恐らく鎮静剤と鎮痛剤のせいだろう。かなり強いものを使われたようだ。

しかし、こんな所で寝ている場合じゃない。やらなければならないことがある。

リュウジが起き上がろうとすると、桃の香りがする可憐《かれん》な少女が視界に飛び込んできた。

「お、お前……アリシア?」

心配そうな顔をしたアリシアのマナが宙に浮いてリュウジを見下ろしていた。

想定していなかった事態に、薬による気だるさが幾分か吹き飛んだ。

「なんでここに居るんだ？　なんでマナの大流に帰らない？」

「あなたに恩を返したいから、だそうよ」

聞き馴染《なじ》んだ、でもこの状況で一番聞きたくない女性の声がして意識が凍り付く。

病室の扉を開いて今一番会いたくない人物――エリザ・ウィンターが入ってきた。

「よかったわ。目が覚めて。三日も眠っていたのよ」

リュウジの無事を確認して安堵《あんど》したのか、エリザが柔らかい笑みを浮かべている。

一方のリュウジは、強い緊張感がイバラのように全身を締めつけていた。

「先生……ティルトアは？」

「居ないわ」

エリザは、とても冷たい声をしていた。ここに居るのは、リュウジが姉のように慕っている女性ではない。世界最強と称される壊し屋だ。

「あなたを車に乗せて、ここエルディン総合病院に運び込んで以来、姿を消している。バーンズの屋敷で何があったかはアリシアの証言で分かったわ」

「アリシアの？」

「ええ。屋敷にいた〝アリシア・シンドローム〟発症個体は、一体残らず妖精職人協会《フェアリーマイスターギルド》が回収。解体作業を進めているわ。それからバーンズの弟子たち全員とバーンズの護衛についていた警察官二人、合計十四人の遺体も屋敷から発見出来たわ。全員、遺族の下へ帰ったわよ」

「そうですか……アリシアが……」

「十分に役立ってくれたけど彼女、マナの大流に帰ろうとしないのよ。あなたに恩を返したいそうよ。このままじゃ一週間と持たないって言ったのだけどね。この三日で自意識もどんどん薄れていってる」

アリシアのマナが纏《まと》う穢《けが》れの量は凄《すさ》まじい。エリザの見立て通り、このままでは長く持たないだろう。

「アリシア。恩返しなんかいらない。十分やってくれたよ。帰るんだ」

こちらの声が聞こえていないかのように、アリシアのマナは、リュウジの周囲をふわふわ漂うばかりだ。彼女のことも非常に心配だが、今一番の気がかりはティルトアである。

そんなリュウジの内心を見透かしたかのように、エリザの眼光が鋭さを増した。

「バーンズの弟子たちと警察官を殺したのは、バーンズが操っていたフェアリーメイド。肝心のバーンズを殺したのは……ティルトアで間違いないわね？」

バーンズの傷は、銃やナイフによるものではない。つまりリュウジの犯行じゃない。

殺害現場の工房に居たバーンズ所有のフェアリーメイドの犯行でないことも明らかだ。

彼らには、バーンズの血液や肉片が付着していない。検査すれば、すぐに分かることだ。

しかも彼らは全員ティルトアに破壊されている。バーンズを殺すのは物理的に不可能だ。

屋敷の中にいた他のバーンズ所有のフェアリーメイドによる犯行の線も彼らにバーンズの血液や肉片が付着していないことから否定される。

他に素手で人体を貫くことが出来るのは、あの場所にはティルトアしか居なかった。

さらにティルトアは、未《いま》だに行方知れず。ここまで揃《そろ》ったら言い逃れのしようがない。

リュウジに与えられた選択肢は、真実を話すこと以外になかった。

「……そうです」

「ありがとう。あなたは休んでいて。あとは私と妖精職人協会《フェアリーマイスターギルド》で対処するわ」

親切心からの提案ではない。ティルトアの解体に、リュウジは関わるなという忠告だ。

ここで傷を癒しながら知らせを待てと。そんなこと出来るわけがない。

リュウジは、腕の点滴を全て外し、ベッドから立ち上がった。

「俺が行きます」

「あなたは重傷よ。ティルトアクラスのフェアリーメイドを相手に戦える状態じゃない。彼女は、人を殺しているのよ。妖精化したか、〝アリシア・シンドローム〟を発症したか」

エリザはリュウジの顔を凝視すると、嘆息をついた。

「どちらでもないのに人を殺したなら、彼女には安全装置がついていないことになる」

エリザには、ティルトアに安全装置を取りつけていないことを話していない。

テツジやバーンズも彼女に話してはいないだろう。

けれどエリザは、聡明《そうめい》な女性である。とっくに勘づいていたというわけだ。

「あなたもテツジさんの遺志を継いで取りつけなかったのか。それともテツジさんの作った偽の安全装置が精巧であなたも気付かなかったのか……後者ということにしておくわ」

安全装置がついていないフェアリーメイドの制作や所持は重罪である。

リュウジを刑務所に入れないために、エリザは口を噤《つぐ》むつもりのようだ。だけど彼女は、身内の罪には目をつぶれても、フェアリーメイドの罪は断じて許さない人間である。

「リュウジ君、事は深刻よ。彼女は自分の意思で人を殺せる。妖精化による暴走や〝アリシア・シンドローム〟と同等の危険因子よ。今すぐ解体しなくてはならないわ」

「待ってください！　バーンズが言っていたんです。〝アリシア・シンドローム〟の真実を知っているのはティルトアだと。それに我々が作ったんじゃない。我々が作られたんだと」

バーンズの最期の言葉。リュウジには、これがどうにも引っかかっている。

エリザも興味を示したのか、思案深げな顔をした。

「たしかに引っかかるわね……でも彼の妄言かも。脳が結晶でズタズタになっていたのよ」

「バーンズの証言だけなら妄言で片づけられる。しかしもう一人同じ証言をした者が居る。この前俺が担当した芸術家所有のフェアリーメイド、アーシャのマナも同じことを言っていました。鍵を握っているのは、妖精だった頃のティルトアの記憶だと。それに俺は〝アリシア・シンドローム〟の原因の一部を突き止めたんです」

「原因!?　分かったの!?」

「はい。原因は、核《コア》や人工骨格に使われた妖精の女王アリシアの化石と女王のマナです」

リュウジは、バーンズの屋敷で知り得た事実の一部をエリザに聞かせた。

女王アリシアのマナと化石が死後二千年を経ても繋《つな》がっていること。

核《コア》や人工骨格に混入した女王アリシアの化石が発症と結晶化の原因物質であること。

アーシャとアリシアの証言から推測するに、化石を介して流れ込んできた女王アリシアの記憶が彼女たちの意思を塗り潰そうとしていたこと。

ただしリュウジは重要な情報を意図して隠した。妖精の神樹の樹液が女王アリシアの影響を受けているという仮説である。この情報は、アーバス遺跡に繋がる重大なヒントだ。

アーバス遺跡にある妖精の神樹は、ティルトアの化石が発掘された場所である。

妖精の神樹に、女王アリシアの化石が影響を与えたとするリュウジの仮説が正しいのなら、二人は二千年前、同じ場所で殺されたということになる。

ティルトアの記憶が女王に辿《たど》り着く鍵なら、二人が同じ場所で殺されたのは偶然じゃない。

アーバス遺跡と妖精の神樹には、八年間探し求めたものがある。

リュウジの直感がそう叫んでいた。

この情報をエリザに知らせるわけにはいかない。ティルトアの記憶の価値が暴落する。

エリザに真意を悟られないよう、リュウジは警戒して言葉を選びながら、しかし淀《よど》みのない口調で続ける。

「先生。解決の鍵は、妖精の女王アリシアのマナです。そして女王に辿り着くための手掛かりは、ティルトアしか持っていません。あなたもバーンズの屋敷を見たのなら分かりますよね。一刻も早く解決しないと、もっと大きな惨事になりかねない」

「だから彼女を見逃せと？」

「見逃すつもりはありません。彼女は人を殺した。解体するべきです。でも、それは〝アリシア・シンドローム〟解決後に俺がやることだ。どっちも他の誰でもない俺自身の役目です」

リュウジの答えに、エリザは鉛のように重い溜息《ためいき》をついた。

「……〝アリシア・シンドローム〟解決まではティルトアの解体を待ってもいい。でも、いつまで虚勢を張るつもり？　あなたがティルトアを大切に思っているのは知っているわ。どんなに覚悟を決めても、その時が訪れたら必ず躊躇《ちゆうちよ》する。それが人の心よ」

エリザの言う通り、直前になってティルトアを解体することを躊躇するかもしれない。固い決意と思っていても、いざとなれば怯《ひる》んでしまう可能性はある。

だとしてもぶれない。そんな自分は許さない。

己の覚悟を伝えるように、リュウジはエリザに一歩近づいた。

「俺は、俺の手でティルトアを解体する。どんなに躊躇しても、どんなに心が傷つこうともそうすると決めています。それがフェアリーメイドと共に歩む者が持つべき覚悟です」

口先では、なんとでも言える。人間なんてそんなものだ。

それでも意思を決めたのなら、絶対に曲げてはならない。

迷ってもいい。怯《おび》えてもいい。でも逃げることだけは許されない。

そう自分に言い聞かせながら、リュウジはもう一歩エリザに近づいた。

「この手でティルトアも〝アリシア・シンドローム〟も終わらせる。それが俺の役目です」

「あなたの初恋の相手を自らの手で終わらせるのよ。想像を絶する苦痛のはず」

やはりエリザには、ティルトアに抱く本当の気持ちを見抜かれていた。

シシヤマ・リュウジは、ティルトアを愛している。

幼い時分のリュウジにとって彼女は、姉のような存在だった。居てほしい時には絶対隣に居てくれて、どんな時でもリュウジを守るために必死になってくれた。

彼女に守られて成長するにつれ、ティルトアに対する思いは変わっていく。心に芽生えた恋慕の情を自覚したのは、十歳を過ぎた頃だ。

明確なきっかけがあったわけではない。毎日楽しくて幸せな気持ちにさせてくれる美しい妖精に、気が付けば恋をしていたのだ。

いつか自分が大人になって、告白したらティルトアと恋人になれるかもしれない。そんな年頃の少年らしい空想にうつつを抜かすこともあった。

だが当時のリュウジは、大切なことを分かっていなかった。ティルトアと過ごす日々には、終わりがあるということ。十二歳の頃、愛犬の死でそのことを自覚させられた。ティルトアは、自分より先に逝ってしまう。この日々には終わりがある。別れを自覚してからは、ティルトアとどう接していいか、少しずつ分からなくなっていった。

彼女に抱く気持ちが大きくなればなるだけ、間もなく訪れる別れが辛《つら》くなる。そんな風に思って、そっけない態度を取ってしまうこともあった。邪険に扱ってしまったこともある。

両親を失って以降は、ますますティルトアにひどい態度を取るようになってしまった。この八年間、ティルトアに寂しい思いをたくさんさせた。もっと彼女を幸せに出来たはずなのに――そんな後悔ばかりが残っている。

やり直せるなら今からでもやり直したい。だけど、それはもう叶《かな》わない。ティルトアに待っているのは終わりだけだ。逃れることは出来ない。

ティルトアのマスターとして最後にしてやれることは、この手で彼女を終わらせること。きっとその時は、想像も出来ないほどの苦痛を味わうことになる。

ティルトアが居なくなった世界の寂しさに、心が耐えられなくなる日も来るだろう。

それでもやらなくてはならない。最愛の妖精だからこそ自らの手で解体するのだ。

これがシシヤマ・リュウジの覚悟だと、思いの丈の全てを瞳に込めてエリザを見つめる。

「何度でも言います。俺の手でティルトアと〝アリシア・シンドローム〟を終わらせる。この役目を誰かに任せるつもりはありません。それが壊し屋としての俺に課せられた責務だ」

リュウジの宣言を聞いたエリザは、眉間にしわを寄せて首を横に振った。

「……あなたは一度決めたことは曲げない性格だったわね。本当に頑固だわ」

「そういうところは、先生譲《あなた》りです」

そう答えると、エリザは呆《あき》れ顔《がお》で肩をすくめた。

「いいわ。好きにしなさい。あなたの荷物や着替えは、あなたの車の中にあるわ。車は、地下の駐車場。弾薬類は、私が補給しておいたわ。ただし無茶はしないことよ」

「ありがとうございます先生」

リュウジが病室を出ようと足を踏み出すと同時に、エリザの目が凍《い》てつくような殺意を宿した。暴走したフェアリーメイドと相対する時と同じ目だ。思わず足を止めてしまう。

「言っておくけど、私が先にティルトアを見つけたら、あなたを待つなんて悠長なことはしないわよ。それだけは覚えておきなさい」

有無を言わさぬ迫力に、リュウジは首を縦に振るしかなかった。

「……肝に銘じます」

エリザにティルトアを破壊させるわけにはいかない。何としてもエリザより先にティルトアを見つけ、この手で〝アリシア・シンドローム〟とティルトアを終わらせる。

決意を新たにしたリュウジは、病室を飛び出した。


リュウジがエルディン総合病院の地下駐車場に行くと、エリザの言う通りティルトアの愛車が停《と》めてあった。

リュウジは、車の後部ドアを開けて座席に置いてあった黒のミリタリージャケット、紺色のシャツと赤いラウンドネックのインナーシャツ、ダークグレーのスラックスと革靴に着替えた。

トランクの中身を検《あらた》めると、愛用の拳銃とナイフ・十三発入りのマガジン複数・ハニーバレット・調律器——必要なものは全部揃《そろ》っていた。

まず拳銃とマガジン、ナイフをショルダーホルスターとマガジンポーチ、ベルトの腰部分の鞘《さや》にそれぞれ納める。

次にジャケットの左ポケットに調律器、内ポケットにハニーバレットを入れた。

他にトランクに入っていたのは、ティルトアが着替えを入れている鞄《かばん》だ。鞄の中を見ると、替えのメイド服が一着なくなっている。それともう一つ、ないものがあった。

「ぬいぐるみがない」

アヴァディルでティルトアに買ったアライグマのぬいぐるみがなくなっている。

ティルトアは、車でリュウジをここまで運んだ。その時、車はここへ残したが、着替えとぬいぐるみだけは持っていったようだ。問題は、ティルトアがどこへ向かったのかだ。

彼女が行きそうな場所に、一ヶ所だけ心当たりがある。もしもティルトアがリュウジを待っているのだとすれば、そこ以外は考えられないという場所が。

「……賭けてみるか」

リュウジは、運転席に座って車のエンジンをかける。自分で運転するのは久しぶりだ。

普段の定位置である助手席には、いつの間にかアリシアのマナが居た。ついてくるつもりのようだ。アリシアを横目で見つつ、リュウジはハンドルを握った。

「ティルトア……そこに居るんだよな？」

予想が当たっていてくれ。願いながらリュウジは、アクセルを踏んだ。

黄昏《たそがれ》に染まるシシヤマ家の屋敷は、屋根や壁面の所々に穴が開き、寂れた姿をしていた。

庭にも草木が無造作に生い茂っており、野山のような様相である。

リュウジは、エルディン総合病院から車で三時間かけてワイバンに戻り、この屋敷へやってきた。生家を訪れるのは八年ぶりで、アリシアの事件以来、一度も帰ってきていない。

まさかアリシアのマナと一緒に帰ってくることになるとは、夢にも思わなかった。

恐らくこの屋敷の中にティルトアは居ない。居るとすればリュウジと彼女の秘密の場所、庭の片隅にある古びた木製の小屋だ。

そこは、テツジが若い頃に使っていた工房である。テツジは、リュウジが生まれた頃に屋敷の中を改装して工房を作り、そこで作業するようになった。

その後、物心ついたリュウジがテツジの使わなくなった庭の工房を秘密基地にしたのである。ティルトアもリュウジと一緒に、よくこの場所で遊んでくれた。

二人でやったのは、妖精職人《フェアリーマイスター》ごっこである。テツジが作ってくれた調律器風のおもちゃの手袋をしてフェアリーメイドを作る真似《まね》をする遊びだ。

リュウジがテツジをも超える世界一の天才妖精職人《フェアリーマイスター》役で、ティルトアが助手役と作られるフェアリーメイド役を兼任していた。

この遊びが幼い頃のリュウジは大のお気に入りで、テツジやナナハに止められるまで何時間もティルトアを付き合わせたものだ。

他にも、たくさんの思い出がこの場所には詰まっている。楽しい思い出。悲しい思い出。二十一年間の思い出全ての中に、ティルトアの姿が必ずある。

叶うことなら、このままずっと彼女との思い出に浸っていたかった。けれど、ここに来た理由は、懐古の念に囚《とら》われることではなく、やるべきことを果たすためだ。

成長したシシヤマ・リュウジは、壊し屋になった。

初恋の妖精であるティルトアは、人殺しになった。

これが変えようのない現実だ。逃れることは出来ない。目を背けることも許されない。

どんなに恋い焦がれていても、どんなに愛情を持っていたとしても、リュウジに残された選択肢は一つだけだ。

ティルトアと一緒に〝アリシア・シンドローム〟を終わらせること。

最後の仕事の後、自らの手で最愛の彼女を壊すこと。

自身に課せられた責務を噛《か》み締めて、リュウジはティルトアとの秘密の場所、庭にある小屋を目指して歩き出す。少し離れてアリシアのマナが宙に浮かびながらついてきた。

一歩、また一歩、足を踏み出すたびにティルトアとの別れが近づいていることを実感する。心が押し潰されそうになるが、歩みを止めないように歯を食いしばり、小屋の前に辿《たど》り着いた。近くで見ると壁の所々が割れたり、穴が開いたりとかなり傷んでいる。

背が伸びたせいか、子供の頃に見た印象よりも小屋全体がこぢんまりして見えた。古くなったことに加えて記憶とはずいぶん違う姿だ。

錆《さび》だらけのドアノブに手をかけて扉を開けると、ガタついた蝶番《ちようつがい》が軋《きし》みを上げた。

　家具が何一つ置かれていない小屋の中、その中央にティルトアがしゃがみこんでいた。両腕でアライグマのぬいぐるみを大事そうに抱え、俯《うつむ》いている。

「ティルトア」

　名前を呼ぶとティルトアは顔を上げ、満開の花のような笑みを咲かせた。

「マスター。やっぱり来てくれました……ってアリシアも一緒ですか？　妬《や》けますね」

　これから、どんな言葉をかければいいのだろう。

　無事でよかった？　なんであんなことをした？　助けてくれてありがとう？

　全部違う気がする。リュウジは、ティルトアの前まで歩いていき、片膝をついた。

「俺を待っていたのか？」

　リュウジが穏やかな声で語り掛けると、ティルトアは無言で頷《うなず》いてキャスケット帽を脱いだ。頭にアライグマのぬいぐるみを乗せ、その上からキャスケット帽を被《かぶ》り直す。

「ここで待っていればマスターが来てくれると思いました。最後のわがままを聞いてほしいんです」

「わがまま？」

　ティルトアは榛 色《はしばみいろ》の瞳を伏せる。しばらくそうした後、心を決めたように視線を合わせてきた。

「……マスター。私を壊してください。あなたの手で私を終わらせてください」

そうだ。もう引き返すことは出来ない。リュウジの役目は、ティルトアの解体だ。だけど、まだやるべきことがある。リュウジは、ティルトアの肩に手を置いた。

「……ああ。だが、まずは〝アリシア・シンドローム〟を終わらせるぞ」

「私の記憶が鍵……アーシャさんはそう言っていましたね。バーンズも似たようなことを」

「だから今お前を解体するわけにはいかない。先生にも許可は取ってある。行くぞ」

ティルトアに手を差し出すと、彼女はリュウジの手首を摑《つか》んできた。

「……マスター。それが終わったらマスターが私を壊してくれますか？　壊されるならマスターに壊されたいんです。他の人は嫌なんです」

「もちろんだ。それが俺の役目だ」

そう答えると、ティルトアは髪を振り乱して頭を振った。

「違います！　あなたの役目とか信念とかそういうことじゃないんです……これは私のわがままなんです。あなたを思うなら私は、事情を話して別の人に解体されるべきでした」

ティルトアは、リュウジの手首を摑んだまま立ち上がった。それに合わせてリュウジも一緒に立ち上がる。

「だって、あなたは強いから絶対に私を壊してくれる。自分の覚悟に嘘《うそ》をつけるほど器用な人じゃない。でも、あなたは優しいから私を壊したらきっと深く傷つきます」

ティルトアがリュウジの手首を放し、顔を見上げてくる。榛色の瞳に涙が滲《にじ》んでいた。

「一生その傷があなたの心に残っちゃう。だからあなたを思ってるなら、他の人に自分の運命を委ねるべきなんです……でも！」

ティルトアが額をリュウジの胸に預けてきた。彼女の息遣いが服越しに伝わってくる。

「私は、どんな形でもいいからあなたの心の中に残りたいんです！　あなたを傷つけるって分かってるのに……卑《ひ》怯《きょう》だって分かってるのに……あなたに忘れてほしくないからっ！」

リュウジとティルトアは、リュウジが生まれた時からずっと一緒だった。

最初は、歳《とし》の離れた姉のように思っていた。やがて初恋の人となって、今は一緒に仕事をする相棒《パートナー》として隣に居てくれる。

そう、ずっと隣に居てくれた。彼女の存在が隣になかった日は、一日だってなかった。

だけどこれからは、ティルトアが隣に居ない日々がずっと続いていく。

いつかはティルトアが居ない日々に慣れてしまうのだろうか。いや、そんな自分の姿を想像出来ない。きっといつまでも隣に居ない彼女の姿を探し続ける気がする。

間もなく訪れてしまう未来を思い描きながら、震えるティルトアをぎゅっと抱きしめた。

「ティルトア。卑怯じゃない。卑怯じゃないよ」

「全てが終わったらあなたが私を壊して。あなたの心の中に、ほんの少しでも残りたいから……」

「分かってるよ。約束する。絶対に俺の手でお前を解体する」

「……マスター。私、怖いんです。妖精だった頃の記憶が……少しずつ戻ってきてる」

「記憶が？　じゃあアーシャやバーンズが言ってたことは……」

「でも……このままだと自分が自分でなくなりそうで……もしかしたらマスターを大切に思う気持ちまで!!　だから今の私でいられる内に――」

「即刻解体すべきね」

思いがけない人物の声がリュウジの鼓膜を揺らした。

振り返ると、そこに居たのはエリザ・ウィンターであった。拳銃とナイフを同時に持って顔の前で斜めに構えるＡＦＣ《アンチ・フェアリー・コンバット》セカンドの構えを取っている。

最強の壊し屋らしい研ぎ澄まされた眼光でティルトアを狙っていた。

「リュウジ君ならティルトアの所へ連れて行ってくれると信じていたわ」

まんまとしてやられた。リュウジがティルトアの居場所を知っていると踏んで、あえて泳がせたのだ。弟子の行動パターンは全てお見通し。見事すぎて言葉も出ない。

ティルトアは、リュウジの腕の中で忌々しそうに苦笑していた。

「エリザさん……やっぱりあなたは、私とマスターの仲をどこまでも邪魔する人ですね」

「リュウジ君に、あなたを解体させはしない。彼にとって消えない傷となるわ。傷だらけの彼の心に、これ以上の傷は増やさせない」

「本当にあなたは、いつまでもマスターの保護者面をしますね。昔からあなたのそういうところが嫌いです！」

「私は、あなたのことが好きよ。だけど、あなたのわがままを通すわけにはいかない」

エリザがティルトアに好感情を持っているのは、嘘ではない。普段の接し方からもそれは明らかだ。

けれどエリザ・ウィンターは、同情で手元を鈍らせる人間ではない。故に彼女は、最強の壊し屋と称されるのだ。

しかし、今エリザにティルトアを壊されるわけにはいかない。

リュウジは、抱きしめていたティルトアを背後にやって自分の身体《からだ》を盾にする。

けれどエリザは、銃を下ろさなかった。

「リュウジ君。ティルトアをこちらに渡しなさい」

「私は、マスター以外の人に解体されるのは嫌です！　全力で抵抗しますっ！」

「抵抗したら解体ではなく、破壊することになるわ。私もそれは避けたいのよ」

「マスターにだったら破壊されてもいいです！　あなたにだけは、まっぴらごめんですけど！」

「私は、出来ればあなたを破壊したくない。だから抵抗せずに解体されて」

さすがのティルトアも完全武装のエリザ相手では分が悪い。

それにいくら口では嫌ってみせてもティルトアにエリザを殺すことは出来ない。善人を殺せる残虐性はないからだ。

一方でエリザは、ティルトアに対して手加減も躊躇《ちゅうちょ》もしない。戦闘においてこの意識の差は、致命的である。

リュウジが黙って見ていればエリザがティルトアを確実に解体するか破壊する。

エリザに任せていれば、自分は心を傷つけずに済む——。

「……そんなバカな話があるか」

リュウジは、拳銃とナイフを同時に抜き放ち、ＡＦＣ《アンチ・フェアリー・コンバット》セカンドの構えを取る。

銃口が狙うのは、エリザ・ウィンターだ。この行為にティルトアは、目を丸くしていた。

「マスター!?」

ティルトアは、リュウジがエリザに銃を向けるとは、想像していなかったらしい。

一方のエリザは、リュウジの行動を予測していたのか、まったく驚いていなかった。むしろ余裕のある態度で、リュウジのことを脅威として認識していないかのようだ。

圧倒的な強者の佇《たたず》まいに怯《ひる》みそうになるが、ここで引いたら負ける。

リュウジは、己を鼓舞するため大きく一歩踏み込み、エリザとの間合いを詰めた。

「約束したはずです。〝アリシア・シンドローム〟を終わらせてティルトアを解体するのは俺の役目です。彼女は真実を解き明かす鍵だ。今解体するわけにはいかない」

「リュウジ君。あなたは〝アリシア・シンドローム〟を言い訳に使っているだけよ。ティルトアを解体しない理由にね」

エリザの言葉が心に深々と突き刺さる。まるで氷の短剣で貫かれたような気分だ。

ティルトアは絶対に解体する。そう反論したいのに言葉が出てこない。

「あなたは、自分の心から目を背けているだけよ。自分の本心に向き合いなさい。本当は、ティルトアを解体したくない。だから適当な理由を見つけて飛びついているだけよ」

自分の心は、分かっている。ティルトアの解体は、自分の義務だと本心から思っている。

覚悟は変わっていないはずなのに、何故《なぜ》こんなに心を揺さぶられる？

だめだ。ここで動揺を見せたら負ける。リュウジは拳銃のグリップを強く握りしめた。

「〝アリシア・シンドローム〟で多くの人が犠牲になったんです。今すぐ終わらせないと！」

「〝アリシア・シンドローム〟の根絶は、妖精職人《フェアリーマイスター》の急務よ。でも人を殺したフェアリーメイドを野放しには出来ないわ。それにあなた……私に隠し事してるでしょ？」

たしかにエリザには、妖精の神樹の樹液と女王アリシアの関係についての情報を伏せている。ティルトアの記憶がなくても女王のマナに辿り着けるかもしれないからだ。

こちらの意図は見抜かれている。隠したところで意味はない。しかし無駄と知りながらも、せめてもの抵抗として沈黙で答えた。

「リュウジ君。ティルトアなしでも女王アリシアのマナに辿り着けるなら、彼女を解体しない理由はないわ。彼女を渡して」

「……ティルトアは、俺のフェアリーメイドです。あんたの手で決着はつけさせない」

「お互い譲れないならやるべきことは一つだけね。全力でティルトアを守りなさい」

全力で守れ。その言葉に秘められたエリザの真意をリュウジは察した。

「ティルトアの解体を止めたければ、あんたをぶっ飛ばせってことか？」

「あなたがこれからしようとしていることは重罪よ。人を殺したフェアリーメイドを連れて逃げたら何十年も刑務所で過ごすことになる。力ずくでも、そんなことはさせないわ」

「俺を倒してでも、あんたがティルトアを解体するってわけだな」

「なんなら二対一でもいいわよ」

挑発的なエリザの態度に、ティルトアがリュウジの隣に立ち、両拳を固めた。

すぐさまリュウジは、視線でティルトアを制止する。

「ティルトア、挑発に乗るなよ。先生にお前を破壊する口実を与えるだけだ」

「でもマスター！」

「いいから動くな。俺がやる」

リュウジは、拳銃とナイフをホルスターと鞘《さや》にしまった。

これはさすがに予想外だったのか、エリザの左の眉尻がぴくりと跳ねた。

「どういうつもりかしら？」

「あんたを殺すつもりはない。あんたも俺を殺すつもりはない。武器はいらないだろ」

「素手で私を制圧出来ると？」

「さぁね。試してみるさ」

奥歯をギッ！　と噛《か》み締めてリュウジはエリザの懐へ踏み込んだ。

ＡＦＣ《アンチ・フェアリー・コンバット》の使い手が接近戦をする場合、フェアリーメイド相手ならＡＦＣ《アンチ・フェアリー・コンバット》ファーストに移行するかナイフファイトに切り替えるかの二択。しかしエリザの相手は人間のリュウジだ。

壊し屋は、武器の携帯と使用を許可されているが、あくまで対フェアリーメイドのためである。人間相手に武器を使って殺傷すれば、一般人と同じく罪に問われる。

エリザの両手は武器で塞がっている。だがリュウジ相手に武器は使えない。

いくらエリザとは言え、リュウジの奇襲を受けて僅かな躊躇が生まれるはずだ。

「甘いわね」

エリザは、拳銃とナイフを宙に放った。思わず空中の拳銃とナイフに視線を奪われる。

相手の虚を突くつもりが、逆に虚を突かれた。攻撃を繰り出すのが数瞬遅れる。

この隙を見逃すほど、エリザは甘くない。閃光《せんこう》のような左ジャブがリュウジの顔面を弾《はじ》いた。スナップが利いた切れる打撃で、眼球の中で無数の星がちかちかと輝いた。

次弾を防ごうと両腕のガードを上げるも、エリザの右拳がガードの隙間を縫って滑り込んでくる。女性の体格からは想像も出来ない破壊力が顔面を貫いた。

熟練の技と天才的な体重移動によって繰り出される打撃の重さは、男性プロボクサーのチャンピオンに引けを取らない。たった二打で意識の天秤《てんびん》が揺らぎ、後方へ退いてしまう。

エリザは、空中の拳銃とナイフをキャッチ。それぞれを懐のショルダーホルスターと左太腿《ふともも》の鞘に納め、両拳を構えた。

武器を回収して徒手空拳へシフト。さすが先生と賞賛したくなるが、今の彼女は敵だ。このまま手も足も出せずに制圧されるわけにはいかない。エリザの顔面目掛けて左の拳を繰り出した。

常人であれば知覚困難な一打をエリザは片手でいなしてくる。流水のようになめらかな動作でエリザの手がリュウジの左手首を摑《つか》んだ瞬間、肉体から重力が失われる。こちらの打撃の勢いを利用した投げ技だ。浮遊感の直後、背中から床板に叩《たた》きつけられる。

「ぐあっ!?」

咄嗟《とっさ》に受け身を取るも、凄《すさ》まじい衝撃が内臓に浸透して呼吸を阻害する。意識だけは失わない。気絶したら目覚めた時には、ティルトアの残骸を目の当たりにすることになる。

即座にリュウジは、背中を軸にして両足を振りながら回転。回し蹴りを繰り出してエリザを牽制《けんせい》しつつ、回転の勢いを生かして立ち上がった。

「いい動きよ。リュウジ君、腕を上げたわね」

「ぐッ……まだまだこれから！」

苦戦している状況だが、ティルトアは手を出してこない。しかし両の拳を握り締める音がこちらまで聞こえている。

彼女の性格を考えるとリュウジがやられている場面を黙って見ているのは耐えがたいはずだ。だが手を出した時点でティルトアの負けだ。フェアリーメイド相手なら、エリザは銃とナイフを使って破壊しにかかる。状況を打破するには、リュウジ単独でエリザを無力化し、ここを脱出しなければならない。

リュウジとエリザの間合いは、お互いに手を伸ばせば届く距離。どんな攻撃を仕掛けるのが最善だろうか。握り拳か開手《ひらて》か。拳打か蹴り技か。打撃か投げか。

いずれにせよ長い攻防をグダグダやっている時間はない。エリザが援軍を呼んでいる可能性も否定出来ないからだ。長期戦は、彼女を利することとなる。

裏を返せばエリザは、リュウジが短期決戦で決着をつけたがっていることを理解している。どっしりと構えて、先にリュウジが手を出すのを待てばいい。カウンター狙いだ。

エリザは、ステップを踏みながら両腕のガードを上げている。鉄壁の防御とステップ回避の両立。防御重視の構えは、やはり自分から仕掛けるつもりはない証拠だ。

ならば相手の思惑通り、こちらから攻める。リュウジは、まっすぐ突っ込んだ。相手の顔面へ狙いを定め、踏み込みと同時に左拳を放つ。

エリザは、リュウジの左拳を右腕のガードで受け止め、即座に反撃の左ストレートを放ってきた。

リュウジはさらに大きく踏み込み、左ストレートを迎え撃つように額から突っ込んだ。

渾身《こんしん》の一打。こちらの意識を刈り取るつもりのカウンター。これを待っていた。

「っ!?」

額と拳が正面衝突し、エリザの顔が苦痛に歪《ゆが》んだ。相手の腕が伸び切る前に自ら突っ込み、打撃の威力を殺しつつ拳にダメージを与える。

だが、切れる打撃相手では威力を軽減して尚《なお》、足に来た。意識を保つのがやっとだ。

しかし策は、成功。エリザは、拳の痛みで怯んでいる。何よりもエリザが左腕を使って脇を開ける――この動作をさせたかった。

リュウジは、素早く右手を繰り出し、エリザの懐に手を入れる。そこにあるのは、エリザの拳銃が納められているショルダーホルスターだ。

ホルスターから拳銃を抜き取ったリュウジは、一歩踏み込んで肩からエリザにぶち当たる。体勢を崩したエリザが尻もちをつくと同時に、奪った拳銃で彼女の額を狙った。

「先生、あんたの――」

「私の負けね」

素直に負けを認めたエリザに面食らった。数瞬困惑した後、彼女の意図を察する。

本気のエリザであれば、こうもあっさり引き下がったりはしない。勿論《もちろん》手加減をしている様子はなかった。今の攻防でリュウジが上を行ったのは、純然たる事実である。

だが、たった一度の攻防を制された程度で諦める精神力では、最強の壊し屋と称される領域には至れない。リュウジの覚悟を認めてくれたからこそ、負けを認めたのだ。

思いに応えなくてはならない。自分の覚悟。果たすべき義務。逃れてはならない責務。

絶対にこの役目から目を背けるな。そう自分に言い聞かせるため、リュウジは言葉にする。

「先生。俺は、ティルトアと一緒に〝アリシア・シンドローム〟を終わらせて、俺の手でティルトアを解体します……それが俺の覚悟です」

リュウジの宣言に、エリザは嘆息してから微笑した。

「いい覚悟ね。けど二度目はないわよ。次に相まみえた時は、絶対に負けないわ。でも尻もちをついた時に腰を痛めたみたいだから少し休むわ……すぐに治るでしょうけどね」

わざとらしい忠告に、笑みが零《こぼ》れそうになる。見逃してくれるのは、一度だけ。これが最初で最後ということ。一度だけでもありがたい。このチャンスは絶対無駄にしない。

リュウジがティルトアの下へ行こうとすると、エリザが「ねぇ」と声を上げた。

「リュウジ君。一つだけ聞かせて。あなたたちは一体どこへ行くの？」

リュウジは、エリザから奪った拳銃を指差した。

「ミスリニウムは、妖精の神樹の樹液とチタンと銀を混ぜて作られる合金です」

リュウジの言わんとすることを理解したのか、エリザは息を呑《の》んだ。

「神樹の樹液は、二百度以上の熱を加えると結晶化する。そして〝アリシア・シンドローム〟で発生する結晶と神樹の樹液から生成される結晶は成分が似ている……まさか」

「そのまさかです。妖精の神樹の近くに女王アリシアの化石が埋まっていたら？　それが妖精の神樹に影響を与えたのなら？　そう、あそこは女王が死んだ場所で女王の化石が発掘された場所なんです。ティルトアの化石もあそこで発掘された。偶然とは思えません」

アーシャは、ティルトアの記憶が鍵になると言っていた。それに加えてバーンズが残した言葉だ。

ティルトアは、全ての真実を知っている。

我々が作ったんじゃない。我々が作られたんだ。

ずっとこの言葉が引っ掛かっている。どうしても狂った男の妄言と切り捨てられない。

「ティルトア。アーバス遺跡へ行くぞ。俺は、そこに全ての答えがある気がするんだ」

「はいマスター！」

リュウジとティルトアは、エリザを残して小屋を出る。

その後ろを物言わぬアリシアのマナがふわりと漂い、ついてきた。

アーバス遺跡は、ケルティギスの西側に位置するフェアメル地方の中央に存在する四方を自然豊かなアーバス山脈に囲まれた広大な森のことだ。

遺跡と言っても何かしらの建造物やその痕跡がそこかしこにあるわけではない。一見しただけでは、多種多様な木々が見渡す限り広がる美しい森にしか見えないだろう。

しかし、この森の地中からは、多くの妖精の化石とマナライトが発掘され、妖精の書いた書物や絵画も多数出土していた。

そのため、かつて妖精の暮らす一大都市が存在したのでは、との見方が有力であった。

現在アーバス遺跡は、ミスリニウムの材料となる妖精の神樹の樹液を保護するため国が管理しており、許可を得ていない者の立ち入りは禁止されている。

しかしアーバス遺跡は広大で、警備体制にはどうしても穴が生じてしまう。その気になれば遺跡への侵入は容易《たやす》い。

警備を避けてアーバス遺跡に入ったリュウジとティルトアとアリシアのマナは、妖精の神樹がある中心地を目指して森の中を進んでいた。周囲にはオークの大木が立ち並び、エルダーの花が季節外れにもかかわらず咲き誇っている。

上空からマナの大流がひときわ濃く垂れこめており、空が蜜色に光っていた。おかげで夜明け前の森を歩くのに、明かりは必要なかった。

もしかしたらこのマナの大流のどこかに、妖精の女王のマナが居るかもしれない。

リュウジたちの少し後ろをついて飛んでいるアリシアのマナは、時折マナの大流を見上げている。マナの大流に興味はあるようだが、恩返しをするまで帰るつもりはないらしい。

彼女にもあまり時間は残されていないが、今は〝アリシア・シンドローム〟が最優先だ。

リュウジは、隣を歩くティルトアをちらりと見た。

「ティルトア。どうだ？」

「多分……ここです……」

森を歩くティルトアの足取りに迷いはない。妖精の頃の記憶が徐々に戻りつつあるのだろうか。そんなことを考えていると、金属質な羽音が近づいてくる。

空を見上げると黒い手紙鳥が降下してきて、リュウジの右肩に止まった。

「先生の手紙鳥？」

くちばしを開いて中から四つ折りの紙片を取り出すと、手紙鳥はすぐに飛び去った。

リュウジは、紙片を開いて内容に目を通す。差出人はエリザだ。

『妖精職人協会《フェアリーマイスターギルド》があなたたちの足取りを掴んだ。間もなくアーバス遺跡に到着する』

エリザは、リュウジたちがここへ来ることを知っているが、彼女が協会《ギルド》に情報を伝えたとは考えづらい。妖精職人協会《フェアリーマイスターギルド》が独自に足取りを掴んだのだろう。

時間がない。リュウジの中で焦燥の火種が燻《くす》ぶりかけた時、ティルトアが足を止めた。

「マスター。着きました」

彼女が見上げているのは、ひときわ巨大なオークである。

他の木々より何十倍も背が高く、雲まで届くのではないかと感じさせる威容だった。

樹皮の至る所から樹液が垂れ、その色はシャボン玉のような構造色である。

これが妖精の神樹。アーバス遺跡を象徴する巨木だ。ティルトアの化石は、この付近で発掘されている。恐らく女王アリシアの化石もこの辺りで発掘されたはずだ。

妖精の神樹を見上げるティルトアの表情は、強張《こわば》っていた。まるで見てはいけないもの、あるいは見たくなかったものを見てしまった時のようである。

「……マスター。調律器を出してください」

「どうして？」

「言葉で説明するよりも見てもらったほうが早いと思います」

ティルトアは、妖精の神樹からリュウジに視線を移して右手を伸ばしてきた。

「調律器で私に触れてください」

リュウジは、ジャケットの左ポケットから調律器を取り出して右手にはめる。

上空のマナの大流からいくつかのマナが下りてきて調律器に宿った。調律器の指先が琥《こ》珀《はくいろ》色の光を放ち、妖精の神樹を照らす。

「行くぞ、ティルトア」

指先からマナの糸が伸び、ティルトアの手に絡んだ瞬間、リュウジの脳内に虹色の光が流れ込んできた。不定形な色とりどりの光は、やがてはっきりとした像を形作っていく。

最初に見えたのは、抜けるような青空と、そこで狂わんばかりに輝いている太陽だ。情け容赦のない陽光が注ぐ地上には、木造の高層建築物がいくつも並んでいた。

建物の表面には、幾何学模様の文様が施されており、街のあちらこちらに結晶の球体が浮いている。結晶の球体は、直径数メートルのものもあれば葡萄《ぶどう》の粒大のものもあった。

『マスター、私の記憶が見えますか?』

ティルトアの声が頭の中に響いた。脳にラジオでも埋め込んだような感覚である。

『あそこを見てください』

映画のカット割りのように、映像の場面が切り替わる。

何千何万という人間たちが大きな木材や石材を運んでいる姿が見えた。男も女もみすぼらしいぼろ布を纏《まと》っている。肌は汗と泥と血に塗《まみ》れ、全員疲弊しきっていた。

そんな彼らの瞳にはっきりと浮かぶ感情がある。高層建築物の中でも一際豪奢《ごうしゃ》な木造の城、その頂上に居る者たちへの憎悪だ。

『これが二千年前の人間です。そして彼らが見ている先に居る者たちが——』

また映像が切り替わる。人間たちが憎悪の目で見上げる城の頂上の様子が映された。そこに居る者たちは銀の杯に入った氷水を嗜《たしな》み、地上で労働する人間たちに侮蔑の眼差《まなざ》しを投げつけている。

彼らは人間によく似ていた。しかし、ある者は背中に虫や鳥のような羽を持ち、ある者は人の数倍の体軀《たいく》を誇り、ある者は黒曜石のように黒い眼球を持っている。

彼らの装束は、白くて長い布を身体《からだ》に巻き付けて帯で縛ったような意匠であり、妖精のマナが纏っているものと似ていた。

『これが妖精です。これが生前の私たちです』

妖精。人類以前の地球の支配者。生きている姿を見るのは初めてだ。

『今マスターが見ているのは、当時の私が見ていた光景です。あちこちに浮いている結晶の球体を介して私が見ていた二千年前の世界です』

人間が妖精に隷属する世界。今の人間とフェアリーメイドとは正反対の立場だ。知識として知ってはいたが、実際目の当たりにするとなんとも言えない気分になる。

『人間は、妖精の奴隷でした。私たち妖精がそのために作り出した存在なんです』

私たち妖精がそのために作り出した存在——。ティルトアの言葉の意味が一瞬分からなかったが、すぐにバーンズの言葉を思い出す。

——わ、我々が作ったんじゃない。我々が作られたんだ……。

文字通りの意味だった。彼の言葉は、妄想などではなかった。

『二千五百年前、ある種類の猿をマナの力で強制的に進化させて作った存在……それが人間なんです』

人間がフェアリーメイドを作ったように妖精が人間を作ったのだ。

隷属させる存在として。己の要求のまま動く奴隷として。

それが人類誕生の真実。バーンズが最期に言い残した世界の真実だ。

にわかには、信じがたい話である。しかしバーンズの言葉だけならまだしも、ティルトアにまでそう言われてしまったら信じる他ない。

彼女の声音にも嘘《うそ》を含んでいる気配はなかった。

どんなに信じがたくても、これが人類という生命の真実なのだ。

『完成するまで、ものすごい数の失敗作が生まれました。その廃棄された失敗作を人間は、原始人とか旧人類と呼んでいます。では人類は、一体誰の指示で作られたのか』

再び場面が切り替わり、今度は少女の姿が映し出された。彼女は、妖精の中でも際立って美しい容姿であり、直視することを躊躇《ためら》わせるほどだ。

榛色《はしばみいろ》の瞳とアッシュブラウンのセミロングの髪が彼女の美貌を一層華やかにしていた。

白い装束には、色とりどりの結晶の飾りが施されている。

少女は、木造の城の頂上に据えられた宝石をちりばめた木製の椅子に座っており、彼女の傍らに多くの妖精がかしずいている。

その中に極彩色の羽を持つ妖精——ベルもおり、少女に対して尊崇の眼差しを向けていた。

『マスター、見えますか？　ベルが見ている少女の姿が』

椅子に座った少女は、妖精の中で誰よりも冷たい目をしており、人間への侮蔑と嘲笑を露《あら》わにしていた。普段見る表情と、あまりに違いすぎて最初は分からなかった。

けれど間違いない。この少女は——。

『今映っているのが私です。ティルトアになる前の私……〝妖精の女王アリシア〟です』

ティルトアが妖精の女王アリシア？

〝アリシア・シンドローム〟の元凶となった者？

様々な真実が濁流のように頭に流れ込んで、リュウジの常識を破壊していく。

そんなことはお構いなしと言わんばかりにティルトアの声が語り続ける。

『私は、私に奉仕する種族が欲しかった。絶対的な忠誠を誓う者が欲しかった。だから作ったんです。二千五百年前、私の命で妖精たちが人間を——』

また場面が切り替わった。満月が見下ろす木造の街のあちらこちらで、火の手が上がっている。

炎に照らされて街一帯が昼間のように明るかった。燃え盛る街の中を妖精たちが逃げ惑っている。彼らを追いかけるのは、血走った目をした人間たちであった。

農具や木材や石ころなどの簡素な武器で、次々に妖精たちを殴殺していく。

『奴隷の扱いに耐えかねて、人間たちは反乱を起こしたんです。妖精は、自分たちの代わりに労働させるため際限なく人間を繁殖させて増やし続けた。人間を尊重せず、奴隷……いいえ、道具としてしか見ていなかった。その結果がこれです。マスターが以前言っていましたね。生命を完全に制御しようなんておこがましいって』

生命を制御しようとするのは、おこがましい行いである。

リュウジは、父の言葉や両親を亡くした経験、壊し屋という仕事を通してそれを学んだ。

『その通りです。私たちも同じだったんですよ。人間を……生命の力を甘く見ていた』

街が炎に飲み込まれていく。人間たちが嬉々《きき》として妖精をなぶり殺しにしていく。

追い詰められた妖精たちが燃え盛る城になだれ込んできた。

彼らを追って人間たちが次々に城へ攻め入ってくる。

城へ逃げ込んだ妖精たちが口々に女王の名を呼び、助けを乞うた。

『たくさんの民が私に助けを求めました。私は、民を助けようとしたけれど……』

ティルトアが助けの手を伸ばすより速く、人間たちが情け容赦なく妖精たちを血祭りに上げていく。その様を見せつけられたティルトアは、憤怒の雄叫《おたけ》びを上げた。

『私は、戦いました。人間の反乱を許せなかった。私に楯突《たてつ》くなんて……人間如《ごと》きが！』

ティルトアは、両手に結晶の剣を握り、襲い来る人間を迎え撃った。結晶の剣が翻る度、人間たちが両断されていく。

しかし人間たちは、進撃をやめない。自分が死んでも次の誰かが居る。恐れずに進み続ければ必ず自由を勝ち取れる。そう信じて前に進んでいるように見えた。

『人間は、私が思うよりもずっと強かった。そして――』

ティルトアの眼前で銀色の光が走り、結晶の剣を持つ左腕が宙へと舞った。人間の男の振るった斧《おの》がティルトアの左腕を切り飛ばしたのだ。

これを好機と見たのか、多くの人間たちがティルトアに襲い掛かった。木材を振り上げ、農具を突き刺し、石で殴りつけ、飛び散る鮮血でティルトアの視界が真っ赤に染まった。

『これが妖精の文明の終わりと人間の文明の始まりです』

脳内に流れていた映像が暗転して、突然妖精の神樹と森の木々が視界に飛び込んできた。

リュウジは、唐突な変化に戸惑いながら周囲の様子を確認する。怒れる人間も妖精の亡《な》骸《がら》もない。ここに居るのは、リュウジとティルトアとアリシアのマナだけである。

ティルトアの――否、妖精の女王の記憶を巡る旅から現代のアーバス遺跡へ帰還したようだ。既に地平線から夜明けの太陽が顔を覗《のぞ》かせている。かなりの時間が経過したらしい。

「今のは……うっ！」

頭がくらくらしてふらつくと、アリシアのマナが心配そうに顔を覗き込んでくる。

大丈夫だと言ってやりたいが、生憎《あいにく》と格好をつけられる状態ではない。

「俺たちが……妖精に作られた？」

猿から進化して人類が生まれた。これまでその学説が真実だと信じられてきた。

まさか人類が妖精によって作られた奉仕種族だとは想像していなかった。

これが二千五百年問題の答えだ。

妖精たちが人間を支配して二千五百年前以前の人類文明の痕跡を消したのではない。

人類は妖精の被造物だから、そんなものは初めからなかったのだ。これを知ったら生物学者・歴史学者・考古学者——あらゆる分野の学者が卒倒するのは間違いない。

だが今のリュウジには、人類誕生と二千五百年問題の真実はどうでもよかった。

「ティルトア、お前が……妖精の女王アリシアなのか？　それなら……お前が女王なら……〝アリシア・シンドローム〟は、お前の意思で生まれたのか？」

リュウジの問いに、ティルトアは首を激しく横に振った。

「ち、違います！　切断された左腕が独り歩きしたんです！」

「どういう意味だ？」

「あれは、私が人間に強い憎悪を抱いている時に私から切り離されました！　その時の憎悪や記憶が染みついた骨だから私の意思とは関係なく勝手に動いてて!!　私、今記憶を取り戻すまで自分にそんな力があるなんて全然そんなの……」

左腕に宿った憎悪と記憶がティルトアの意思とは関係なく、〝アリシア・シンドローム〟を引き起こした。骨に残された女王の残留思念がアリシアの名前を呼ばれ続けることで暴走した。つまり女王アリシアの意思が故意に起こした行為ではなく、偶発的な事故だった。

これは、女王アリシアのマナが故意に〝アリシア・シンドローム〟を引き起こしたとするリュウジの仮説とは異なっている。しかしティルトアの主張に嘘は感じられない。

彼女とは長い付き合いだから顔を見れば本心か嘘か分かる。

ティルトアは、嘘をついていない。それがリュウジの出した結論だった。

「……分かった。信じるよ」

「でもきっと私のせいなんですね……〝アリシア・シンドローム〟が生まれたのは私の……」

ティルトアは、今にも泣き出しそうな顔をして震えている。その震えを抑えるように、両腕で自分の肩を抱きしめた。

「八年前、どうしてマスターの作ったアリシアが最初に発症したのか。その理由も……多分……」

「……ああ、俺もずっと理由を考えていた。今なら分かるよ。お前の左腕の化石の一部がアリシアに混入した。しかも女王であるお前が傍《そば》に居た。だから〝アリシア・シンドローム〟を発症した。お前が近くにずっといたから化石の残留思念が反応したんだ」

妖精の女王の左腕の骨の一部を持つアリシアと、妖精の女王のマナと左腕以外の骨を使って作られたティルトア。二人が一年間近く一緒に居ることで、アリシアに使われた左腕の骨の一部が女王本体のティルトアと共鳴したのだろう。

「お前が左腕を切り落とされた時に抱いていた憎悪。記憶。そして女王の持つ結晶を操る力……左腕の骨に秘められたそれらが、女王であるお前自身が傍に居たことに加え、女王だった頃の名前を呼ばれ続けたことで覚醒、暴走したものが〝アリシア・シンドローム〟だ」

これが〝アリシア・シンドローム〟の真実ならば、他の疑問も解消することが出来る。

「今年〝アリシア・シンドローム〟の発症が連続したのは、お前が寿命を迎えて徐々に妖精化する過程で女王としての力が覚醒しつつあったからだ。アーシャの症状が急変したのも、お前が近くに居たからかもしれない。バーンズの結晶がお前を避けたのも、お前が女王本体だからだ」

ティルトアの寿命が迫って妖精に近づくことで女王としての力が強まり、離れた場所にある化石への影響力が増した。だから今年に入ってから〝アリシア・シンドローム〟の発症が連続したのだろう。

アーシャの場合も〝アリシア・シンドローム〟を発症したアーシャに、女王本体であるティルトアが接近。それが原因で結晶の侵食速度が飛躍的に速まったのだ。

ティルトアと近い距離で話していた時、急速に妖精化したのもこの仮説の裏づけとなる。

バーンズの結晶攻撃がティルトアを避けたのも、彼女が女王アリシアである証拠だ。

女王の化石の一部から生じた力が本体のティルトアを傷つけられるはずがない。だから結晶は、ティルトアを避けたのだ。

一連のことを考えると、たしかにティルトアの存在が〝アリシア・シンドローム〟の原因と言える。だがティルトアが望んでそうしたわけではない。不幸な偶然が重なったせいだ。こうして真実を知っても、リュウジはティルトアを糾弾したいとは思わなかった。

「だけどなティルトア。それはお前の意思じゃない。お前には女王としての記憶がなかった。発症したフェアリーメイドたちやバーンズに流れ込んだのは、左腕の骨の記憶なんだ。〝アリシア・シンドローム〟はお前が起こそうとして起きたことじゃない。偶然が重なったせいだ」

「でも今私の中には、私が二人います！　人間が憎くて仕方ない女王アリシアと！　あなたを大好きで誰より愛しているティルトアの二人が居る！　どっちが本当の私かもう分かりません っ!!　教えてマスター!!　私は、どっちなんですか!?」

怒声を発したティルトアが右足で地団太を踏むと、足元に結晶が湧いた。これは、バーンズが屋敷で見せた技だ。

ティルトアは、自分の足元の結晶を見つめて呆然《ぼうぜん》としている。

アリシアのマナは、怯《おび》えてリュウジの背後に隠れた。

咄嗟《とっさ》にリュウジも右手をショルダーホルスターへ、左手を腰のナイフの鞘《さや》へ伸ばす。

「っ!?」

すぐさま自分の行為を自覚して、リュウジは戸惑った。無意識の内に臨戦態勢を取ろうと、ティルトアに銃を向けようとした。

「……マスター、私が怖いですか?」

ティルトアが絶望に支配されているのが一目で理解出来た。大好きなマスターが自分に銃を向けようとしている。絶望させて当然の行いだ。

「違う。俺は――」

「たしかにそうかもですね……」

自嘲したティルトアが左足を一歩前に出した。踏みしめた地面から結晶が湧く。まるで真冬に霜が出来る光景を映画の早回しで見るかのようだ。

「記憶を取り戻した今、左腕の骨は私の制御下です。私の意のままに操れるんです」

そう語るティルトアの姿に、違和感を覚えた。まるで姿形の似た別人を前にしたような感覚。目の前に居る女性が、本当にあのティルトアかと疑いたくなる。

ティルトアに対して、こんな気持ちを抱いたのは初めてだった。

「今の私ならこの世界を変えることも、滅ぼすことも出来るかもしれませんね」

またただ。目の前に居るものが、いつものティルトアではないような気にさせられる。女王アリシアとしての記憶が蘇《よみがえ》った影響なのか。

もしティルトアの人格が女王に上書きされたのなら、人類に牙を剝《む》く可能性も否定は出来ない。

「ティルトア。リュウジは、腰の鞘に差したナイフの柄を左手で強く握った。

「ティルトア。いつか言ったみたいに、本当に世界征服でもするつもりか？」

「不可能ではないでしょうね。私の左腕の骨の粉末は、何度も何度もリサイクルされて多くのフェアリーメイドに使用されました。その子たちは人間から酷《ひど》い扱いを受けています」

ティルトアが右手をリュウジに向ける。掌《てのひら》に結晶が生じて花のように咲いた。

「その間たくさんの憎悪を……穢《けが》れを抱えているんです。その穢れを糧に、私の骨が他の骨を侵食したら？」

ありえない話じゃない。バーンズの屋敷もフェアリーメイドだけでなく、屋敷全体が結晶に侵食されていた。女王の化石が混入した個体に同様の侵食現象が起きていたら――。

「お前の左腕の骨が混入した人工骨格と核《コア》が全てお前の骨と同質の存在になるのか？」

ティルトアは、微笑《ほほえ》みながら右手の結晶の花を握り潰した。

「そうなったフェアリーメイドも寿命を迎えて廃棄されます。私の骨と同化した核《コア》と人工骨格がまた粉末に加工されて、別の核《コア》や人工骨格と混ざり合って再加工されます」

ゆっくり手を開くと、手中の結晶の破片がはらはらと地面に落ちた。

「私の骨が、〝アリシア・シンドローム〟の種が世界中に拡散しているんです。その気になれば世界中のフェアリーメイドを蜂起させることだって出来ます」

「人間が抵抗しないわけがないだろっ!! 人間と妖精の全面戦争になるぞ!」

「でも戦況はこちらに優位です。だって世界中の人間がフェアリーメイドの一斉蜂起なんて予想出来ませんから」

ティルトアの言うことは正しい。各国の首脳陣や政治家に官僚。多くの人間の傍にフェアリーメイドが居る。彼らを標的にした奇襲は、ほぼ確実に成功するだろう。

今のティルトアならそういうことをやりかねない。そう思わせる冷たい気配があった。

「ティルトア! 人類を倒してもう一度世界の支配者になる、それがお前の望みか!? 戦争になればリンやマークだって無事じゃすまないんだぞ!」

リュウジが声を荒らげると、ティルトアは顔をぐしゃぐしゃに歪《ゆが》めた。

「分かってますよ!! あの二人は好きだけど……でもやっぱり人間なんか大嫌いですっ！私たち種族を終わらせた……私たちを根絶やしにした……今じゃ私たちを奴隷として使っている!!」

ティルトアがゆっくりと近づいてくる。一歩踏み出す度、足元の地面に結晶が咲き乱れた。

どっちだ？　今の彼女はティルトアか？　それとも女王アリシアか？

リュウジは、ショルダーホルスターに差した拳銃のグリップを右手で握り締める。

「でも……でもね？」

ティルトアが立ち止まり、まっすぐにリュウジを見つめた。この世のどんな宝石よりも美しい榛色《はしばみいろ》の瞳が涙で星空のように輝いている。

「あなたを思う気持ちだけは変わらなかった！　女王としての記憶が戻ってもあなたが大好きなんですっ！　心の底からあなたを愛しています！　だけど……だけど!!」

感情の高ぶりに呼応するように、ティルトアの両足から結晶が地面に広がっていく。

「人間を支配して女王に返り咲きたい自分が居るし、でもそんなことしちゃいけないって自分も居る！　人間が憎くて憎くて仕方ないのに、あなたを愛している自分が居るっ！　あなたと一緒に世界を支配したい自分といつも通りの日常を過ごしたい自分が居る……」

誰よりも優しい心を持った女の子か。誰よりも強い力を持った女王か。

「マスターと一緒にココアを美味《おい》しいねって飲んでるだけで幸せな自分が居るんです……」

相反する二つの自分。どちらであるべきなのかティルトアは揺れている。

「どっちが本当の自分か分からない！　だからマスター！　どっちの私がいいのか、あなたが決めてください!!　私はあなたの望んだ私になりますっ!　あなたの望み通りにしますから!!」

「そんなの分かってるだろ!?　俺がお前に世界を滅ぼせと言うわけがないッ!!」

「でも!　そうしたらテツジさんの夢も実現出来ます!!」

「親父《おやじ》の……夢?」

「私はフェアリーメイドを一斉蜂起させられます。人間の世界を掌握して、人間と妖精が対等の世界を作ることも出来ます。もしもマスターが望むなら世界中のフェアリーメイドを私の力で自壊させてフェアリーメイドの居ない世界を作ることだって!」

「だから俺が望むわけがないだろ、そんなこと!　俺は〝アリシア・シンドローム〟を終わらせるためにここに来たんだ!!　世界を支配するためでも世界を壊すためでもない!」

たしかにフェアリーメイドなんかなくなればいいと思ってきた。だが人間社会を支える礎が一気になくなれば、必ず世界中に大混乱をもたらす。そんなことは望んでいない。

テツジが夢見た妖精と人間が対等な社会にしてもそうだ。テツジが成そうとしたのは、力による一方的な改革ではなかった。力によって変更された世界に対等なんてない。

「ティルトア!　力で人間をねじ伏せようとしても二千年前の再現になるだけだ!!　人間は、また必ずお前たちを滅ぼそうとする!　同じことを何度も繰り返す気か!?」

「だったら別の選択肢にしますか?」

ティルトアは、右手の人差し指で自分の胸を指さした。

「最後の一つは、あなたが私を破壊すること」

「お前、自分が何を言ってるのか――」

「私が居る限り、世界を滅ぼすスイッチが私の手の中にあり続けるんです。私の気まぐれで世界を滅ぼせる状況が、私が居る限り続くんです」

破壊という言葉を使ったのは意図的だ。ティルトアを解体してマナを解放しても女王の記憶は消滅しない。確実な安全を得るには、女王の記憶を放置出来ないということ。

さぁ撃ってください。とでも言わんばかりに、ティルトアは両腕を大きく広げた。

「人類を救いたいなら！〝アリシア・シンドローム〟を終わらせたいなら!!　私をここで破壊してください！　核《コア》を撃ってマナを壊して……女王アリシアの自我を完全に破壊してください!!　あなたが選んで。私は、あなたに従います。だってあなたは、私のマスター。私は、あなたのフェアリーメイド。あなたのために世界を壊せるし、あなたのために全てを捧《ささ》げます。あなたは妖精職人《フェアリーマイスター》。妖精を作る人。だから私の心も作ってください。あなたの望む形に」

世界を壊すこと、自分が壊されること、リュウジが選んだほうへティルトアは傾く。

女王の人格と記憶が蘇ったティルトアを放置すれば、いずれは人類を滅ぼすかもしれない。人類を守るための最善策は、ティルトアの核《コア》を破壊することだ。

しかし核《コア》を破壊すれば彼女の自我は崩壊する。それはティルトアにとっての死だ。

「命じてくだされば自分で終わらせます。ティルトア、お前はもういらないって」

甘く微笑むティルトアの右手から結晶が生じ、瞬く間に両刃の短剣を形作る。結晶の短剣を逆手に持ち、ティルトアは自身の胸に突き立てようとした。

「やめろ！」

リュウジは拳銃のグリップを握っていた右手を伸ばし、短剣を持つティルトアの右腕を摑《つか》んだ。

「マスター」

甘ったるい声を出しながらティルトアが妖艶な笑みを浮かべた。

「解体しても私の女王の記憶と人格はそのままです。それがどれだけ危険なことか分かりますよね？　世界を確実に救いたいなら私を破壊してください。あなたと一緒に世界を変えるか。あなたに壊してもらってあなたの心に一生の傷として残るか。選んで？」

人類を犠牲には出来ないが、破壊は解体とわけが違う。

たしかに世界を守ることを考えたら、ティルトアを殺すべきなのだろう。

〝アリシア・シンドローム〟を終わらせるためにも、それが最善なのかもしれない。

でもティルトアを犠牲にしたくない。リュウジにとってティルトアは特別だ。

たとえ世界のためだとしても、自分に課した使命を果たすためであっても、破壊という

手段は選びたくない。そんな決断は出来ない。たまらずリュウジは、奥歯を噛《か》み締める。

「ねぇマスター。あなたの望みは、なんですか？」

「俺の……望みは……」

　生まれた時からずっと一緒に居てくれた。たくさんの愛を注いでくれた。多くのものを与えてくれた。リュウジにとって、ティルトアはこの世界で一番――。

「ティルトア動くな！」

　野太い男の声が響き、木々の陰から十数人が一斉に姿を現した。全員が野戦服を身に纏《まと》い、自動小銃・散弾銃・軽機関銃などで武装している。妖精職人協会《フェアリーマイスターギルド》の壊し屋部隊だ。

　彼らは、獣のような俊敏な動きで、リュウジとティルトアを瞬く間に包囲する。

「リュウジ君。ご苦労様」

　野戦服を着たエリザ・ウィンターが散弾銃を構えてティルトアの後方に立っている。

　エリザの気配を全く感じなかった。他の壊し屋部隊の面々もそうだ。これだけの重装備で物音一つ立てずに接近するとは、妖精職人協会《フェアリーマイスターギルド》は精鋭中の精鋭を集めたらしい。

「作戦通りね、リュウジ君」

　作戦通り――エリザの言葉の意味をリュウジは即座に察した。

　これはエリザが描いたカバーストーリーだ。

　恐らく彼女は、リュウジとティルトアがアーバス遺跡に行くことを妖精職人協会《フェアリーマイスターギルド》に報告していない。妖精職人協会《フェアリーマイスターギルド》は、独自にこちらの足取りを摑んでいるはずだ。

妖精職人協会《フェアリーマイスターギルド》が動いていなければ、エリザは、リュウジとティルトアに事態の収拾を任せていただろう。だが、こうなってしまった以上、エリザに静観は許されなくなった。

そこで彼女は、リュウジを守るための計画を急遽《きゅうきょ》練り上げたのだ。

昨日エリザは、リュウジの病室を訪れている。恐らくその時に二人で作戦を立てたことにしたのだろう。あえてティルトアを泳がせて〝アリシア・シンドローム〟の真相解明に利用しつつ、機会を見計らって破壊する。きっとそんな作戦だ。

あの時病室には、リュウジとエリザとアリシアのマナしか居なかった。

しかも今のアリシアのマナは、まともに言葉を発せない。

どんな会話がされたのかを知る者は、リュウジとエリザの二人しか居ないのだ。

秘密の工房でエリザがリュウジに負けたことも、ティルトアを信用させる芝居だったと言えばいい。妖精職人協会《フェアリーマイスターギルド》もエリザ・ウィンターの言葉なら信じるだろう。

エリザは、ティルトアを犠牲にしてリュウジを救うつもりだ。

このままエリザの思惑通りに動くわけにはいかない。

否定しようとした瞬間、ティルトアは、リュウジが摑んでいる右腕を強引に振り解《ほど》いた。

「……マスター。私を騙《だま》したんですね？」

ティルトアは、怒りを露《あら》わにして右手の短剣を握り潰した。

「ひどいよ……あなたを愛してるのに……」

二十一年間ずっと一緒に居たから分かる。偽りの怒りだ。少なくともリュウジに対しては、微塵《みじん》も怒ってなんかいない。

「一緒に……世界を……変えるって言ったのに……」

これはティルトアの策だ。エリザがそうしたようにカバーストーリーを紡いでいる。世界中のフェアリーメイドを掌握していたとしてもティルトア自身が包囲されてしまえば意味はない。彼女がフェアリーメイドを蜂起させる前に破壊すればいいからだ。

この状況に陥った時点でティルトアに世界を支配する選択肢はなくなった。

だから別の策を選んだ。あえてエリザの思惑通りに動いて悪役を演じるつもりだ。

「全部嘘《うそ》だったんですね!? 私を騙したんですねっ!? 絶対許さない!!」

自分を殺させてリュウジを英雄に仕立て上げつつ、心の中の傷として永遠に残ること。

そして女王アリシアの人格が混ざっている今のティルトアは――。

「みんな死んじゃえ」

リュウジの命以外は、ゴミのようにしか思っていない。

「ティルトアやめろッ!!」

リュウジが拳銃とナイフを引き抜くと、地面から結晶の槍《やり》が飛び出した。

驚異的な速度で射出された数百の結晶が四方八方に伸びて、木々を薙《な》ぎ倒しながら森を埋め尽くしていく。倒木の音に紛れて悲鳴が響き、夜明けの光の中で血の雫《しずく》が躍った。

「せ、先生!?」

ティルトアが生じさせた数百に及ぶ結晶の槍がエリザと壊し屋部隊の隊員たちを貫いていた。

「リ……リュウジ君……」

世界最強の壊し屋と彼女が率いる部隊があっさり制圧された。

女王の結晶は、世界最高峰の達人の反射神経を容易《たやす》く凌駕《りょうが》したのだ。

身体《からだ》の複数ヶ所を結晶の槍で射抜かれたエリザたちは、一見すると致命傷だ。だがリュウジは、あることに気づいた。全員負傷しているのは、手足や肩のみで急所を外れている。

「まだうまく制御出来ませんね。殺しきれませんでした」

ティルトアは、ぼやきながらも愉悦の笑みを浮かべている。

違う。制御出来ないわけがない。まずリュウジは無傷だ。かすり傷一つ負っていない。

さらに全員の急所を外した攻撃。結晶を制御出来ている証《あかし》である。

ティルトアは、わざとエリザたちを殺さなかったのだ。

リュウジは、顔の前で斜めに銃を構えるA F C《アンチ・フェアリー・コンバット》セカンドの構えでティルトアを狙った。

「やめろティルトア！　全員解放しろ！」

「いやです。せっかく私の結晶で彩ってあげたのに……でもまだ美しさが足りないかな」

ティルトアは、微笑《ほほえ》みを湛《たた》えてエリザを指差した。

その笑みを見た瞬間、リュウジの背筋に怖気《おぞけ》が走る。

「もっと綺麗《きれい》に飾らなくちゃ」

地面から細い結晶が飛び出し、エリザの喉元に迫る。この軌道は、急所に直撃してしまう。だがさっきの攻撃より遅い。結晶の先端を狙ってリュウジは、トリガーを引いた。

弾丸が結晶の槍よりも速く飛翔《ひしょう》し、エリザの喉に触れる直前で槍の先端を破砕する。

ティルトアは、わざとらしく溜息《ためいき》をついた。

「邪魔しないでください。あの女がそんなに好きですか?」

エリザの急所を狙った攻撃から、リュウジはティルトアの真意を悟る。もしリュウジが迎撃しなければ、今の攻撃でエリザが死んでも構わない、そう思っていたはずだ。

ティルトアがあえて初撃でエリザたちを殺さなかった理由は、単なる手加減ではない。彼らは人質であり、目撃者だ。リュウジを戦わざるを得ない状況に追い込むための道具として使っている。しかもリュウジが迎撃出来るギリギリの速度で攻撃しているのだ。

壊し屋部隊の視点では、リュウジが彼らを守るために戦っているようにしか見えない。

リュウジもティルトアから彼らの命を守るためには、全力で戦うしかない。

ティルトアがリュウジを見つめてくる。リュウジが手を抜くならここに居る全員が死んでもいい。そんな強い意志が榛色《はしばみいろ》の瞳から伝わってきた。

「そんなに大事なら、せいぜい全力で守ってください」

ティルトアが左手を掲げると、地面から数十本の結晶が飛び出した。それぞれが節を持ち、蛇のように蠢《うごめ》いている結晶の触手だ。

「守り切れますか？　あの人間たちを」

ティルトアは、左手の人差し指を突き出して親指を立てた。手で拳銃の形を作っている。

「貫け」

ティルトアの号令と共に、触手の群れがエリザたち壊し屋部隊に襲い掛かった。

リュウジは結晶の触手を狙い、撃ち落としていく。だが一本撃墜しても新しい一本が飛び出してくる。弾をリロードして迎撃に努めるも、触手の勢いは収まらない。

この調子だと、すぐに弾切れになる。唯一の打開策はティルトアと戦うこと。それしかない。あとは覚悟を決めるだけ。それだけでいい。

銃口を向けろ。ティルトアを狙え。トリガーに指をかけろ。

指が鉄になったみたいに動かない。それでも引け！　引け！　引け！

全力で人差し指を折り曲げて、リュウジはトリガーに指をかけた。

「これ以上、人間を殺すな!!」

放たれた弾丸は、ティルトアの左肩を目指して突撃した。着弾間近、地面から飛び出た結晶がティルトアを取り囲み、盾となる。弾は結晶に阻まれ、火花を散らして砕け散った。着弾点には、ひび割れ一つ出来ていない。これまで使われた結晶とは強度が比較にならないようだ。九ミリ対妖精強装弾《マナライトマグナム》で貫くのは不可能である。

しかも結晶の増殖が止まらない。ティルトアを中心として次々にそびえる結晶は、まるで城壁みたいだ。さらには結晶の触手が数十本、結晶の城壁から伸びてきている。

攻防一体で隙がない。手持ちの装備で突破出来るのは、一発限りの切り札《ハニーバレット》だけだ。

ハニーバレットは使いたくない。威力があまりに強すぎる。結晶の城壁を破壊するだけにとどまらずティルトアまで傷つけてしまう可能性が高い。

恐らくティルトアも、それは分かっている。ハニーバレットを使うしかない状況に追い込んで自分を殺させるつもりだ。

ティルトアの策略は見抜けるのに、抗《あらが》う方法が思いつかない。

結晶の触手の先端が結晶の槍で拘束されたエリザたちに向けられる。ティルトアは躊躇《ちゅうちょ》しない。彼らを本気で殺しに来る。ティルトアを止めるためには、彼女を殺すしかない。

ティルトアか。エリザと仲間か。突きつけられた二択――リュウジは選択した。

「くそったれ！」

愛用の拳銃からマガジンをリリース。スライドを引いて薬室の弾丸を排出した。

ナイフを持ったままの左手でジャケットの内ポケットからハニーバレットを取り出し、

空っぽの薬室に装填する。

あの結晶の城壁を粉みじんに撃ち砕け。そう念じながらトリガーを引いた。

撃鉄が落ちると同時に、琥珀色《こはくいろ》の輝きと甘い蜜の香りが銃口から溢《あふ》れ出す。するとリュウジの背後に控えていたアリシアのマナが桃色の光に姿を変えて銃口に飛び込んだ。

「アリシア!?」

アリシアのマナに続いてマナの大流から蜜の匂いに誘われた数多《あまた》のマナが銃口へ集まってくる。想定していなかった事態に戸惑うが、ここはアリシアのマナを信頼するしかない。

「……アリシア！　ティルトアを頼むぞ!!」

膨大なマナが銃口の先端で圧縮され、轟音《ごうおん》と共に破壊の閃光《せんこう》が放たれた。

眩《まばゆ》い光の砲撃が結晶を打ち据え、直撃を受けた箇所に巨大な亀裂が走った。一帯にガラスを砕いたような大音響が響き渡って結晶全体に亀裂が広がっていく。

女王の生み出した結晶の城壁をもってしても荒れ狂う破壊の光を押し止《とど》めることはかなわない。まるで飴細工《あめざいく》であるかのように結晶の城壁が撃ち砕かれた。

エリザたちを貫く結晶の槍も城壁の崩壊に合わせ、次々に砕け散っていく。解放されたエリザたちは、支えを失ったことで転がるように地面に倒れた。

結晶を粉砕し、役目を終えた光の奔流が次第に収束していく。一筋の光は散り散りになり、いくつもの光の粒に分かれた。

地上が光で埋め尽くされて、宙から細かい結晶の破片が雪のように注いで輝いている。波打つ蜜色の光を反射して結晶が煌《きら》めく光景は、まるで極光《オーロラ》の中に居るかのようだ。

やがて光の粒たちがマナとしての姿を取り戻していく。地上に揺蕩《たゆた》う膨大な数のマナが一つまた一つと空へ昇っていった。リュウジは、その中にアリシアのマナの姿を見た。

「……ありがとうアリシア」

地上を支配していたマナの群れが居なくなり、着弾点の様子が露わになる。

紫色の蜜に塗《まみ》れた傷だらけのティルトアが地面に横たわっていた。

「ティルトア！」

リュウジは、拳銃を投げ捨ててティルトアへ駆け寄った。

ティルトアを抱き起こした瞬間、凄《すさ》まじい腐敗臭に思わず顔を背けそうになる。

全身の皮膚の至る所が焼け爛《ただ》れ、裂けている。傷口からは止めどなく腐敗したコーディアルブラッドが溢れていた。相当のダメージだが、けれど致命傷ではない。

アリシアのマナがうまくやってくれた。今すぐに修理すればまだ――。

「くそっ……」

もう修理出来る状態じゃないのは明らかだ。コーディアルブラッドの腐敗がここまで進んでいるならマナの穢《けが》れは相当のものだ。損傷も考慮すれば即刻解体したほうがいい。

これ以上、フェアリーメイドに縛りつけてもティルトアを苦しめるだけだ。

やるべき時が来たのだ。自分でやると決めたのだ。今からリュウジはティルトアを解体しなくてはいけない。自分を命がけで庇《かば》ってくれた大切な相棒《パートナー》を。

唇を嚙《か》み締めながらリュウジは、抱きしめていたティルトアを地面に寝かせた。

右手にはめたままになっていた調律器を起動しようとした瞬間、ティルトアの両手がリュウジの頬に伸びてくる。

「マスター……」

ティルトアの両手がリュウジの頬を撫《な》でようとした寸前で動きを止めた。

「ティルトア？」

名前を呼んだ瞬間、ティルトアの両手がリュウジの首に摑《つか》みかかった。気道と頸動脈《けいどうみやく》を圧迫されて呼吸と血流が寸断される。振り解《ほど》こうとするもびくともしない。

「ティル……トア！」

首を絞める両手の力がどんどん増していく。窒息どころか、首の骨を砕かれかねない。

だがティルトアから殺意は感じない。あくまで悪役を全うしようとしているだけだ。

ティルトアは、リュウジの首を摑んだまま上体を起こし、逆にリュウジは地面に押し倒された。ティルトアが馬乗りになってリュウジの首を絞めてくる。

「マスター……」

ティルトアの顔が近づいてきて、リュウジの耳元で囁《ささや》いた。

「私を……壊してください」

「ぐっ……だめだ！」

リュウジは、必死に頭を振りながら拒絶の声を絞り出した。

「お願い。マスター……壊して」

「出来……ない……殺……せない！」

「私は物です……命を奪うわけじゃありません……だからマスター……早く私を」

「違う……フェアリーメイドは……お前は……たしかに生きてるじゃないかッ!!」

心を持ち、共に笑い、泣き、怒る。そんな存在は物じゃない。

生きているのだ。生命そのものなのだ。

だから殺すことは出来ない。ティルトアを殺すなんて絶対に無理だ。

それがシシヤマ・リュウジの出した答えだった。

「リュウジ君！」

エリザの声が響く。彼女のほうを見ると、散弾銃を杖代《つえ》わりにして立ち上がっていた。

他の壊し屋たちもふらつきながら銃をティルトアへ向けようとしている。

彼らにはティルトアがリュウジを殺そうとしているようにしか見えない。このままじゃティルトアが破壊されてしまう。その前にリュウジがティルトアを解体するしかない。

だが、調律器で解体する時間はない。今にもエリザたちの銃が火を噴くだろう。

ティルトアを助ける手段はないか、思考をフル回転させる。

何かあるはずだ。何かきっと。考えなければならないのに、頭がうまく働かない。

首を絞められてもう限界だ。意識を保てない。

どうすればティルトアが破壊されずに済む。だめだ。考えが浮かばない。

何も出来ないのか。このまま終わりなのか。どうして肝心な時に何も思いつかない！

悔しくて両の拳を握り締めた――その時、リュウジは左手に握っているものを思い出す。

ナイフだ。

「うわあああ！」

身体中《からだじゅう》の力をかき集めてナイフをティルトアの胸に突き立てる。腐臭を伴ったコーディアルブラッドが溢れ出し、リュウジの顔に飛び散った。

ティルトアからナイフを引き抜き、すかさず傷口に右手をねじ込む。指先にティルトアのマナが封じられた核《コア》が触れた。

「マスター……」

リュウジを見下ろすティルトアの表情は、安堵《あんど》の笑みを浮かべている。

「あなたを愛しています……」

ティルトアの核《コア》を鷲摑《わしづか》みにして、渾身《こんしん》の力で引きずり出した。核《コア》を取り出すと同時に、首を絞めていたティルトアの両手から急速に力が抜けた。

榛色の眼《め》の瞳孔が開き、この世の何よりも美しかった輝きが褪《あ》せていく。

消えないで。だめだ。お願いだ。まだ消えてほしくない。あの愛《いと》しい色が失われるのは嫌だ。

リュウジは、握りしめていたナイフを投げ捨て、ティルトアに左手を伸ばした。

「……ティルトア」

リュウジがティルトアの頬に触れようとした刹那、銃声と共に彼女の顔の右半分が爆《は》ぜた。眼球の破片が飛び散り、リュウジの頬にへばりつく。

銃声のした方を見やると、壊し屋の一人が持つ散弾銃の銃口から硝煙が上がっていた。

それを合図に他の壊し屋たちが次々に銃のトリガーを引いた。

リュウジの頭上を夥《おびただ》しい数の弾丸が通り過ぎていく。飢えた獣の群れのように弾丸がティルトアに食らいつき、皮を破り、肉を裂き、骨を砕く。ティルトアが残骸へと変わり果てていく様をリュウジは傍観していることしか出来なかった。

「撃つのをやめなさい!!　みんなやめなさいッ！　リュウジ君に当たるわ！」

エリザの制止の声で、壊し屋たちの一斉射撃が止まった。

ティルトアは、顔の半分と両腕を失いながらも笑みを崩していない。まるでリュウジを慰めるために笑っているかのように見えた。

「……ティルトア」

リュウジが上体を起こし、ティルトアの残骸を抱きしめようとすると——。

「リュウジ君、見事だったわ」

歩み寄ってくるエリザの声がそれを制した。

「先生……」

「バーンズの屋敷でティルトアは、女王の記憶を取り戻した。女王となったティルトアを破壊するため、あえて彼女の言う通りに動いた。彼女の策略を逆手に取って……さすがね」

エリザの言葉は、リュウジを無実にするためのカバーストーリー、最後の仕上げだ。

ティルトアに全ての罪を着せて、リュウジだけが助かるための嘘《うそ》。

壊し屋たちがリュウジを見ている。リュウジがどう答えるかを観察している。

ティルトアに全ての罪を着せて自分だけ助かるなんてしたくない。選択の責任は自ら取るべきだ。だからこのカバーストーリーは——。

『マスター……』

ティルトアの声が頭の中で響いた。

リュウジの右手にある核《コア》の中には、まだティルトアのマナが封入されている。

そうだ。やるべきことがある。最後に一つだけやるべきことが。

リュウジは、右手にはめたままになっていた調律器を起動した。指先から伸びるマナの糸がティルトアの核《コア》に絡みつき、花弁を一枚一枚開いていく。

核《コア》が花開いた瞬間、蜜色の輝きが飛び出し、瞬く間に空へと昇っていった。

「ティルトア……」

あっという間だった。別れの言葉を言う暇すらない。最後に姿を見ることも出来なかった。二十一年分の感謝を、ティルトアに抱いている気持ちを、何も伝えられなかった。

数え切れない後悔が伸《の》し掛かり、リュウジはうなだれた。

「先生。少しだけ一人にしてもらえませんか」

「……ええ。いいわよ。大仕事で疲れたでしょう。みんな！　ここはリュウジ君に任せるわ!!　傷の手当てをしましょう！」

エリザの指示で壊し屋たちが森の奥へと姿を消した。

残されたのは、リュウジとティルトアの残骸の二人きり。

他の者の姿が見えなくなったのを確認して、リュウジはティルトアの残骸を抱きしめた。

「ティルトア……俺は馬鹿だな」

いつもそうだ。リュウジは、大切な存在との別れが迫ると、邪険な態度を取ってきた。

優しくすると失った時の喪失感が大きくなる気がした。傍《そば》に居れば居るだけ悲しみが強くなる気がした。

愛犬の死期が迫った時、フェアリーメイド作りに没頭したのは、楽しかったからだけではない。愛犬との別れを意識しないようにするためでもあった。

そうやって大切な存在との別れを考えることから逃げた。

一緒に居る日常が当たり前に続くと思い込んだ。

別れが差し迫っても現実から目を背け続けた。

そうすれば当たり前の日常が続くと夢想した。

気が付けば、目を逸《そ》らしているうちに失ってしまった。

どうして傍に居なかったのか。

どうして優しくしなかったのか。

どうして気持ちをちゃんと伝えなかったのか。

後悔しても、そこにはもう大切なものは存在しない。

ティルトアにしてもそうだ。思い出を作ることを恐れて逃げたのは、別れの痛みを少しでも軽くしたいから。楽しい思い出があると、却《かえ》って別れ難くなると、辛《つら》くなると考えていた。

でも間違っていた。別れが間近だからこそ大切な相手との思い出をたくさん作るべきだ。大切な存在から目を背ける行為は、喪失の痛手を大きくする。

今更になって、こんな当たり前のことに気がついた。そんな自分が大馬鹿者だと、ようやくリュウジは気がついた。

「なんで俺は、いつも失ってから大切なことに気づくんだろう!? なんで一緒に居る時に気づいて大切に出来ないんだろう!? なんでいつもこうなんだろう!! ごめんなティルトア……本当にごめんな!!」

ティルトアもこんな主《あるじ》に愛想を尽かしたのだろう。だから別れの言葉もなくマナの大流に帰ってしまった。伝えたいことがたくさんあったのに――。

『マスター』

背後から聞こえた声に振り返る。そこにはティルトアのマナが立っていた。

「ティル……トア……」

リュウジは、抱きしめていたティルトアの残骸をそっと地面に寝かせ、ティルトアのマナに歩み寄った。

白い装束を纏《まと》っている以外は、フェアリーメイドだった頃と寸分違《たが》わぬ姿だ。

しかし全身に漆黒の澱《よど》みを纏っている。穢《けが》れだ。

ここまで大量の穢れは初めて見る。けれどティルトアの自我は無事のようだ。

「ティルトア……無事でよかった」

通常のフェアリーメイドであれば、核《コア》を強引に抉《えぐ》り出すと、安全装置が起動して核《コア》が破損する。その場合は、当然マナの自我が崩壊してしまう。

しかしティルトアの安全装置は偽装のためのもので、核《コア》の破壊機能はない。他のフェアリーメイドと比べ、核《コア》をナイフで抉り出す荒業をしても問題が生じる可能性は低かった。

とは言え、取り出す過程で核《コア》を破損してしまえばマナにもダメージが行きかねないし、非常にリスクの大きい行為ではある。勝算はあったが、分のいい賭けではなかった。

成功したことに胸を撫《な》で下ろしていると、ティルトアが苦笑をした。

『さすがマスターですね。壊されるつもりだったけど、私のマナを無事に解放するなんて……私の予想を軽々上回りました』

「そうか……それよりお前と俺で世界を支配するってやつ。ちょっと本気だっただろ？」

『私は、本気でしたよ。でもマスターは、そんな選択絶対しないって思ってました。私を壊すと思ってたんです。まさか私の命まで助けるとは思っていませんでしたけど』

「俺もお前が先生をあそこまで嫌ってるとは思わなかった。本気で殺そうとしてたろ？」

『マスターなら私の攻撃を全部防ぐと思っていましたから』

ティルトアのマナは、エッヘンと胸を張った。

『でもあの女が死んだらざまーみろーって思ってたと思います』

べーっと舌を出してティルトアのマナは、いたずらっぽく笑ってみせた。

女王の記憶が混ざったせいか、前よりも一層いい性格になっている。

『ね？　分かったでしょマスター。私は、あなたが大切にしてくれるティルトアじゃないんです。人間を見下して、自分の嫌いな人なら平気で殺せちゃう妖精の女王アリシアなんです』

たしかにティルトアは変わった。以前のティルトアには、エリザを本当に殺そうとする凶暴性はなかった。女王の頃の記憶が蘇《よみがえ》ったことで変化が生じたのだろう。

『だからマスター。私は、あなたに大切にされる資格なんてないんです。私は、あなたの傍にはいません。マナの大流にも帰りません。ここで一人で朽ち果てます。それが私が犯した罪に対する罰なんです』

ティルトアは、変わってしまった。だけど、そんな変わってしまったティルトアだからこそ、伝えたい気持ちがある。

リュウジは、まっすぐにティルトアのマナを見つめた。

「ティルトア、変わっていい。今までと違ってもいい」

本心をありのまま告げると、ティルトアは呆気《あっけ》に取られた顔をした。これまでやられっぱなしだったから意表を突けていい気分だ。

まだ伝えたいことはたくさんある。心にあることを飾らず、そのまま言葉にしていく。

「今のティルトアも昔の妖精の女王もどっちもお前なんだ。どっちかだけじゃない。人間を見下している妖精の女王も、人間を思いやるティルトアも両方がお前なんだ」

リュウジがティルトアに抱いている気持ちは、変わっていない。むしろ想《おも》いの強さは、以前よりも強くなっている。だから素直な気持ちを口にする。もう気持ちは隠さない。

「ティルトア。俺は、お前を愛している。世界中の誰よりも、この世界の何よりもお前を愛しているんだ」

『っ!?』

リュウジが想《おも》いを告げると、ティルトアのマナの瞳から一筋の光が涙のように流れた。

『でも私は……残酷な女王で……人殺しのフェアリーメイドで！　マスターに迷惑ばっかりかけてっ！　私……こんな私がマスターに愛される資格なんてッ！』

自分を恥じるように、ティルトアのマナが顔を伏せた。

リュウジは、触れられないと理解しつつも、彼女の頬にそっと右手を添えた。

「それでいいんだよ、ティルトア。妖精職人《フェアリーマイスター》の俺にも心は作れない。お前の心は、お前だけのものでお前にしか作れない。どういう自分でいたいかは、自分にしか選べないんだよ」

変わってもいい。今までと違っていい。どんなにティルトアが変わってしまっても、彼女に抱いているこの気持ちだけは、一生変わらない。

「俺は、受け止める。どんなティルトアでも受け止めるよ。ティルトアを愛している。どんなお前でも愛しているんだ。だから正直な気持ちを話してくれ。お前はどうしたい？」

そう語りかけると、ティルトアのマナが顔を上げた。

『マスター……わがまま言っていいですか？』

リュウジが頷《うなず》くと、ティルトアのマナが胸に飛び込んできた。

『私、マスターと居たい!! まだ一緒に居たいです! このままお別れなんて嫌だ!』

抱きしめてやりたい。でも触れられない。マナを見ることは出来ても、マナに触れることは出来ない。もどかしさで気が狂いそうになる。

抱きしめたい。背中を撫でて泣き止《や》ませたい。そうしてやれない自分自身への怒りで、リュウジは身体《からだ》を震わせた。

「ごめんなティルトア……俺、なんでこんなに無力なんだろうな……なんで……」

『お別れなんて……嫌だよマスター!』

「俺もお前と離れたくない! ずっとティルトアと一緒に居たい!!」

どんなに願っても、この願いは叶《かな》わない。

ティルトアのマナは、穢れすぎている。

一刻も早くマナの大流に戻って穢れを癒さないと自我が崩壊してしまう。

リュウジに出来ることは、何もないのだ。

「ごめんな……何もしてやれなくて……本当にごめん!!」

ティルトア以外に欲しいものなんてない。だから彼女ともう少しだけ一緒に居られる時間をください。他には何も望みません。愛する女性と愛し合う時間をもう少しだけ。

リュウジは、神に願った。死後の世界に居る両親に願った。もう願うことしか出来なかった。

『ティルトア先輩……ご主人様』

願いに応じるかのように、空から声が降ってきた。見上げるとマナの大流から一つのマナが地上へ降りてくる。桃色の長髪をなびかせた花のように可憐《かれん》な少女の姿をしたマナだ。

「……アリシアか？」

間違いない。アリシアか。

アリシアのマナは、アリシアのマナだ。ハニーバレットに宿った後、他のマナと一緒にマナの大流に帰った姿をたしかに見た。まさかマナの大流を離れて戻ってきたのか。

アリシアのマナは、ティルトアのマナの頬に両手を添える。

するとティルトアのマナを覆っていた穢れがアリシアのマナに吸収されていった。

ティルトアのマナを包む穢れが微《かす》かに薄れ、代わりにアリシアのマナが苦悶《くもん》の表情を浮かべる。これ以上無茶をすればアリシアのマナの自我が完全に崩壊しかねない。

「アリシア！　もういいッ！　もういいんだ!!」

『そうだよアリシア！　もう十分!!　これ以上穢れを吸ったらあなたが!!』

アリシアのマナは、リュウジとティルトアのマナを交互に見て微笑《ほほえ》んだ。

『私は……二人のお役に……立てましたか？』

アリシアは、命がけで約束を果たしにきたのだ。最初に出会った時の約束を果たすために——。

「アリシア……もちろんだ。たくさん役に立ってくれた。本当に、本当にありがとう！」

リュウジが微笑みかけると、アリシアのマナも笑みを返してくれた。

『ご主人様……えへへ』

アリシアのマナは、ティルトアのマナから手を放して空へ昇っていく。漆黒の穢れを纏いながらも尚《なお》桃色に光り輝く姿は、この世界のどんなものより誇り高くて気高く見えた。

ティルトアは、マナの大流へ帰るアリシアのマナを見つめ、祈るように両手を組む。

『ありがとう……これでもう少しだけマスターと一緒に……』

ティルトアのマナの穢れをアリシアが一部引き受けてくれた。これでもう少し一緒に居られるが、完全に除去出来たわけではない。

百年間かけて蓄積した穢れは、アリシア一人で請け合うには、あまりに膨大すぎた。

ティルトアのマナをこのまま放置していたら、やはり遠からず自我が崩壊してしまう。

この穢れの状態ならフェアリーメイドの核《コア》の中に居たほうがまだ安全だ。

核《コア》ならある程度の穢れを安全装置に隔離することが出来る。しかしティルトアのボディーは大破してしまった。この場で修理するのは不可能に近いが、まだ希望はある。

「ティルトア。お前は、どういう形で俺と一緒に居たい？　マナとしてか？　フェアリーメイドとしてか？」

『もちろんフェアリーメイドとしてです！　だって……マスターに触れたいから！』

リュウジも同じ気持ちだった。だったらやるべきことは一つしかない。

リュウジは、ティルトアの残骸の傍らにしゃがんだ。銃撃でパーツの大半が傷んでいるが、使える部分はまだある。幸いなことに核《コア》も無事だ。これなら再利用出来る。

残骸が被《かぶ》っているキャスケット帽を取ると、アライグマのぬいぐるみが出てきた。

「ティルトア。俺もお前と触れ合いたい。俺に考えがあるんだ。信じてくれるか？」

『もちろんです！』

リュウジとティルトアのマナは、笑みを交わし合った。

「だったら手早くやっちまおう」

リュウジは、調律器を起動してアライグマのぬいぐるみを一瞥《いちべつ》した。

エピローグ

二人の進む道

妖精の女王アリシアの存在と人類が妖精の被造物であった事実は、人類史を根底から覆す発見であった。

妖精職人協会《フェアリーマイスターギルド》とケルティギス政府は、真実の公表か秘匿かの選択を迫られた。

結果的に、真実は闇に葬られることになる。世界に与える影響が大きすぎるとの判断からであった。

〝アリシア・シンドローム〟に関しては、特定の妖精の化石から検出されるアリシアニウムと呼ばれる物質が核《コア》や人工骨格に多量に含まれることで起きる症状であると公表された。アリシアニウムとは、女王の化石につけられた名称である。

ティルトアの残骸から回収された女王の化石のサンプルによって、フェアリーメイドの核《コア》と人工骨格に混入したアリシアニウムの量を測定出来るようになった。

妖精職人協会《フェアリーマイスターギルド》は、アリシアニウムが混入していない核《コア》と人工骨格への交換対応で事態の鎮静化を図る計画だ。

リュウジの処遇に関しては、エリザの用意したカバーストーリーを疑う者もいた。

しかしエリザの証言とリュウジが壊し屋部隊の前でティルトアを破壊した事実から主張が認められた。

リュウジは、エリザのカバーストーリーに従い、ティルトアに全ての罪を被せた。

愛する妖精を悪者にしてでも自由になり、やらなければならないことがあるからだ。

シシヤマ家の屋敷にある古びた工房に、開け放した窓から夕日が差し込んでいる。工房の中央にある作業台には、骨格と核《コア》が取り除かれたティルトアの残骸が横たわっていた。作業台の傍《そば》にリュウジが立っている。左肩にはアライグマのぬいぐるみが乗っていた。

アライグマのぬいぐるみは、首を動かしてリュウジの横顔を見る。

「マスター」

アライグマのぬいぐるみが発した声。それはティルトアの声だった。

このぬいぐるみの中には、ティルトアのマナが入っている。ティルトアが破壊された後、リュウジはティルトアの残骸からパーツを抜き取り、その場でアライグマのぬいぐるみをフェアリーメイドにした。そこへティルトアのマナを入れたのだ。

この事実を知っている者は、世界中に誰も居ない。エリザにも内緒にしている。

もっともエリザの勘の良さを考えると気づかれている可能性は高いのだが。

「本当に私の身体《からだ》治りますかね。骨抜きのタコさん状態ですよ」

「時間はかかるだろうな。でも……絶対治すよ」

ティルトアを治すのに、どれだけの時間がかかるだろうか。

治したところでどれだけの時間をティルトアと一緒に過ごせるだろうか。

だけど希望を捨てるつもりはない。まだまだやれることがあるはずだ。

「ティルトア。俺は、マナに溜《た》まった穢《けが》れを除去出来る装置を作ってみようと思うんだ」

「リンちゃんに言ってたあれですか？」

「ああ。誰も出来なかったことだけど、挑戦してみたいんだ。もしも実現出来たら主《あるじ》と一緒に居たいと思ってくれるフェアリーメイドが主とたくさんの時間を過ごせるだろ」

「すっごく素敵なアイディアですね！　私も手伝っちゃいますよー！」

「期待してるぞ相棒」

百年の歴史でどの妖精職人《フェアリーマイスター》も成し遂げたことのない偉業だ。もしかしたら不可能な絵空事かもしれない。だけどティルトアと一日でも長く過ごせるよう最善を尽くしたかった。

今度こそ辛《つら》いことから目を背ける間違いは犯さない。

アリシアが与えてくれた時間を絶対無駄にはしない。

ティルトアとの別れまでの日々を大切に過ごしていく。

たとえ、それがどんなに短い時間であったとしても——。

そう決意するリュウジの右肩に、手紙鳥が止まった。赤く塗装されたそれは、妖精職人協会《フェアリーマイスターギルド》の所有する手紙鳥だ。

「マスター。依頼ですか？」

「みたいだな」

リュウジは、壊し屋の仕事も続けている。この世界には、まだまだ必要な仕事だからだ。

けれど心構えは少し変わった。今回の事件を通して、人間と共に居たいと願ってくれる妖精の存在を知ったからだ。

お互いを思い合う人間と妖精の別れに寄り添える、そんな壊し屋を目指している。

人間と妖精の暮らすこの世界が双方にとってより良いものになってほしいから。

「さて、どんな依頼かね」

リュウジは、メモ紙を開いて内容を確かめた。

手紙鳥のくちばしを開くと、中に四つ折りのメモ紙が入っている。

『解体予定だったフェアリーメイドの穢れが突然減少した。原因究明のため貴殿に調査の協力を依頼したい。妖精職人《フェアリーマイスター》：ゼイル・ファーガスト』

書かれていた内容に、リュウジは言葉を失った。

フェアリーメイドの穢れが減少した。まさに喉から手が出るほど欲しい情報だ。

しかも三天人最後の一人、賢者ゼイル・ファーガスト直々の依頼である。

もしかしたらティルトアを救う方法が見つかるかもしれない。

希望の光が差し込むようで、リュウジは思わず笑みを零《こぼ》した。

「行こうか、ティルトア」

「はいマスター！　じゃあ仕事が終わったら」

「二人でココアだ」

リュウジは、ティルトアと共に工房を後にする。

この日を境に、シシヤマ・リュウジとティルトアは姿を消した——。

巻末資料

Fairy Made

Kizudarake no Yousei Shokunin to
Kowarekake no Jinkou Yousei

シシヤマ・リュウジ

［種族］ 人間
［年齢］ 21歳
［身長］ 178cm

妖精職人の青年。最強の壊し屋エリザの弟子で、その名に恥じない実力者。トラウマの影響で皮肉っぽい口をきくが、本質的には心優しく臆病。その性格故、大切なものとの別れを恐れ、そこから目を背ける悪癖がある。そんな自分を嫌いながらも向き合えずにいる。

ティルトア

［種族］フェアリーメイド
［稼働年数］100年
［身長］160cm

人工妖精の少女。世界で初めて作られた人工妖精で、人間と全く見分けがつかない精巧な作り。自他共に認める絶世の美少女で、馬力・敏捷性・器用さなどの各性能も世界最高クラス。リュウジを心の底から愛しているが、嫉妬深い性格で彼を困らせることもある。

アリシア

［種族］フェアリーメイド
［稼働年数］9年
［身長］150cm

人工妖精の少女。リュウジが作った最初の人工妖精である。彼女に使われたマナは、以前にも老夫婦に仕える人工妖精であった過去があり、彼らと良好な関係を築いていた。人の役に立つことに喜びを感じ、リュウジにも仕えようとした。それが悲劇を生んでしまう。

バーンズ・ポーター

世界最高峰の妖精職人“三天人”の一人であり、巨匠の二つ名を持つ男。幼いリュウジに人工妖精の作り方を教えた。三天人の中でも、容姿の美しい人工妖精を作ることに長けており、特に男性型の人工妖精を作らせたら右に出る者はいないとされる。

［種族］人間
［年齢］55歳
［身長］195cm

［種族］人間
［年齢］28歳
［身長］170cm

エリザ・ウィンター

世界最強の壊し屋と呼ばれる女性。壊し屋としてのリュウジの師匠であり、彼を腕利きの壊し屋として育て上げた。既婚者で娘が一人いるが、夫は海外で単身赴任しており、自身も仕事が多忙すぎて娘に構えないのが悩み。娘からは、約束を守らない人と思われている。

用語解説

妖精の化石

各地で発掘される妖精の骨。フェアリーメイドの制作に欠かせないが全身骨格が見つかることは珍しく、一度化石を粉末状に加工してから人工骨格や核を作る。埋蔵量に限りがあるので、解体したフェアリーメイドから回収して再利用される。

フェアリーメイド

2000年前に絶滅した妖精を模して人類が作った人工妖精。妖精の化石を加工して作られた核に、妖精のマナを入れて作られる。高性能なものは、人類を超える身体能力を持つ。稼働年数は平均15～20年前後。

マナライト

大地に埋まった妖精の血肉から生まれた可燃性の鉱石。乗り物や発電所を動かす主要なエネルギー源として世界中で用いられる。使用した時に出る排気ガスが大気中を漂った後、地面に浸透して地下で再度鉱石となるため資源枯渇の心配がない。

妖精

2000年前に絶滅したかつての地球の支配者。人間に近い見た目の者もいれば人の身体に昆虫や鳥の羽を持つ亜人や獣人のような見た目の者もいる。マナと呼ばれる魂を持っており、そこから発生するエネルギーで様々な現象を起こす。

核《コア》

マナを封じ込める花の蕾型のパーツでフェアリーメイドの要。核からマナを解放する際には花びらを調律器で開いて開花させる。核の破壊など強引な手段でマナを解き放つと、その衝撃でマナがダメージを負い、その人格と記憶が破壊される。

マナ

妖精の魂。フェアリーメイドを筆頭にマナを用いる様々な道具"妖精器"が作られ、生活必需品となっている。普通の人間の目には見えず、マナを見られる体質は10人に1人程度。特有の匂いを放っており、この匂いは誰でも嗅ぎ取ることが出来る。

穢れ

マナが過度のストレスを受けたり、殺意を抱くと発生する負のエネルギー。穢れによってフェアリーメイドは妖精化し、暴走する。そのため穢れが発生しやすい状況での運用が想定される軍や警察では、フェアリーメイドは採用されていない。

マナの大流

地球全体に揺蕩っているマナの集合体。穢れを抱えたマナはマナの大流に帰り、他のマナに少しずつ穢れを引き受けてもらうことで数十年かけて自身を浄化する。

対妖精強装弾《マナライトマグナム》

マナライトを装薬に使った特殊弾で、弾頭はマナライトとローワン《ナナカマド》を混ぜて結晶化させたMRクリスタルを仕込んだMJHP《ミスリニウムジャケッテッド・ホローポイント》弾となっている。その破壊力は、自動拳銃用の9ミリ弾で対戦車ライフルに迫る。

妖精化

フェアリーメイドが穢れによって受肉した状態。急速な体組織の変化を伴って暴走状態となる。急速な変化であるが故に、見た目も怪物染みてしまう。完全に妖精化したフェアリーメイドは、公式には確認されていない。

フルパワー・ミスリニウムカスタム

リュウジとエリザが使用する対妖精強装弾《マナライトマグナム》用自動拳銃。口径9ミリ。装弾数13発＋1発。銃全体にミスリニウムが使用されたカスタムモデル。1丁で車1台買える高級品で、リュウジが壊し屋として独り立ちする際にエリザから贈られた。

アリシア・シンドローム

フェアリーメイドの核と人工骨格が結晶化し、急速な妖精化を引き起こす症例。最初の症例はリュウジの両親を惨殺したアリシア。彼女の名前を冠してアリシア・シンドロームと呼称されるようになった。

AFC【Anti Fairy Combat】

壊し屋が使用する対妖精戦闘術。拳銃とナイフを同時に持ち、距離に応じてガンファイトとナイフファイトを即座に切り替える二刀流での運用が基礎となる。近距離から遠距離まで対応出来るようファースト・セカンド・サードの3つの型《フォーム》がある。

アーバス遺跡

かつて妖精が暮らしていた都市があったとされる広大な森。アーバス遺跡の中央に位置する一際巨大なオークの木は、妖精の神樹と呼ばれており、世界最強の合金ミスリニウムの原料となる神樹の樹液が採取される。

ケルティギス王国

ドラゴニア大陸の北西に位置する竜翼半島とその周囲にある数多くの島々を領土とする立憲君主制国家。世界第1位の経済大国であり、フェアリーメイド誕生の地。通貨は、ヴェルを使用しており、1ヴェル＝日本円の1円程度の価値がある。

手紙鳥

世界中で普及している鳥型の妖精器。手紙を体内に内蔵して空を飛んで運ぶ。届ける相手の識別には、特殊な香料を混ぜた蜂蜜“香料蜜”を用いる。他と香りが被らないように職人が調合しており、誤送事故が起こることは滅多にない。

あとがき

はじめまして。第十一回オーバーラップ文庫大賞で金賞をいただきました澤松《さわまつ》那函《なはこ》と申します。

この度は、拙作を手に取ってくださり、誠にありがとうございます。

こうして自分の作品を一冊の本として刊行することが出来て感激しております。

実は、フェアリーメイドを書き始める少し前、私は筆を折ろうと考えていました。

作家を目指して十年以上経《た》つのに、結果が出ない。続けても時間を無駄にするだけだから諦めよう……でも最後にもう一作品だけ書きたい。最後の作品だから好きなこと、書きたいテーマを詰め込んで完成したら夢を諦める。そんな思いで筆を執ったのが本作です。

執筆中は、多くの創作仲間からアドバイスを貰《もら》いました。手直しした原稿を八稿目まで読んでくれた方も居て、本当にたくさんの人が支えてくださいました。

そうやって完成した作品だから、どこかの賞へ出してみようと思った頃、第十回オーバーラップ文庫大賞の後期に応募していた別の作品が最終選考に残ったことを知ります。

結果は、落選でしたが、創作仲間にこう言われました。

「最終選考に残った作者の名前を編集者は覚えてる。もう一度別作品を送った方がいい」

その方のアドバイスに従ってフェアリーメイドを第十一回オーバーラップ文庫大賞の前期に応募したところ、幸運なことに佳作をいただくことが出来ました。

そして初めて担当編集様とお会いした時、仰《おつしや》っていた言葉にハッとすることになります。

「最終選考に残った作者さんがまた送ってきてくれた、と編集部で話題になったんです」

あの時もう一度別作品を送れとアドバイスされなかったらオーバーラップ文庫大賞に応募していなかったかもしれません。創作仲間との出会いに、心から感謝しました。

そんな彼らと出会えたきっかけは、何年も前に小説サイトに掲載した某新人賞の落選作です。それを気に入ってくれた方が、今お付き合いさせていただいている多くの創作仲間の方々に私を紹介してくれました。この時、私は気付きました。この十年は無駄じゃなかったんだと。あの日々と今まで書いた作品が素敵な人たちと出会わせてくれたのです。

私は、受賞をした後も、たくさんの素晴らしい方たちと巡り合えました。

未熟な私をいつも導いてくださる担当編集様。

数々の素晴らしいイラストを描いてくださったふわチーズ先生。

校正様やデザイナー様に、営業部や広報部の方々。

そして、この本を手に取って、読んでくださった読者の皆様。

たくさんの素晴らしい人と出会う機会を与えてくれたオーバーラップ文庫編集部の方々と選考に携わった全ての方々に感謝いたします。

フェアリーメイドという作品を通して、皆様に恩返し出来るよう力を尽くします。

リュウジとティルトアの物語を最後まで見届けていただけましたら幸いです。

フェアリーメイド
1. 傷だらけの妖精職人と壊れかけの人工妖精

発　　行　2025 年 1 月 25 日　初版第一刷発行

著　　者　澤松那函
発 行 者　永田勝治
発 行 所　株式会社オーバーラップ
〒141-0031　東京都品川区西五反田 8-1-5
校正・DTP　株式会社鷗来堂
印刷・製本　大日本印刷株式会社

Printed in Japan　ISBN 978-4-8240-1052-0 C0193